霜叶如剑

诸雄潮　董国政　著

中国广播影视出版社

图书在版编目（CIP）数据

霜叶如剑 / 诸雄潮，董国政著 . -- 北京：中国广播影视出版社，2020.2（2025.2重印）
ISBN 978-7-5043-8346-4

Ⅰ．①霜… Ⅱ．①诸… ②董… Ⅲ．①评论性新闻－作品集－中国－当代 Ⅳ．①I253

中国版本图书馆CIP数据核字(2019)第243771号

霜叶如剑

诸雄潮　董国政　著

| 责任编辑 | 许珊珊 |
| 封面设计 | 嘉信一丁 |

出版发行　**中国广播影视出版社**
电　　话　010-86093580　010-86093583
社　　址　北京市西城区真武庙二条9号
邮　　编　100045
网　　址　www.crtp.com.cn
电子信箱　crtp8@sina.com

经　　销　全国各地新华书店
印　　刷　三河市同力彩印有限公司

开　　本　710毫米×1000毫米　1/16
字　　数　280（千）字
印　　张　19.25
版　　次　2020年2月第1版　2025年2月第2次印刷

书　　号　ISBN 978-7-5043-8346-4
定　　价　69.80元

（版权所有　翻印必究·印装有误　负责调换）

目 录

1. 人类是地球的癌细胞 ……… / 001
2. 判决不公无异于助纣为虐 ……… / 003
3. 距离割断爱 ……… / 006
4. 好男人是宠物加电视机 ……… / 008
5. 人的柔情熊永远不懂 ……… / 011
6. 雨刷北京难美丽 ……… / 014
7. 唐僧师徒对走转改的启示 ……… / 016
8. 从规则、精神和民愿看体育比赛 ……… / 019
9. 伦敦奥运会裁判错位向前：由绅士滑向小丑 ……… / 023
10. 媒体是秋夜里的萤火虫——有光亮，不温暖 ……… / 026
11. 桥已断，路难修 ……… / 029
12. 笔尖上的改变——文风改之难 ……… / 031
13. 美丽女人是五十岁依然美丽的女人 ……… / 033
14. 自以为是的思考不过是重新安排的偏见 ……… / 035
15. 长假高速路上的"垃圾隔离带"是国民素质的印迹 ……… / 038
16. 生活要浓缩，但不要太急 ……… / 040
17. 议论幸福是因为在乎幸福 ……… / 043

18. 多彩的中国，真实的中国 ········ / 046

19. 和谐不是水多加面、面多加水的混合物 ········ / 049

20. 此路不封，那路得让 ········ / 051

21. 权力须在人民面前俯身低头 ········ / 053

22. 文化胎记最深刻 ········ / 055

23. 官员要少应酬多读书 ········ / 057

24. 网民在微博上发声是件值得庆幸的好事 ········ / 060

25. 风是北京的抹布 ········ / 062

26. 春节晚会是一眼润泽灵魂的泉水 ········ / 065

27. 政协委员的遴选还需尊重人民的意愿 ········ / 067

28. 苹果的傲慢缘自猴哥的追捧和园林的陋规 ········ / 069

29. 狗的高贵与不屑 ········ / 072

30. 见了天使称魔鬼 ········ / 074

31. 需要常回家看看　不需要法律押送 ········ / 077

32. 文明要从自己做起 ········ / 079

33. 不根本解决问题也是形式主义 ········ / 082

34. 官员的"气功大师"情结缘自不用对人民负责 ········ / 084

35. 被约束着的双手和被约束着的头脑 ········ / 086

36. 不修炼无素质 ········ / 088

37. 付出全身心才能接地气 ········ / 090

38. 群众路线教育是向党员干部"输血" ········ / 092

39. 长假是我们生命的调养与情感的慰藉 ········ / 095

40. 有些事情不像你想象的那样 ········ / 098

41. 世界是女人的 ……… / 100

42. 唯时间与美女不可收藏 ……… / 103

43. 可以持续的快乐就是幸福 ……… / 106

44. 面子是让人不做坏事的一条防线 ……… / 108

45. 经济学家对世界杯的预测让死去了的章鱼愤而重生 ……… / 110

46. 以更开放的心态拥抱世界 ……… / 112

47. 年味到哪里去了？……… / 115

48. 中国人为何高亢作声？……… / 118

49. 胜利来得不太是时候 ……… / 122

50. 你让我相信天上哪片云有雨 ……… / 125

51. 绵阳拆掉的不是房子 ……… / 127

52. 用学生监考考出了什么 ……… / 129

53. 空气伤害心情 ……… / 131

54. 西方一些政要正在充当香港民主道路的绊脚石 ……… / 133

55. 在法治的通道上不允许有"违章建筑" ……… / 138

56. 只有依法普选才能依法治港 ……… / 142

57. 香港政改屡错良机，反对派沦为历史罪人 ……… / 147

58. "港独"损害中华民族的根本利益 ……… / 150

59. 将法律之剑高悬于"港独"分子之顶 ……… / 154

60. 在香港的土地上必须铲除"港独"的土壤 ……… / 156

61. 评选鲁迅文学奖不可缺少环节公正、学术良心和专业水准 ……… / 160

62. 美舰在中国领海"自由航行"只会让它不得自由 ……… / 165

63. 先共识，再共赢 ……… / 168

64. 正确认识当今世界发展大势 ……… / 170

65. 读不懂中国原因何在？……… / 172

66. 战略误判须避免 ……… / 174

67. 世界"变脸"的四个观察点 ……… / 176

68. 从地图看地球 ……… / 182

69. 和平崛起：中国的国际战略抉择 ……… / 184

70. 历史是最好的清醒剂 ……… / 187

71. 从"狼来了"到"墙来了" ……… / 190

72. 间谍何以能"飞一会儿" ……… / 192

73. 国有疑难问智库 ……… / 194

74. 研战需要"无定"思维 ……… / 196

75. 无信无省无理——评小泉第三次参拜靖国神社 ……… / 198

76. 法国人眼中的海 ……… / 200

77. 如何"照镜子"？……… / 202

78. 体恤动物 ……… / 203

79. 幸运"太子兵" ……… / 205

80. 时不利兮骓不逝 ……… / 207

81. 有趣的"快乐原则" ……… / 209

82. 树木与森林之别 ……… / 211

83. 有国籍与无国界 ……… / 213

84. 预测陷阱 ……… / 215

85. 只缘妖雾又重来 ……… / 217

86. 有一种战争叫演习 ……… / 219

87. 足球　政治　战争 ……… / 221

88. 修行也流行 ……… / 223

89. 吓唬人 ……… / 225

90. 唯一的英雄 ……… / 227

91. "第一网国"也疏而有漏 ……… / 229

92. 透过三个关键词看国际关系 ……… / 231

93. 同舟共济的现实意义 ……… / 233

94. 四年之痒　20年之累 ……… / 235

95. 是老鹰还是鹧鹏 ……… / 237

96. 三大难题困尔曹——写在美英发动伊拉克战争一周年之际 ……… / 239

97. 萨达姆成了丑角 ……… / 242

98. 让欧洲颤抖 ……… / 244

99. 且看今日之"不先生" ……… / 246

100. 其囊非其智 ……… / 248

101. 欧洲的个性越多越好 ……… / 250

102. 美国有的媒体不懂围棋 ……… / 252

103. 恐怖主义是一种流行病 ……… / 254

104. "金规则"莫之能逾 ……… / 256

105. 今天出什么牌？ ……… / 258

106. 记性与惯性 ……… / 260

107. 回望原苏联，有几分怀念 ……… / 262

108. 话说"未病先治" ……… / 264

109. 恶之花 ……… / 266

110. 东北亚的内伤 ……… / 268

111. 大家都来"先发制人"? ……… / 270

112. 关注也是双刃剑 ……… / 272

113. 柏林墙倒了以后怎样 ……… / 274

114. 爱因斯坦的财富 ……… / 276

115. 阿里阿德涅线团的指向 ……… / 278

116. 阿喀琉斯之踵 ……… / 280

117. "小台阶"大问题 ……… / 282

118. "呛美"三剑客 ……… / 284

119. "零"何以成了时尚? ……… / 286

120. "狼来了"新传 ……… / 288

121. "君子村"多多益善 ……… / 290

122. 草木皆兵为哪般 ……… / 292

123. "不再战"产生的正效应——写在欧盟第五轮扩大之前 ……… / 294

124. "劝君莫奏前朝曲" ……… / 297

后　记 ……… / 299

1. 人类是地球的癌细胞

对于人来说，癌是一种要有但不可多的细胞。人无癌细胞，人将不人；人多癌细胞，人也将不人。人之于地球亦然。没有人，地球便等同火星、金星一般，如恒河沙数，不值一提；而人多了，世界上的一切包括人本身就是一个问题，甚至，连地球也将朝不保夕。故所以，癌与人最好的存在方式应该是：适度数量存活，合理发挥作用。

但是，自从恐龙灭绝、人类诞生并登上食物链的顶端以来，人类的野心就如大爆炸后的宇宙膨胀起来。他们以为自己能改变一切，甚至可以自己拔着自己的头发上天去。而表现形式又如低级动物：一到春天，便以命相搏，使死劲抢占资源和空间以及繁殖的权利，以便让自己的基因更多地传承下去。殊不知，地球也是有承载的限量的。

且不说并不掌握更多数据的地球了，就说中国吧，中国虽大，它也是有极限的。何况中国的地理条件并不优越，耕地就比土地面积远远小于我国的印度还少许多。人口地理学家胡焕庸潜心研究数十年，提出了著名的瑷珲—腾冲人口分布地理分界线。地处西北的内蒙古、宁夏、甘肃、青海、新疆、西藏六个省和自治区，面积约508万平方公里，占全国的53%。1995年人口统计是7617万，占全国12亿的6.3%。这条线的西北面，满是橘红色的3000至5000米以上，甚至是粉红色、白色的5000米以上的地域，或是庞大的沙漠，根本不适合人类居住。以新疆为例，它面积虽达166万平方公里，但理论上它的承载人口的数量不能超过4000万。超过4000万，水源将不能满足人生活的需要。真到那时，人们的生活完全就可能像是今天生活在干旱非洲的灾民们。由于地球温度升高，积雪消融，塔里木河近50来年的水流量迅速减少，这一幕的情景很有可能会在不远的将来发生。而世界上人均水量最少的华北地区，几十年前，地下水开采的深度不过十数米或二三十米，现在有的地方已经深入到地下几百米的深度了。如果唐山大地震不幸在此重现，整个华北会不会塌陷几十米？真要是那样的话，那会是人类印象中最为恐怖的画面了。

有一个数据谈到，总面积约60万平方公里的黄土高原，其森林覆盖率，秦汉南北朝时期为42%，唐末减少到33%，明清时期锐减到13%，而新中国成立前仅存6%。值得一提的是，秦汉时期，中国的人口在几千万上下波动，康熙年间，我国人口达到3亿，而新中国成立前达到了4.5亿。

想想世界上有多少战争不是因为人口的过度膨胀为争夺资源和生存空间而引起的呢？人类的生存受制于资源、受制于空间。可恶的人类不知怎的还在破坏着自己赖以生存的地球。太平洋中已经有了一个垃圾岛，面积有英格兰那么大。它比任何国家的国土面积都增长得迅速许多。这些垃圾岛再多一些、面积再大一点，我们的土地再沙化一点，我们人类将如何生存呢？地球两极的淡水已经少了许多，可人类还在为所欲为地破坏自然，还在更多地复制自己。世界上数量最多的动物差不多是这样排序的：磷虾、蚂蚁、蝗虫、人类。看看我们人类在与什么东西比肩，这多么令人感到无地自容！

人类这个失控的癌细胞就这样在吞噬着我们的地球，而我们许多人根本不知，也不想知道。《非诚勿扰》里许多女嘉宾表示，她们想生许多孩子，越多越好。有的男嘉宾想生11个，踢足球就可兑现兄弟班上阵。假设人人都作如是想，到那个时候，地球上还有一块足球场那样大的草地吗？所以把人口控制在合理的范围，让人这个癌细胞适度存活、发挥作用，并且不危害地球，是必需的。

那些想生到不能再生为止的男人和女人的想法，都是癌细胞扩散的征兆。癌细胞不会传染，但会扩散，——舆论也是。

（2012年1月3日）

2. 判决不公无异于助纣为虐

姚明状告"姚明一代"生产厂家——武汉云鹤大鲨鱼体育用品有限公司侵权一案一审已宣判，法院判云鹤公司侵犯姚明姓名权，赔偿人民币30万元。这个数字对一个侵权多年获利多多的企业来说，是足以在背地窃笑的。所以姚之队负责人陆浩认为："对恶意、重复、规模化侵权行为，应加重惩罚力度。""只罚30万元，（侵权的）成本太低了。"侵权成本太低，不等于是在鼓励人们犯罪吗？

此事激起了我沉睡的记忆：河南有一个天价过路费案。河南农民时建锋因为骗免了高达368万元的高速公路通行费，被判了无期徒刑。判决结果一出来，引来质疑声一片：两辆车、4个检查站、100多公里来回开，8个月时间，高速公路的通行费怎会高达368万元？莫非这条路是喝人血的吸血鬼？即便368万元成立，就有充足的法律依据被判无期徒刑了吗？

去年，鄂尔多斯市又被媒体曝出了一宗"天价羊毛衫案"。湖南农民李清因卖了几个月的"鄂尔多斯""恒源祥"等商标的假冒羊毛衫，被鄂尔多斯市中级人民法院以假冒注册商标罪判处有期徒刑5年，并处罚金2151万元。

我很惊异我们的法庭对差不多类型的案件，判罚的差距怎么会这么大？

按理来说，不至于如此。我们承认共和国有相当长的时间处在法律不健全的阶段。1949年以后，我们很长时间只有一部《宪法》、一部《婚姻法》。1980年审判"四人帮"时，一些在"文革"中遭了大罪的人想以一种极端的方法来申冤，力主判这四人死刑并执行。陈云同志坚决不同意："哪怕只有我一人反对，也要记录在案。"

法律是有尺度的，任何以法律的名义做出违背历史进步的判决，在历史的进程中都会时时成为历史车轮的绊脚石。如果当时以所谓多数人的意见做了判决，我们还将停留在巴黎公社时代，也远不如我们在1949年对待战争罪犯站的那么有高度。所以，改革开放后，全国人大的一项重要工作就是建立健全我国的法律体系。在这之后，此项工作进行得十分迅速，但我们的执行人员的道德水准、专业水准和执法水准还远远没有跟上。30年过去了，还处在指鹿为马的水平上，就好像在高速公路上，开的是残破的拖拉机，而司机拿的是临时驾照。

这样的判决，让公民对法庭失去信任。如果我们以一种无法的态度对待有法的社会，社会不会进步。

《光明日报》曾有一文《惩罚微笑》，说的是内地有位颇有名气的企业家到香港办事，他住的地方离停车场要经过一段"S"形草地。一天，因出门晚了，他便走直线从草地越栏杆上车。一位年轻的香港警察发现后，很有礼貌地给他撕了张处罚280元港币的罚单。他只好向警察"认错、赔不是、作解释"，并且保证"下不为例"。之后，便收起罚单开车走了。谁知，一周后却收到了法院的传票。早已把此事置于脑后并认为问题当时已经解决的他，感到莫名其妙。询问律师方知，"按香港法律，一个星期不到指定地点交罚款，法院传你；再不理睬，就要拘捕你。"听此，他像在内地一样，遂请求律师帮忙"疏通"一下。可律师告诉他："我不会去疏通，最好的办法，就是老老实实认错受罚。"他没辙，开庭那天面带微笑老实认错。岂料，一看罚单却多了一倍，他感到不解。法官解释说："违反了法规，自己也承认，可见法官就笑，这本身就是藐视法庭，所以加重处罚。"听后，他备受震动。

我看到这篇文章，也备受震动。原因主要有两点：一是内地不仅有违规的事情，更有咆哮公堂的情况，但多数没有得到判罚。不惩罚、不拘捕，就会鼓励这些人继续违规，继续咆哮公堂，而使法律尊严尽失。二是存在着另一种可怕的情况，就是本文所说的那些所谓懂法的法律执行者们以法律的名义率意而为。因是草民，便施以重法；因是企业，便予以轻判；或因是达官显赫，则完全颠倒黑白。内蒙古判李清因2000万元的判决若执行，我们的法律将不为人所信任。武汉判云鹤大鲨鱼体育用品有限公司30万元的判决若执行，也将鼓励人们去恶意侵权。我以为，法庭这样的判决更多的是在藐视公民，藐视这个国家公民的尊严，同时也是把法律的尊严扔在了地下。

  法律面前人人平等。错误的判决是有罪的，至少它藐视了守法的公民。法律的精髓在于公正，法律人的尊严在于独立，法律的根本目的在于保障人的尊严。法律人如果不具备严格遵守法律这一现代文明人的最基本的素质，会使法律慢慢衰变成摧毁这个国家的工具。执法不公，错误判决，无异于助纣为虐。

（2012年2月7日）

3. 距离割断爱

都说距离产生美,这没错。天下最美的女人永远是别人的女人——别人的女人正是有距离的女人。

距离产生美,但也割断爱。君不见,江苏卫视《非诚勿扰》节目里,有许多彼此颇有意思的男女嘉宾,都因所在地域之间的距离,而放弃牵手的机会。除非有一方妥协,愿意缩短距离跟随另一方去同一个城市生活。这其中,来自中小城市的女性嫁向大城市或有可能,出生在大城市的女性向中小城市"下嫁"几乎不成立。甚至,相同规模城市之间的"平移"也不成立。我当年从坐落在上海的大学毕业后来北京工作时,几个同学结伴而行,在火车站亲眼看到许多同学情侣,眼泪汪汪地前来送行。几年后,那些情侣们美丽依然,而我喝上同学们的喜酒时,那美丽的一方无一例外地换作在北京工作、生活的人。这个事实说明,距离不仅会割断爱,而且缩短距离还有它行走的方向。

国内人大多如此,国外人也大多如此。小人物大多如此,大人物也大多如此。

二战中,英国模特凯瑟琳入伍,为美军将军艾森豪威尔开车。随着相处时日的增多,以及同浴炮火的患难,她越来越依恋将军。艾森豪威尔对凯瑟琳说:"如果我们能赢得最终的胜利,我要永远和你在一起。"

当二战结束后,希望出现时,绝望随后到。艾森豪威尔曾给总统杜鲁门写信,坦言想离婚,但被杜鲁门严词拒绝。总统说,整个美国都在欢迎英雄凯旋,无数的妻子等待和丈夫团聚,如果他此时甩掉结发妻子,迎娶英国小姐,破坏的不仅是个人形象,还有整个美国陆军的声誉。不久艾森豪威尔回国继任陆军总参谋长,临行前,艾森豪威尔抱着凯瑟琳说:"相信我,我们一定会在华盛顿相会的！"但是，这成了凯瑟琳和将军的永诀。虽然艾森豪威尔也做了努力，他私下曾多次对人提起，凯瑟琳对他的鼓舞和激励谁也不可替代。但这种努力无法穿越距离。总统的劝诫、朋友的劝告、家人的劝阻，美国将军与英国美人的恋情就此终结。

我以为，除了艾森豪威尔是个已婚男子这个原因外，其中的阻力之一，就是距离。人有时都可以把生命置之度外，但却无法克服距离所产生的阻力。当电流很大而距离很小时，连空气也能导电。但如果距离遥远，一切都将消失。就连伟大的阿基米德，他也得有一个支点，才能撬动地球，何况这仅仅是理论上才成立的呢。

美是一个形容词。使用形容词的妙处只需用心，心有多大，形容的力量就有多大。距离产生美，正是因为有了距离，让我们看不清事物。看不清的事物，它天然地产生了模糊的美，星空不正是最好的例子吗？

爱是一个及物动词。使用动词需要用力，但距离是这个力量不能发挥作用的最大阻力。对于我们够不着的人或事，我们最多想念而已——心里美一下而已。而爱，却实在是心力所不能。当距离太远无物可及时，爱也随之消失。所以距离割断爱，那是必然的。

爱虽然消失了，但美依然存在，而美所产生的力量诱使我们做缩短距离的最大努力，或许这种纠结正是这个世界可爱之处。

（2012年2月21日）

4. 好男人是宠物加电视机

有一则笑话这样说：一位齐天大圣级别的剩女来到婚姻介绍所，对工作人员说："我感到太寂寞了！我有钱，什么都不缺，只是少一个丈夫，你能帮我介绍一个吗？"

工作人员："你能谈谈条件吗？"

剩女："他必须是讨人喜欢，有教养，懂礼仪，能说会道，爱说爱笑，喜欢运动，最好还是能歌善舞，趣味广泛，最重要的一条，我希望他能终日在家里陪着我，我想和他说话，他就开口；我感到厌烦了，他就别出声。"

工作人员想了想，对她说："你需要的是一台电视机。"

中国男女比例严重失调，男子比女子多许多。现状却又是剩女比王老五多许多。这真让人感到不可思议。作为一个男人，我得承认我们中国男人有许多不足。

一是单薄。身体单薄。中国男子与白种男子的身体差别本来就远远大于中国女子与白种女子的身体差别。而我们面对的社会现状又是太重视学历，这当然就无法关注到体育锻炼了。结果导致中国男人的身体发育不良，站在那里如赵丽蓉说的"像个小鸡仔子似的"。

二是浅薄。思想浅薄。中国男子因为有传统观念上重视男子所形成的"天然优势"，导致他们的学习普遍不如女子，肚子里有点知识的不多，称得上有点文化的更少。相对中国男子，中国女子更能吃苦耐劳，表现得也更出色，现在女子在职场上超过男子已呈明显趋势。

三是浇薄。不够厚道。在男子身上，传统的美德丢掉不少，新的美德似乎尚未养成。世风日下，人心不古。各种浇薄之辈层出不穷，坏人十有八九是男子。一个老师，因为学生写作文，表示要学雷锋，做些好事，竟给打了个5分的成绩。这样的老师，估计教不出来合格的学生来。

所以，中国女人，特别是优秀女人，都有资格看不上中国男人。时代不同了，男女不一样，男人能够做到的事，女人都能做到；而女人能够做到的事，男人有许多都做不到。虽然男不如女渐趋成为事实，但笑话中的这位女子所提的要求个别项目稍微高了些。细将女子所提要求做如下分析：

1. 讨人喜欢。尽管每个人对"讨人喜欢"的看法与标准不一样，但尽量让心仪之人喜欢些，对一个男子来说想必不是很难做到的事。此问题关系在于，一个男人讨人喜欢不难，难的是长远地讨人喜欢，更难的是一辈子讨人喜欢。

2. 有教养，懂礼仪。这是做高尚的人需要具备的素质，男女都一样。不谈恋爱，作为一个人你也得"有教养，懂礼仪"。但真正做到这点是很难的，比如该女子所提的条件7，就称不上"有教养"的表现。

3. 能说会道，爱说爱笑。中国人是爱微笑的民族，爱笑是天性，做到这点不难。但能说会道还称不上。华人在整体上归于性格偏内向的民族，"爱说"不是我们的强项。但一般地说说，基本上都能达标，不能达标的人差不多是半个哑巴。至少东北人许多是爱说的，在我们丰富多彩的文娱舞台上，东北兄弟们有许多优秀的表现。

4. 喜欢运动。这对身体有利，每个人都会努力为之的。况且运动项目有多种，总有我们所喜欢的一种。实在没有，还有"甩手运动"。

5. 最好还是能歌善舞。汉族不是能歌善舞的民族，此项我们多不擅长。但年青一代，唱唱卡拉OK基本上都行，扭扭腰许多人也行。

6. 趣味广泛。这个可以自吹。有前五项中的"能歌""能说会道""喜欢运动"等作铺垫，基本可以称得上趣味广泛了。

7. 最重要的一条，"我希望他能终日在家里陪着我，我想和他说话，他就开口；我感到厌烦了，他就别出声。"这一点太令人瞠目了，不是一个有血有肉的人能够做到的。我忽然发现，前六项条件宠物基本可以胜任。如"喜欢运动"，这是宠物的天性。又如"能歌善舞"，也差不多是当宠物的基本条件。至于"讨人喜欢"，更是宠物胜任职责的先决条件了。唯独这个条件7，好像宠物也做不到，只有电视机可以胜任了。

　　凡事不可过分，过犹不及。但凡条件太高，超出了许许多多的男子所能具备的素质，就脱离实际了。男子固然学习不如女，能力不如女，智力不如女，但还是有些许的优点的。一个人有优点也是应该的，但要把如此多的优点集中于一身，绝非易事。如果真有这样的人，肯定是仙人或神人，因为圣人也做不到。被誉为圣人的孔夫子，也常常骂人，有时骂得也不太有理。比如他骂宰予，我看就没有什么道理。孔夫子在齐天大圣级别的剩女眼中，大概也属于无教养一类，也是不合格的。何况作为老师的孔夫子，还有"不让说，非要说"的毛病呢。

　　在超级剩女眼里，好男人是宠物加电视机。也许男士们也想具备宠物加电视机的优点，只是男子们也是人，当他们有了宠物的优点时，电视机所具备的品质他们又不兼备；当他们有了电视机的品质时，却又同样如宠物一样，归于需要"吃饭、出恭、睡觉"的那类，有人类共有的毛病，所以他们不能入得超级剩女的法眼了。

　　看来男士还得继续努力，现在努力得远远不够。天意如此，无怪乎现在3G电视卖得如此火，宠物价格比越南新娘还高。

（2012年2月28日）

5. 人的柔情熊永远不懂

归真堂活熊取胆汁事成为媒体的焦点后，一时议论纷纷。动物保护者们指责活熊取胆汁者们残忍，赞成者说动物保护者们伪善。

双方各执一词，气势汹汹。这里没有完全的是与非。

反对虐杀动物者说：没有买卖，就没有残忍的杀戮。说得很义正词严，但也很片面。这里需要说明的是，活熊取胆汁远没有到杀戮的程度。活熊取胆汁，与取虎骨是完全不同的一回事。取虎骨，非得取了虎的生命；活熊取胆汁，并不害其命。这里有本质的区别。故所以，虎骨早已在药用行列中被取消了。

纯粹站在动物立场上的言论，很好听，但人类根本做不到，也不必做到。个体做到了，个体的祖宗们也做不到，儿孙也未必能做到。完全站在动物的立场上，就不会有我们人类。人就是杂食动物，如果没有在与动物们的博弈过程中获胜，人类早就不存在了，或者成为某种弱小动物的一类，被其他什么强大的动物"保护"起来了。恩格斯说："人来源于动物界这一事实已经决定人永远不能摆脱兽性，所以问题永远只在于摆脱得多些或少些，在于兽性或人性的程度上的差异。"人类就是在吃粮食与肉食的过程中成长的，没有肉食，人类现在充其量还是猿人，可能比猿人还不如，因为猿人也是靠了肉食才增长了脑容量进化到这一步的。

有的人极而言之，不仅成了熊道主义者，甚至发展成了鼠道主义者。这就近乎伪善了。鼠当然也是生物之一，如果没有白鼠们在药物试验上做出的牺牲，我们的寿命也许根本活不到现在的平均七十多岁。白鼠们的那种牺牲不是被取了胆汁，而是生命。但由此得出要对老鼠们尊重，也是可怕的。这样推导下去，这些人走路要小心了，不要踩着了蚂蚁。对正在吸着自己血的蚊子，也不要拍，赶走了之。也许这些都能做到，那对自己鼻头上螨虫怎么办？不杀死它，自己的鼻头永远是红红的。

完全赞成活熊取胆汁的人说，人与动物的关系就是利用。在归真堂开放日座谈会上，有教授发言："资源保护的目的，说穿了是利用。""我们不仅把这个物种给保护了，还用它的胆保护人。我们何罪之有？"话说得堂堂皇皇，却也令人毛骨悚然。

人与动物的关系有利用的部分，但绝不仅仅是利用，更多的是共生共存，这点早已成为常识。人保护动物是为了保护资源，也是为了人类自己的生存发展。试想，没有昆虫们的授粉，人还有这么多的食物可供自己食用吗？如果这个世界上只有人，人也早就完了。爱因斯坦曾预言："如果蜜蜂从世界上消失了，人类也将仅仅剩下四年的光阴！"所以，保护动物也是为了保护人类自己。"利用"一词，实在凶险。

人比动物伟大，就因为我们能考虑得更多、更周详。在熊胆汁成分还没有完全弄清，人造熊胆汁不能完全取代熊胆汁的前提下，我并不反对获取熊的胆汁。不杀熊，并使它为人类服务，眼下并无不可。但君子爱药，要取之有道，要最大限度地减轻熊的痛苦。我非熊，但我难以否定熊的痛苦，更不能说熊很舒服。这道理就如同在人体内放了支架，并因此延长了我们的生命，我们也绝不会说在胸口放个支架很舒服。谁都知道，那是为了延长生命迫不得已而为之的事。

取熊胆汁事不用大张旗鼓，而且我们必须限制熊胆汁的使用范围，这样的企业也不能轻言上市，扩大生产规模。上市后巨额募资将促进养熊产业规模扩大，可能会给黑熊带来范围更大的长期伤害。此物原本就是作为药品使用的，属迫不得已，现在企业宣传和连锁店中基本作为补品、礼品来设计了，由此催生一个礼品市场，这就超出了我们以此来拯救人的生命这个基点，不利于黑熊这个物种的保护了。有人说这样做也是保护了熊，我很不以为然，真正保护不用这样，完全可以把熊放到保护区里去。

言论要客观求实。坚持说熊被活取胆汁很舒服的，是诳言。持很舒服说法的人，实属把自己的观点强加于熊，是很不熊道的。对此，熊沉痛万分地说:"人啊,如果你们需要熊胆汁,我可以贡献你一点。但你不能因为我不能讲话,长得黑丑,被迫无奈,就认为我被活取胆汁是很舒服的。如果我有能力,把你圈养起来,我也一定要让你尝尝被活取胆汁的舒服,就像我现在被你活取胆汁一样。在上帝面前,我们都是哺乳类,都是一样有痛感的。"

人要将心比心,尽量减少它们的痛苦。但愿我们的科技快点发展,让熊远离被取胆汁的苦难吧。也但愿我们的科技更发展一点,研制出可以完全取代熊胆汁的物品来。

人的柔情,熊永远不懂。

(2012年3月20日)

6. 雨刷北京难美丽

今年的一场大雨，让北京再次成为中国的焦点。前几年北京也有过此事，一场大雨或一场大雪，就能让北京成为中国的焦点。北京的雨雪与北京的桥一样总是千奇百怪的。

下这么大的雨不湿路面，不积水，不堵车，是不可能的事。北京的事情怪就怪在二环路上淹死了人。二环路如此宽阔，与长安街不相上下。如果有一场雨，把人淹死在长安街上，几乎就是笑谈。

一场六十年不遇的大水，洗出了北京这个城市的底色，也沉淀了北京的大爱。北京是一个发展中国家的首都，虽然经济增长迅速，外表风光，但内在经络还有许多不足，某个穴位一被点中，整个城市便会瘫痪。而北京的大爱，就是包容和厚德。从机场的双闪灯小车志愿者，到以人做标志指示陷阱；从提供场地让陌生人度过一夜，到冒着危险相助路人，无一不显现着北京人的大爱。北京人在历来的捐款活动中，人均也总在最多的行列。

但我们也看到，在平常的生活中，北京也有另一面：人才最集中的都市，却怎么也管不好交通，它是全国最差的；在所有的叫骂声中，北京也以著名的"国骂"处在极有名的行列。

交集的北京，让人爱恨相加。人们问，人性为什么总像夜明珠，非在黑夜到来时才发光？它为什么不能像钻石，时时都发出耀眼的光泽呢？

大雨刷过的北京，让人更能看清楚一点。

现实离理想太远。许多人的理想中，北京是世界最大、最漂亮、最国际化的城市，但我们或许从来就没有过，也没有想要宽敞的下水道的问题，快速的发展又让相关部门把这点有意无意地忽略了。何况北京历来就是缺少雨水的城市，北京是世界上唯一的不靠海、不靠江、不靠湖、不靠大河的特大城市。它有巨大的天然的不足。

地下离地上太远。北京的地面建筑已经接近或赶上了西方国家的首都了，而北京的下水道离巴黎的下水道差距实在太远。从这场大雨中我们也可以看出，我们爱做表面文章。表面文章就像是大楼，矗在那里谁都看得见，这自然也很好。但我们谁去做地下文章？谁去建平时看不见的排水管？谁都明白，建水管的人很难得到称赞，这样的业绩人们不易看到。看不到的业绩，没有多少官员愿意去做。

应急离着急太远。我们的体制是人人负责，人人不负责。也许火烧到眉毛了，还得请示。路堵成肠梗阻了，还在收费。其实，许多地方有规定，汽车在收费口堵塞的队伍达200米，收费口得自动放行，但真正做到的没有几个。让人早点回家，就少一点危险；让人少一点出门，就增加一分安全。但我们当前的行政能力与百姓大众要求存在太大的距离。许多行业都有应急规定，但它们到底应了多少急呢？

行动离感动太远。一有事故，就有英雄事迹，而我们太容易被感动。感动当然很好，救人让人感动，许多大爱都让人感动，但感动之余我们更要行动。如果感动之余不行动，那么下次大雨到来，还会有无辜的人会遇难。一声问候，一声祝福，的确很温暖，但从现在开始，把可以解决的问题先解决掉，不让下一场雨或雪降临的时候，再次陷入路堵人亡的困境，不是更好吗？至少，立交桥下淹死人这种事情是应该杜绝的。

北京是个极为缺水的城市，按理，这么大的雨对北京来说好处还是很大的。雨后北京的天空极蓝，很容易让人忘记几天前曾有的"海景"。对于行政部门，老百姓想说的是，"你懂得我的喜欢"。

（2012年7月24日）

7. 唐僧师徒对走转改的启示

目下,"走基层、转作风、改文风"活动进行得轰轰烈烈,正往深入的方向发展,且成效显著——走得踏踏实实,转得扎扎实实,改得朴朴实实。文史一家,文新也一家,故走转改在《西游记》中也有映照。走是生活的常态,走到神仙的境界便有游的感觉;转是方向性的改变,是人向神的境界的蜕变;改是品位的提升,是石墨向钻石的分子重新排列组合。多思考、多借鉴、多探索,会让走转改活动进行得更为出彩。我在《西游记》中得到的启示是:一部《西游记》,正是走转改的最好写照。

走基层要学唐僧。唐僧之走,是记者之走的最好榜样。

一有方向。这个方向对唐僧来说就是天竺,那里有佛教,那里有真经,那里有最灿烂的文化。而记者的方向就是基层,那里有百姓最关注的事情,那里也是新闻的源泉。唐僧一去十九年,而记者也应该把脚步永远指向基层那个方向。

二有信念。走是要有大雄心的。唐僧说:"不达天竺,决不东归一步。"所以,他在水袋丢失在东边不远地方的情况下,也没有动摇信念东归一步去找。这在沙海中行路,有如以死相争。记者走基层,没有坚定信念同样不行。没有信念,你的根系扎不进百姓的心里去,百姓的所思所想,在你的报道中如同幻影。

三有目的。唐僧的目的是取到真经,弘扬佛法。记者的目的是采到真新闻,反映百姓生活和心声,促进社会经济发展,建设和谐社会。目的明确,动力才大。

四有效果。唐僧取经的效果传之今日,文传千秋,光泽万代。记者走的效果,也是为了传播新闻,繁荣文化,做好精神文明建设。两者殊途同归。

转作风要学悟空。悟空之转，是经过九九八十一难，才做到并得道的。

一转习惯。悟空的特点一浮二闹。身上长毛，浑身发痒，浮是悟空的毛病；坐立不宁，翻飞嬉闹，闹是悟空的特点。而这也是记者的大病，整天待在机关里不接地气谓之浮，不深入基层脑袋空空便会闹。《西游记》中悟空的转变告诉我们，取经的道路，正是转变习惯的道路，修行的道路。转作风是外化表现，而内在则是心志的修行。

二转态度。出山前悟空的态度很有问题，无功便要受禄，无为还嫌位低。稍不如意，就威胁，就要横，就去破坏天宫的宁静与和谐。记者中此类人物也有。采访态度不端正，以公权谋私利有之；拿着国家的俸禄，做着人民侧目的事情也有之。更多的是志大而才疏，不踏实，不用功，不作为。转变态度，最主要的就是要把百姓放在心上。

三转作风。取经路上，悟空的小毛病不断，虽不见得时时罢工，但也要闹闹情绪怠怠工，还批评不得。记者有这样的毛病的也不少。做新闻工作，作风一定要正，绝不许打着监督的旗号，做着打砸的事情；也不能把自己的私利，掺在媒体的功用之中。这种作风是新闻的大忌，是媒体的大忌，断不能有。做新闻工作，一定要有良好的工作作风。作风硬，才能战斗力强。

四转能力。悟空开始是有锐气，也有能力的，遇到妖精便作战不已。后来发现妖精多为官二代或官家保姆之类，便不再打，也打不赢，而是请菩萨去了。年轻记者也这样，开始有锐气，有能力，后来锐气不再有，能力也减弱。这也提醒我们，正义和良心永远是锐气和能力的坚强后盾。同时也提醒官员，提倡改作风，领导首先要改，领导不改，就有可能沦落为不法人物、不法事情的保护伞。在那种情况下，单单让记者转作风，效果不会明显。

改文风要学八戒。学习八戒，就是向生活学习。

一有人性。我们切莫以貌取人。有血有肉的生活中的人，远比不食人间烟火的神仙来得可亲。有调查说，八戒是唐僧师徒中最受女性欢迎的，因为他最有人性，最像是我们生活中的邻里兄弟。记者的文风，除了真实，我以为最重要的是要散发出人性的温暖。

二有常识。唐僧师徒中，唐僧可以常常饿着，悟空随便哪里摘个桃子就行。这虽是小事，却也是常人不容易做到的。只有八戒，最有常识，懂得饿便吃饭，渴便喝水，累便休息。这与中国文化中的禅宗如出一辙。在我们的工作中，违背事实的新闻多是缺乏常识所致。读不下去的新闻，也多是没有文章常识的文字。

三有生活。生活是最高法则。改文风就是要说人话，说真话，不说官话、套话、假话、虚话。一部《西游记》，我们能够记住的话多是八戒说的。朴素之中见真理，正是八戒的特长。让人记得住，这难道不正是成功的新闻记者所向往的吗？

四有发现。唐僧人妖不辨，好坏区分不了。悟空虽是火眼金睛，但看到的多是妖精，而看不到美好。西行路上，生活中的美，几乎都是八戒发现的。记者不就是要在生活发现新闻，发现美，发现新闻最精彩的一面吗？不向八戒学习，怎么可能在平常中发现新闻，在日常中发现美，在惯常中发现新闻的最佳展示角度呢？

所以，切实落实好"走基层、转作风、改文风"，除了学习马克思主义新闻观以外，也要学好中国传统文化。许多事物是触类旁通的，努力学习、打通学问，我们的境界才会高。才能写出一手好文章，做出好节目，受众才会喜欢，百姓才会满意。

也许有人看到这里还会问，沙和尚和白龙马在"走转改"中干什么？我想有两点：挑担可谓后勤支持，驮人便是机制保障。

（2012年8月7日）

8. 从规则、精神和民愿看体育比赛

羽毛球运动员在奥运会上争负,成了一时的话题。人们对此有肯定、有批评。媒体的声音中不认可的居多,网上民众认可的声音则多一些。我意判断此事的标准至少要有三个,停留在浅层次上所做出的判断不会得出正确的结论。

一、规则的好坏

现在有不少意见集中在规则层面,谴责规则设立得比较差。这些人的意见是,坏规则让好人变坏,好规则让坏人变好。毫无疑问,规则订得确有问题,至少没有考虑到比赛进程中会发生的各种可能。好规则让坏人变好有些许的可能性,坏规则让好人变坏的可能性很大,所以批评很有道理,很有必要。但深一步想,坏规则和坏现象,我们要批评。好规则里的坏人,我们同样要批评。假如我们承认我们的制度总体是好的,那里面出现的坏人我们就会认同了吗?不会,这些是坏现象,还得批评,他们是恶人,还得谴责。如果这个成立的话,那为什么奥运会中的坏制度下出现的不文明的现象,我们就要去认同它?故所以,以制度好坏来作为此事的判断的一个标准,是不成立的,至少是不全面的。

另外,规则的好坏只是我们在奥运会故意输球事件中要讨论的第一层的意思,而远非全部。停留在第一层意思上面就来做判断,那肯定是我们的认知有欠缺,思考有不足。奥林匹克的竞争,不在于谁发现的规则的漏洞,谁利用了规则的漏洞,最后谁在这种利用中得到好处。如果我们钻奥林匹克规则的漏洞,我以为,我们就显得渺小了,成了规则的俘虏。

我们要展现的是,即便有规则的漏洞,我们也要以没有漏洞的竞赛标准来对待比赛。这个过程不仅是体育比赛的过程,也是人类展现自己美好精神的过程。没有这种精神的展示，体育就只是纯粹的体力玩意，永远不能上升到精神的层面。只停留在体力层面的游戏，我们绝不会如此钟爱它。

二、精神的高低

《奥林匹克宪章》赋予奥林匹克精神是"相互理解、友谊长久、团结一致和公平竞争"。奥林匹克的格言是"更高更快更强"。这绝不是单单指成绩、体能，它同时也是指精神。为什么有这么多的没有取得金牌、甚至是最后一名的运动员，在奥运史上比有的金牌获得者还著名？就是因为他们体现了奥林匹克精神。

同样，低下的精神层面的展示，同样会给人们留下恶劣的印象。我还清楚地记得，1988年汉城奥运会，韩国为了使自己的射箭运动员获得好成绩，就把箭靶上的洞弄得大一点，以使自己的八环变九环，九环变十环。这是人类运动史上丑陋的一页。现在韩国人在指责他人的时候，我有时会想起他们身上的"箭疤"。

胜之不武，君子不为；胜之丑陋，人神共愤。我们要锦标，但不要这样的锦标；我们要锦标，更要精神。这种精神在体育竞赛中，是公平地竞争、尽力地拼搏、全面地展示昂扬向上的内心世界。

奥林匹克的精神是光洁的。人类在自己的发展史上互相征伐，血迹斑斑。我们要为自己留下一块光洁的地盘，展现光洁的精神。只要是光洁的，谁拿冠军都是这个人、包括这个人的民族和国家的骄傲，甚至可以说是全人类的骄傲。我们应该为这些我们优胜的同类喝彩。

孟子说过，人要"尚志"，所谓尚志，就是"仁义而已"。一个大国，要有大国的风范。一个大国，在落后被别人欺侮的时候，心里的憋屈特别大，这种心情我们特别能理解。以往的一百多年间，我们常有这样的心态，逼着自己努力、奋斗，要傲然不屈地站立在世界民族之林。我们现在应该更多地展现精神的另一光彩面，五千年历史的文明古国，世界第一的人口数量，世界第二的经济实力，世界第三的国土面积，30多年的高速增长，改写了人类发展进步历史的中国人，不能小气了，要有大国的气度、大国的精神。但我们现在有许多人的气度，只不过是同治中兴以后的那种气度，最多比那个气度大一点，而没有一点盛唐气度。也就是说，我们在精神层面，还停留在不太高的高度。有盛唐气象的人民，生活是幸福的，看任何事情目光都是平和的，脸部表情都是微笑的，精神是昂扬的，处理问题的态度是雍容大度的，对于来自任何方面有道理的批评是诚恳的，对于不怀好意的声音也是不予理会的。对于任何的武力挑衅，在必要时我们也会告诉他：犯强汉者，虽远必诛——当然，这在体育比赛之外。巨象的身上总有几只虫子，不要把每次被虫子咬的事情都叫唤出声音来——大象只是身上有点痒，而虫子维持的是生命。

三、民愿的拒迎

奥林匹克不是一个人在战斗，而是大众陪着你一起战斗。你的战斗如果没有得到大家的认可，甚至是站在了你的对立面，你就得好好想想，你的做法是否对头。

我们不妨站在中立者的位置上看问题，分析一下。

大家花了时间，为的是看体育比赛。没有技术、能力、战术的展示，不能称之为比赛。

大家花了钱财，就是为了看争胜的比赛。都去争负，体育将从人类的游戏中消失。这样的比赛，也是对大家的不尊重。你不能说，我花了四年的时间刻苦锻炼，就是为了如何更轻松地夺得锦标。如果这样，那几万现场的观众，几亿场外的观众，花比你不知多了多少倍的时间、钱财，就是为了看这样的比赛？

大家花了精力，为的是看体现人类精神层面的比赛。运动员比赛，说小，为自己；说中，为国家为民族；说大，为整个人类的文明。没有比赛，哪有竞争，哪有精神的展示，文明的体现？而争负这样的"比赛"，最多是为了自己的利益而已，没有一丝的文明。多说一些，是为了国家的某一些人。便是三五亿人都认可，它与70亿人类相比，也是少数。何况广大的中国人是不认可这样的举动的。它与整个人类的精神文明，是一点边也沾不上的。这样的比赛，也许会成就一个人的成绩，但它毁掉的是整个运动项目，毁掉的是我们对体育的热爱。其中得失，一目了然。便是同一个国家的民众，看到这样的方法获得冠军，心里也决不会认同。

我们要把民众的拒绝与欢迎的态度考虑在内，民众的热爱是所有运动项目能够延续下去的基础。不把这点考虑进去，我们所有的出发点和归属点都是错误的。

我们要在阳光的照耀下、精神的光芒里、大众的热爱中，享受那金牌的光亮。

（2012年8月14日）

9. 伦敦奥运会裁判错位向前：
由绅士滑向小丑

英国人曾经是绅士的。每年8月前，伦敦上流社会的社交活动层出不穷地展开。在伦敦，能发现整个英国，也能发现整个世界的痕迹。

但伦敦奥运会极符合这个"日已落帝国"现在的身份与能力：岛国之心、易盈之器、末弩之力，连运动员在场上都成不了主角，这样的运动会你还能多说些什么呢？不合格的裁判操纵了赛事，使得多场比赛有点像是小孩子过家家。当然，奥运会本来就是一场游戏，但游戏也要有规则，否则连游戏也进行不下去。等若干年过去后，我们还能记得伦敦奥运会多少？有一点是肯定的，我们还会记得裁判。这对于裁判来说，不知是幸，还是不幸？

比赛中裁判与整个赛事的不合拍颠倒了主次，裁判充当了主角，而运动员的天空必定充满黑色。运动员经过多年刻苦的训练，运动水平上去了，却因裁判水平下降而导致运动员四年的汗水和心血付诸东流。这对运动员是最大的不公，也是对体育比赛的不尊重。对观众来说，这样的比赛也是对他们的嘲笑。

裁判错位向前的表演千奇百怪，如同小丑，令人失笑。

一个不知会不会打乒乓球的裁判，多次判丁宁比赛发球违例。丁宁是世界名将，多年来一直这样发球，从未为此得到警告。这位裁判不判则已，一判还判了四个。如果这个裁判是对的，那么以前为丁宁做裁判的那些人便全是错的。这个裁判的水平已经高到足以挑战所有裁判的地步了吗？绝不至于。何况，全世界的观众正准备欣赏两个水平最高的中国人的比赛，一场真正的世界顶尖水平的角力，而一个欧洲裁判却在其间很不恰地充当了主角，并使这场球赛精彩程度大打折扣，这难道是欧洲中心论的无限膨胀？

一个不知会不会投掷链球的裁判，竟让德国运动员海德曼多投掷一次。这个错误显而易见。找不到投掷的痕迹等同于高考考卷找不到了，这已经错得无法再错。运动员又没有把链球扔到月球上去，怎么就找不见了呢？再考一次发现考得更差，却又说考卷找到了，成绩还很好。裁判的头脑昏得可以，投掷七次可以，八次可否？九或十次可否？这次是中国运动员吃了亏，深一步想，如果那个德国运动员多投一次的成绩，排在了第一位，那会是什么结果？金牌、银牌获得者能答应吗？如果真的出现这种情况，这场比赛会怎么收场？会不会引起一场"世界大战"？而且，这留下了一个话柄。人家会说，哦，你得了奖牌？你投了几次？如果你再投几次，是不是可以得金牌啊？几百年以后，都会有人这样说。

一个不知会不会计数的击剑裁判，干脆让时间在他面前停止了。一秒钟时间之长如同永远。有一些傻子只能计数到5，超过5，他们就说累了，不愿去计数了，其实是他们计不下去了。韩国击剑运动员申雅岚遇到的情况更糟，她遇到的裁判只能数到1，永远2不了。我曾听一个常年出国的朋友说过这么一个故事：一个金发美女导游，排队买门票。因她每次只能计算买一张门票的能力，所以有几个游客，她就排几次队买门票。如果团队人多的话，等买好票，天差不多已经黑了，也要打道回府了。反正时空相对论是欧洲人发现的，那就让时间停止好了。一秒钟时间，让我们有充分的时间来书写历史。如果欧洲裁判真有本事把时间停下来，对我们这一代人也是幸事，至少我们会永生，并永远记得裁判的闹剧。

一个不知会不会跳水的裁判给英国运动员戴利重新跳一次的机会。即使规则允许，也从来没有人这样做过。因为它颠覆了人们对比赛的理解，这种颠覆是毁灭性的。有闪光灯可重跳，那有多少闪光灯可以重跳呢？设想，如果某次世界足球锦标赛在英国进行，遇上英格兰队点球不进，它提出，因为球场声音太吵，要求重罚，裁判会不会再给一次罚球的机会？不以这样的理由，裁判也完全可能找到别的理由这样做，比如，防守方过早进入罚球区，等等。如果这样，只要有罚球，英格兰必定是最后的胜利者。那还比什么赛，搞个铁桶之术，挨到罚点球即可获胜。反正事实已经证明了，凡在英国进行的世界杯比赛，英格兰就得冠军。

　　一个不知眼神好不好的自行车裁判，在自行车争先赛中胡作非为，机器都无法证明犯规的事，裁判一口咬定，中国队犯规了。而人眼都能看出的英国人的犯规，裁判却说，他们没有犯规。这些裁判已在历史的车轮底下辗过，成为不幸主角的画片。我们都不用记起他们，记起他们，是对我们头脑的玷污。英国人发明足球，巴西人获得冠军；英国人发明乒乓，中国举起奖杯。反正都没有他们什么事。这次伦敦奥运会上，英国人得感谢裁判的帮助，终于帮助他们争得了一点荣誉。

　　有人说，欧洲人守法，我说，不见得。有人说，欧洲人绅士，我说，不见得。以上便是明证。欧洲人在世界历史的中央待的时间有点长了，看到中国人、东亚人领先，便滋生一种混杂着嫉妒和无知的心态，甚至连裁判也自觉不自觉地迈步向前，充当了另类的主角。错位上前，往往会成为历史书中记载的小丑。

　　说欧洲那些裁判从绅士滑向小丑一点也没有污蔑他们。这个小丑是他们申诉得来的。

（2012年8月21日）

10. 媒体是秋夜里的萤火虫
—— 有光亮，不温暖

"现在的媒体像什么？"有朋友这样问我。我自己虽就职于媒体，但对这个问题，先前并没有深入想过。我实是想了很长时间，最后的回答是：现在的媒体像秋夜里的萤火虫——有光亮，不温暖。

诗意的回答，失意的结果。

萤火虫有光亮，但光不足。萤火虫的诗意让人们愉悦，特别是秋夜，若没有萤火虫，秋夜就缺少了许多趣味。趣味是让人生活下去的一种酶。这与媒体对我们的价值一致，因为媒体给我们提供了所需的信息。如果没有媒体提供的信息，我们便如同在黑夜中走路。但萤火虫还有个特点，就是虽发光，但光亮有限，聊胜于无。它让我们看到的世界不是彩色的、千变万化的，更像是黑白电影，与所反映的自然现象不完全一致。我们现在更多的是依靠灯。在没有电的地方，我们更多的是依靠月亮。萤火虫对我们有所帮助，但不是很大。

按理来说，媒体在信息方面能给我们最大的帮助，但它实实在在也在误导我们。现在的假新闻实在是多，多得如同满天都有萤火虫的光，却看不到路径。有的虽然不是假新闻，但它给人的感觉如同我们看到爬满螨虫的地毯，不得不扔了为好。

美国驻华大侠骆家辉上任坐经济舱，这本是较为清廉的一种象征，是值得我国官员学习的举动。但央视记者却问骆家辉坐经济舱是否要人记起美国欠中国的钱。这样的提问，感觉如同在美餐上看到蜣螂，让人忍不住反胃。

萤火虫有光亮，但无光柱。它不像探照灯一般，我们看不清来路去向。它显现不出景深，无法探究苍穹，无法直射社会，它与这个社会有点

"隔"。如果我们按它所照的方向走，很可能会撞脑袋。这个光，让我们知道夜的黑，夏的热，秋的将至与凋零，也让我们知道了生活的韵味与变化。但这些远远不够。而且，它是非逻辑的，虽然浪漫，但属瞎碰瞎撞。

媒体多么类似。它虽也提供了不少信息，但也有不少无用信息，甚至是错误信息，当然错误的信息属于少数。它最大的毛病是信息的实用性不够。多次调查的结果显示，最为受众关注的信息是"天气预报"，可见其他新闻，离大家的要求还很远。有些媒体上的新闻，虽然较新鲜，但属冰鲜；虽采之地头，但无露珠；虽获之民间，但不生动；虽足迹历历，但属蜻蜓点水。这些新闻是大葱新闻，简单肤浅，一成不变，剥来剥去，剥到最后，还是白的。北京某报在前一阶段刊发的一些评论，让人看了吃惊，这样的评论与现实太背离了，它究竟代表谁的声音？没有光柱，能照多远？

萤火虫有光亮，但不温暖。虽然法国作家列那尔把萤火虫比作是"为了给鸟儿谈情说爱照明"的小虫子，但我以为，它还是浪漫有余，温暖不足。有些媒体很没有温度。我自己就遇到不少这样的事。我有几十篇文章被不少媒体转发，但我至今一分稿费也没有收到过。报刊既不写明转发，给人感觉是作者投稿，又不给发稿费。表现最好的也只是说，请作者与他们联系。但作者并不知道他们转发了文章，又如何向他们索要？其实索要也没有两家给的。小节很不好，大节谁相信？至少，我们不能说它很有诚信吧。更让人感到寒冷的是在俄罗斯别斯兰惨案中，竟有媒体竞猜现在死了多少人，那几近到了残酷的地步。

我们的报道，要有温度。我写过一篇阅评，对《新民晚报》在两会期间报道的一组数据颇是赞赏。它所选用的数据为：共有产权房收入限制将放宽至5000元；今年旧区改造将惠及逾2.5万户；事业单位新绩效工资将使九成职工受益；到明年上海的地铁运行要达到570公里左右，世界第一。这组数据，是大家都能感受得到的，是有温度的。怎样选择能让人感受到温暖的数字的报道，也是改文风的一个方面。这一组数字，与老百姓有紧密的关联：共有产权保障房能大大地增加覆盖面，旧区改造能改善困难群众的生活，绩效工资将使九成职工受益，地铁几乎是所有市民的出行必需。这些数字不是缺乏感情色彩的平均数字，是让更多的老百姓实实在在触摸到的数字，是有温度的数字。这样的"有温度的数字"更多地出现在报道中，也能让读者感受到记者、编者传递的用心，感到温暖。

有一个著名的医生，冬天总是在怀里揣着一只暖瓶。有人以为他怕冷，其实他是确保自己随时在为病人检查时，用一只温暖的手触摸病人。

我们接触新闻，也希望能时时感受到那些有温度的新闻。所以，媒体要像冬天里的火把，既能照亮前程，也能温暖人心。

（2012年8月28日）

11. 桥已断，路难修

哈尔滨的桥塌了，人心如桥一般，也塌了一半。

现如今，常有些匪夷所思的事情出现：上海的楼房还没有造完，倒了；哈尔滨的桥才刚造十个月，塌了。更让人感到匪夷所思的是，这些事情没有什么结果。所谓的一些结果，听来像是天方夜谭。拿了几个牙役，发配了事。而结论，让人听来像是蒙昧时代。房子一侧的土没了，房子就倒了。那天底下一侧没有土的房子不知有多少，它们倒了吗？没有！归根结底，还是建造者不太在乎这房子的倒与不倒，所以他们在设计与建造的过程中根本没有把倒的可能性设计在内。雷峰塔都有倒的一天，他们怎么会在乎这些呢。便是倒了，脱词还会少吗？非得说他们在乎，他们在乎的是钱财，而非人命。

如今，哈尔滨的桥又如出一辙。一座才用了十个月的桥塌了，相关部门不从桥的质量入手、不从人心不轨的角度入手寻找问题，定是别有用心。说什么超载，能说服人吗？除非这桥是被人为炸掉的，不然质量问题、责任问题脱不了干系。果不其然，这桥才塌，有关方面虚与委蛇的一系列做法层出不穷，又是施工指挥部已经解散，又是否认与该市接二连三的塌陷有关，又是一个什么"分离式匝道侧滑"。种种回答中，充满临时性自保、逃避问责的心态和用心，还有对人的性命的冷漠。人们在此事件中，看到了淋淋的、殷红的血。

商企的贪婪嗜血。一个城市的路面接二连三在塌陷，说明什么？说明人民的血在被一些吸血鬼们吞噬。这座城市随时会让人陷落消失。试问，如此离奇的事怎么会发生？

监管的失责贫血。这个城市的道路总在塌陷，现在桥也塌陷了，监管部门一点责任也没有？如果有责任为什么不负？这个城市贫血得已经完全不像是一个正常的机体了，是个彻底的血液病患者。

相关部门的冷漠铁血。有关方面吞吞吐吐的表现，像是在躲猫猫。表现出逃避责任和对百姓鲜血的漠不关心。联想到这个城市曾有的贪腐，人们不得不问，这些人是不是还在台上？他们的阴影为何总是笼罩在我们头上？

百姓的无奈失血。百姓对此有巨大的不满和愤怒，但真相在哪里？人们的呼声为什么总被置若罔闻？如果不追究，桥还将继续塌，房还将继续倒，人们的血还得白白地流。以人为本就无法落在人心。

这个世界是个充满魔幻的世界，晚上睡在床上，早晨躺在地下；刚刚还在桥上，马上躺在桥下。百姓问：我出门，会不会走着走着就消失了，能不能安全地回家？回到家里，我能不能保证自己明天早上还在床上，而不是在地上？

这些事件一再出现，百姓以一而再、再而三的失血在警示相关部门：桥已断，人心之路难修；房已倒，百姓信任难立。

（2012年9月4日）

12. 笔尖上的改变
——文风改之难

雕刻甚难，但发雕尤难。更有在一根头发丝的横截面上，雕刻出万千世界，其难道殊非想象而不得知。文风之改，如同笔尖上的改变，状如发雕，难哉。

想来令人发噱，改文风竟有这等难？遗憾的是这是事实。试看我们的文章，写新闻开头只会"记者从……"，写评论不知不觉就冒出"……而奋斗"，写理论一到结尾就流出"让我们……"，千奇百怪的世界被弄得如此单调不堪，这真是我们的悲哀。古人闻之，定会拍案而起。汉朝司马迁意：人固有一死，文固有一死，或重于泰山，或轻于鸿毛。唐朝杜甫意：语不惊人死不休，如欲不朽语惊人。宋朝范仲淹意：先天下之忧而忧，后天下文风之忧而忧。明清"水国梦游"四著更含有多层意：水了，闹了，娘了，游了，惜乎今日游水文章，皆不入流。民国鲁迅意：我看文风不正之树有两棵，一棵叫僵滞，另外一棵还叫僵滞。当代北岛意：灵动是灵动者的通行证，呆板是呆板者的墓志铭。

改文风，看似小事，其实甚难。它如同味蕾的识辨力，虽归小技，但实有长久的记忆力。吾在少年时，作文仿梁效，开头常如此：当前国内外形势一片大好。至中学，自以为有长进，作文开头必改为：日月如梭，光阴似箭。多年后，我竟还能在报刊上看到不少这种写法的文章。这说明，年轻时留下的烙印，有如屁股上的青胎，或许年长后会消失，或许就是终身的印记。

武林中人都知道，想学功夫不难，想学好功夫较难，想学顶尖功夫很难，而想把已学的功夫去掉，则更难。翻看金庸的小说，给我们留下的印象尤其深刻。想想那个可怜的虚竹，被动卸去原有功力，有生不如死的感觉。而要主动卸去一身的功力，或许有脱胎换骨、重新做人的感觉吧。

现在的文风改之难，实在是因为要修改的是我们童年的印记。根基不正，业已长成，后天却欲将其扶正为栋梁，其难度可以想象。而青壮时，既浮且躁，有何修行？况且许多人根本不擅文章之道，所作文章，不入人之法眼。对少时根基不正之人，要写出真正的好文章，要卸掉幼时练习的一身不纯的功夫，就如忘记舌尖上幼时的记忆，下苦功重新学习，那是何等的困难。

有人说，走转改，重在改。此意甚是。如何改？也是大学问。吾自大学至今，不敢有一日不读书，积三十年努力，方悟小道。体会有三：

要学树根，多向民众学习。民众乃语言沃土，扎根其中，汲取营养，得之言语才生动如跃。这样的语言最受百姓欢迎。如果只会念他人写的文章，对天下文章的变化之道不会了解多少，这些人是改文风的真正阻力。

要当溯流，回翻古人诗文。古人诗文凝练隽永，沉淀日月之光，多读多背，获益无穷。流传千年的文章，哪篇不是珠玑串成。在昔日幼童读物，于今成为国学的今天，能背诵、引用、化意古人诗文为己用者也人数寥寥。

要吹西风，多看西人文章。西文犹如瀑布，似断实连，破题之术，无拘无束；标题之意，直指人心；格言警句，层出不穷。变化多端是文章高妙的要诀之一。西人文章，常常是打开门户的另一把钥匙。仔细琢磨，别有天地。

当然，最主要的是勤读勤写勤练，如果不读不写不练，识见障目，思想固化，梦想沾水，头脑僵化如糨糊，亲和力、感染力何在？

仅仅做到以上，尚有不足，还有三点要做到：一要有决心。决心就是态度，无决心、不端正态度便如庙宇里的恶金刚，是僵硬呆板的代名词。二要有行动。无行动连地面的纸张也不会翻身。三要能坚持。祖先已经把丑话说在前头了，《诗经》云："靡不有初，鲜克有终。"检讨我们以往的失败，多在于虎头蛇尾而已。

改文风，是笔尖上的改变，不知有多少人愿意去做，能够做到？

文章到此，本已结束，忽见一文，说省政府里来了年轻人实习，到后来，刚实习时还青涩的年轻人，却已满口的机关语言了。一个领导开玩笑地对学生说："省长跟你们说真心话，一嘴官话的却是你们。"

社会就是大染缸，改造社会有多难，改文风，也就有多难。

（2012年9月18日）

13. 美丽女人是五十岁依然美丽的女人

什么样的女人称得上是美丽女人？对这个问题，每个人都有自己的标准。在我看来，所谓美丽女人，就是到了50岁依然称得上美丽的女人。

有的女人漂亮，凭借年轻。肤润肌滑，青春无敌，这是岁月给每个人的平等的赐予。但以此被称作漂亮的女人之通病是：时光未去，人却如秋天的西红柿，没有红，已然蔫。

有的女人漂亮，依仗财力。腮红肤白，是化妆品的堆砌。衣着光鲜，又难与气质一致。一旦见光，便如曝光的胶卷，哪里还能找到青春的倩影？我们除了遗憾，还是遗憾。

有的女人漂亮，全凭捯饬。皮肤下的疤痕，是对肌体的挥霍。隆起的鼻梁，却不是内涵的营造。天知道她们会不会像是老旧的皮鞋，随时开线，或如雨后的山体，随时滑坡。

有的女人漂亮，胜在局部。或杏眼，或柳眉，或胆鼻，或樱口。有优点，虽不多也是优点，但她们难符一个简单的道理：整体之和大于所有零件。所以她们还不能与漂亮二字相当。

一则笑话说，有一个金发美女拿着普通机票上了飞机，要去好莱坞。她径直坐在了头等舱内，口口声声说：我是金发美女，我要坐头等舱。谁劝也不行。动手拒之，不雅观，动粗推之，不绅士。但见机长来到她身边，悄悄跟她说，头等舱不去洛杉矶。于是金发美女立即起身离开了头等舱。

生活中我们常常会遇到这样的事，看着新娘的照片，惊叹其美丽。见了本人后，又云可惜不太像。我们国家的工艺水平还欠水准，造美工程难如人意。我以为，天下最幸福的男人是韩国男人，娶了一个韩国美人，就仿佛娶了所有韩国美人一般。但同样，他们也是最不幸的，因为这个国家只有一个在同一个模子中刻出来的美女。审美不用太久便已疲劳,且是深度疲劳。

真正美丽的女人,是到了50岁依然称得上是美丽的女人。这种美人,如秋日阳光,温煦、平和。她们有天赋,而不以天赋胜;有内涵,而又时隐时露;有外在,而内在更胜之。她们浑然一体似朴玉,不着刀也是奇石,若雕之,以天下也不易。这种美人,时光难以在她们身上刻上划痕,素颜让所有的护肤品下岗,天然丽质是对大自然最好的回报,整体囊括了所有美丽的名词。我们看这样的美人,惊呼天人,宛如仙临。你可想象,如果时光倒推三十年,那是何等的美丽!天生丽质,加上岁月的积淀,便如成熟的麦子、含雪的梅花。她们称得上是大自然对人类的最好馈赠。法国总统戈达说,一个巴黎女人,不论她几岁,看上去都不会超过40岁。我看法国总统的审美能力有限,只是说出了其中一个方面。年龄只是美丽的一个方面,更重要的是美丽之外。民国四大美人,陆小曼、林徽因、周璇、阮玲玉,哪一个不是美貌出众,又兼有智慧与才华?所以美国总统林肯说:一个人活到40岁,就应该对自己的脸负责。这样的脸,经历过风雨,所以从容不迫而又纯正,经历过时光,所以有自己的风格却又平和。

美多种多样,昙花一现也是美,但人们对于这种美更多的抱有一丝哀伤。昙花是自然的,虽哀伤也令我们心动。而我们现在更多的是人为的昙花。刚建成的大楼,美轮美奂。三五年之后,已然旧楼。刚完成的地标性的建筑,尚未启用,已经被贴上危楼的标识。生活中的这种美,就如刀工美人醒来后睁不开人工双眼皮的眼睛,更如她们洗脸后掉下来的鼻子和下巴。

真正的美女,要有大天赋,要经得住更长时间的检验。持久才有生命,才最美,哪怕已经到了你熟视无睹的时候,偶一回头,依然可为她的美丽而惊喜、而惊叹。若问她们用什么香水、护肤品。必答曰:宁静、宽容、仁爱。而她们具备更多的是智慧,智慧永远站在美丽女人的一旁,从不离开。英国诗人济慈有这样一句诗:美丽的事物是永远的喜悦。如此,美丽的女人更是永远的喜悦。当得起永远,至少从50岁开始。

(2012年9月25日)

14. 自以为是的思考不过是重新安排的偏见

近日，一对母子在广州越秀区法院饱含悔恨的拥抱令人嘘唏不已——与郎朗一样参加全国钢琴大奖赛，郎朗第一名、他第二名的80后吕某城，被誉为"钢琴才子"。然而多年后郎朗风光依旧，吕某城却因酗酒、盗窃而被判刑。吕母悔恨地表示：如果时光倒流，绝不会逼他学琴，最想还给他一个童年。

美国著名牧师内德·兰赛姆在临终时留下这样一句遗言："假如时光可以倒流，世上将有一半的人成为伟人。"但这必须有一个前提，就是你一定要了解你以往人生的失误之处在哪里，这样你才有可能找到正确的方向。围棋中有个说法，叫臭棋接臭棋。前面一步坏棋，后面接的棋也坏，甚至更坏。这位家长的表现就属这一类。她给人一个完全错误的信息，好像学琴就失去了童年。我倒是从中看到了这个孩子发展的必然结果——他因为没有一个能负得了责任的母亲为他扶正人生的坐标，从而失去了前进的方向。说这位母亲没有负责任，是因为她的孩子已经堕落到这个地步，而她根本还不知原因所在，其实原因就在她自己身上。

这位女士在认识上就存在错误。学琴并不等于没有童年，学琴也完全可以是孩子童年一个非常美好的部分。音乐可以改变一个人的精神面貌，用梭罗的话来说，艺术能让孩子们保持独特的自我。这位母亲的失败在于，在孩子学琴的过程中没有除掉不应有的太多的功利色彩，没有把情感教育、精神享受的部分放到最大。假如丝毫不重视教育这部分作用，那么琴就会蜕变为一种枷锁。不明白这一点，这就意味着家长的失责。

这位家长的做法也是不负责任的。吕某的家人一陪读就是十多年，在德国留学前的13年里，吕某城每天练琴6~8小时，除了练琴与学习文化课外什么都不用学不用管。这种在人格培养上的放任自流正是教育失败的伏笔。事实上这位母亲没有教，也不懂得教，她根本就没有履行家长的教育职责，她用自己的行动为孩子拉开了一扇通向黑暗的门。一个不懂得爱，不掌握文化，不懂得是非，不了解社会的孩子，只会成为社会的弃儿。

　　过去陕北有老汉种苹果，总是不能获得丰收。技术人员前去诊断后说，树需要打枝。老汉死活不同意，说自己活了这么大岁数，只知道人要理发，没听说过树要打枝，结果他的苹果总是又干又小。这位母亲教育孩子的理念与这个陕北老汉差不多。所以，这位母亲说"最想还给他一个童年"，是还不了的，因为她根本不知道孩子的童年应该是什么样的童年。

　　我一直有个观点，孩子不成材，更多的是家长的责任。

　　当家长在不负责任地溺爱孩子时，其实正在"溺害"孩子。专家们把溺爱孩子叫作"高情感表达"，据中外精神卫生研究专家得出的公认数据，近年来四至五成精神分裂症来自"高情感表达"家庭。当家长在麻将桌上血战到底时，也别指望自己的孩子会在一旁学习文化。"全美最佳老师"雷夫·艾斯奎斯说："卓越的教育是向孩子做出良好的示范，让孩子们推动自己全力以赴做到最好。"当家长自己分不清对与错，而把错误的观念注入孩子身上的时候，后悔就在后面等着他们了。如果家长没有做好榜样，没有言传身教，明辨是非，没有关爱，没有给孩子在人生中注入理想和道德，没有把孩子放在自然环境中经受风雨，他能成为一个健全的人吗？

　　作家池莉说，人生本来没有什么意义，为了让人生有点意义，我们必须给人生注入一点意义。幼小的孩子并不懂得人生的意义，家长要给他的生命中注入人生的意义。做不到或是做不好，都是家长人生和孩子人生的共同失败。

　　有一个英国的心理学女博士写了一本书，在书的开头说了一段话。她说：这个世界上所有的爱都以聚合为最终目的，只有一种爱以分离为目的，那就是父母对孩子的爱。父母真正成功的爱，就是让孩子尽早作为一个独立的个体从你的生命中分离出去，这种分离越早，你就越成功。教育的目标应该指向仁爱、勤劳、智慧、勇敢、诚实、正直，与学不学琴无关。如果方法正确，学琴的孩子会有更多的爱储在心田。偏离了教育的这个方向，所谓的反思一定在后面等着你。遗憾的是，有一些人的反思，仅仅只有"反"无"思"。希腊谚语说：很多人自以为在思考，其实只是在重新安排自己的偏见。

（2012年10月16日）

15. 长假高速路上的"垃圾隔离带"是国民素质的印迹

今年国庆长假，出现了异乎寻常的堵车现象。这折射出我们的城市管理能力低下，对一些事情的预判能力形同于无。这种能力低下早已在北京一场大雨有人死亡的事件中得到印证。现在又发展到了不收钱就不管理的地步，郑州黄河公路大桥不让收钱就不管理就是例子。其实，他们所谓的管理就是收钱。而堵车之后形成的"垃圾隔离带"，更多地显现出了国民素质的低下。

对国民素质，大家心知肚明，并不吃惊，对于高速路上留下的"垃圾隔离带"，也在意料之中。但对此事，还是觉得如鲠在喉，不能不说几句。

这些年来，我国的经济车轮跑得很快，但人们的灵魂没有跟上。灵魂跟不上，垃圾留在中途就为我们的旅程作了标识。现在教育成了大家诟病的一个行业，不仅因为它培养出来的人高分低能，还有更主要的一点，我以为它培养出来的人有不少都深陷在道德的洼地里。人行走着，但灵魂总是原地踏步，甚至在往后挪。所以，我们受过高等教育的人越来越多，但有高等教养的人却越来越少。

一位欧洲的探险者到南美去探险。为了穿越一片雨林，他雇用了两个印第安人做向导，一路上非常顺利，没有遇到太多的麻烦。然而走到第四天的时候，眼看着就到森林的边缘了，两个印第安人说什么也不走了。探险者非常不解地问"为什么"，一个印第安人坚定地回答说："在我们印第安部落有一个规矩，旅行三天之后必须要休息一天，这样才能让灵魂跟得上自己的脚步！"

我们的经济步子很快，我们的灵魂、我们的文明建设远远没有跟上，甚至可以说是落后了。

欧洲的文明在中世纪也很糟糕，以前楼上往楼下泼尿喊都不喊一声。据史载，15世纪，法国国王路易十一夜间散步，只听得楼上一声喊："下边的人注意了！"被一个大学生向窗外泼的小便浇个正着。工业革命之后，随着科技的发展和条件的进步，才有了长足的改善。即便如此，今日法国的街头仍旧狗屎遍地。

反观我们，说我们的道德水准还停留在20世纪，估计大部分人都不会有反对意见。所以，堵一次车，我们的道路上会留下一道道垃圾的痕迹。这一道道垃圾的痕迹，不正是我们头脑中的垃圾形成的吗？

灵魂为什么跟不上我们的脚步，是因为我们的灵魂里有所谓"自由"这个锁链的羁绊。我们总是议论某某人素质真低，其实低的正是我们自己。这种心态和思维习惯早已成为一根锁链捆着我们的头脑，而我们并不晓得。苏轼拜会佛印禅师，他问禅师："在你心中我是什么形象？"禅师答："一尊佛。"苏轼说："你知道在我心中你是什么形象？"禅师答："不知道。"苏轼说："一堆粪。"说完哈哈大笑，得意而去。回到家中苏轼将此事说与苏小妹听，苏小妹说："心中有佛，见人是佛；心中有粪，见人是粪。"我们在高速路上看到这么多的垃圾，正好证明我们的脑子里垃圾成堆。

那些天天喊着法制的人，自己的行动中到底有多少守法的成分？在我看来，所谓自由就是最大限度地遵守规则。连不乱扔垃圾都做不到，还奢求什么灵魂的自由？

（2012年10月30日）

16. 生活要浓缩，但不要太急

仿佛从吉大扩招，把长春市围在校区内，我们都成了"急"大毕业的。集体焦虑成了现代人的象征。据说中国已经超越日本，成为过劳死大国。一个血淋淋的数据是，每年焦虑死亡60万人。焦虑的外在表现又常与低素质相连。一个空座，争，争过孕妇争老头；一个岗位，抢，分数不够李刚凑；一个伍队，插，抢先一秒车到点；一个机会，夺，小礼傍着鼻涕流。

集体焦虑，"压力山大"。也许是因为人多，但还有人在嚷嚷要什么"人口红利"，人口非得到了20亿才罢休？也许是因为地皮紧张，反正，中国这么多的人口吃粮依靠国外进口肯定是不现实的事。集体焦虑，这使越来越多的人处于亚健康状态。争抢所获得的一些东西与生命相比，又实是无足轻重。但人们还要争，还在夺。要说清这个事情，我以为要从四个方面思忖。

从哲学上考虑。中国人缺乏责问苍天的精神，更多的是俯抱大地，听天由命却不完全相信命。连伟人都告诉我们要"只争朝夕"。我们悲叹人生苦短，做一回人更多的得乐一回，而生命却不由自主。乐，就得及时，明天的事谁也不晓得，也许会在牢房里待着，或被突然倒塌的桥砸个半死也未可知。所以，我们得急，匆匆忙忙地把自己的生命消费掉。其他的例子不举了，单是历史上多少个皇帝，多是急急早早地提前把自己给消耗完了。现在，硬闯红灯死掉的人也多得令人不可思议。晚一分到家，家人就会改姓吗？

从历史上观照。虽然中国历史很长，也称得上是一个文明古国。但在中国几千年的历史上，没有战争的年份较少，物质总在匮乏中。"采菊东篱下，悠然见南山。"这种悠然的情怀在我们的心中极为罕见，所以才弥足珍贵。从我们晓事以来，我们就急，干什么都要"大干快上"，连共产主义社会都要跑步进去。事实上，太长的短缺经济给我们留下太深的印象。二十年前，物价刚放开，有的人，米买一大堆，生虫；酱买一大堆，生蛆；煤买一大堆，生气。"保不住明天就变得怎样怎样"的心理，十分强烈。于是，眼下有了，就得抓住。

从现实上俯瞰。我们的社会变化实在是太快了。古时一代人，创造的财富不过是你创业时所拥有财富的两三倍而已。现在的一代人，创造的财富很可能达二三十倍，甚至更多。这么急促的变化，让人不急都不可能。房子，相信绝大多数人都后悔买得晚了、少了。你要让他们不急简直是要了他们的命，他们心里很可能想着的是一步错步步错，他们再也错不起了。在我们心里有一种强烈的心理暗示：快快拿走我的那一份。不仅内地如此，连人均国民生产总值世界领先的香港，市民脚步的速度也同样急得不得了。

从文化上透视。《参考消息》刊登英国《每日电讯报》网站上的一篇文章《我与中国保姆的文化冲突》。这位英国母亲的6岁的女儿在游乐场被一个年纪稍大的孩子推了一下，她并没有像往常一样蹒跚走开，而是在保姆的口令下进行了反击。保姆很高兴，但这位英国母亲对保姆说："我不希望我女儿那样。"保姆回答说她不明白那样有什么问题。这是一种巨大的观念差异。一方面，西方社会的母亲花大量时间和精力来教育孩子与人分享、公平对待他人、决不打人、与人和睦相处、避免被贴上反社会的标签。与此同时，许多西方孩子在中国被阿姨带大，阿姨私下教育他们要还击、要与众不同，要认为自己比别人优秀。

英国的教育是这样的，但英国的流氓一点也不少。同样，在我国，小到人，大到社会，都着急，甚至为一个座位也打架。"时间就是金钱，效率就是生命。"这句从改革开放前头堡深圳流传到全国的标语，从另一个侧面最好不过地证明了我们的急。我们急，是因为我们处于低位、处于贫穷的时间太长，这是可以理解的。但万事过犹不及，什么事情强调过头，必定走向反面。

我们急，穷人日子不得过，富人日子不得法。我们急，所以我们过的是压缩饼干似的日子，一旦条件许可，急速膨胀，但并无味道可言。现在很多有钱人出国了，在埃及，不看金字塔在打牌；在法国，不看卢浮宫在购物；在澳门，不看大三巴在赌博。这样的人生，走过，并无见识；拥有，并不般配。

作家王安忆今年在复旦大学研究生毕业典礼上提醒毕业生三件事情：不要尽想着有用；不要过于追求效益；不要急于加入竞争。这是有思想的过来人的想法。在我看来，生活如同温开水泡茶慢慢浓。茶叶在水中慢慢散开缓缓下坠，那是滋味散开的过程，也是色泽展现的过程，而温开水，是你什么时候想喝都可以举杯喝得上的。那是一个享受的过程。而急就不会优雅，优雅是一个民族精神昂扬、姿态得体、物质富裕的代名词。我们得拉长我们的生命，生命越来越长了，我们能消化的东西也就越来越多了。但如果我们静不下来，我们的日子过得会很无味，苦的是我们自己。

还有一个让我们急的关键原因不得不说，那就是我们只能唱的：从来就没有什么救世主，一切要靠我们自己。

生活要浓缩，但不要太急。

（2012年11月6日）

17. 议论幸福是因为在乎幸福

现在幸福成了一个时尚的话题，许多人都在议论。议论幸福是因为我们在乎幸福。

幸福是什么？说法很多。有人说：家里没有病人，监狱无犯人，就是幸福。我看这个标准低了些。伊壁鸠鲁说："幸福就是身体的无痛苦和灵魂的无困扰。"从这个标准出发，我们处在小幸福中。

对大多数人来说，身体健康自无痛苦，灵魂平静也无困扰。虽然物价上涨，但总体收入涨得更多，我们的日子肯定比以前日子过得要好。三十年前，有几户人家的房子有一百平方米？现在达到这个比例的应该不低。不承认日子比以前好过，不是实事求是的态度。改革开放三十多年来，我们的经济有了极大的发展，衣食根本不是问题，问题是不知吃什么好。现在我们有多余的钱可以周游世界，可以买些奢侈品，可以供孩子出国留学。对绝大多数人，说日子过得太辛苦是昧着良心。

叔本华说："幸福不过是欲望的暂时停止。"人的欲望是很难停止的，一旦我们的欲望重新启动，我们拥有的、但并不很多的幸福感就渐行渐远了。对大多数人来说，衡量幸福的最重要的指标大概有三个，一是能上学，二是能看病，三是能买房。

上学本来不是问题。我上小学的年代，家里再穷的人，也都能上得起学，而且与其他同学一样。上学成问题完全是教育部门造成的，它非把教育资源搞得三六九等，让家长人为地使劲去争夺更多更好的资源，而争夺的代价就是更多金钱的付出。现在一个孩子读到大学毕业等于失去一套小房子，读到留学毕业等于没了一套大房子。我对教育收费一向有意见。如果要有什么举国体制的话，第一就应该把教育做成举国体制，以全国的力量来做教育。花国家的钱，教育出来的人才可能是国家的接班人。花太多的自己的钱受教育，教育出来的人对这个国家有多少忠诚度？也许全国的教育资源平衡起来或许很难，一个城市之内也很难么？竭力保留教育资源的差别，用心可疑。另外，国家整体投入也不算多。现在有一些非洲国家的教育经费也比我们高，而我们现在还没有达到国民生产总值的4%，最发达的城市也没有达到5%。试问，还有什么比孩子的教育问题、国家未来的问题更重要的呢？

看病是个大问题，尤其是那些得过大病的人对此有切肤之痛。看病的问题经过多年的努力我们有了一些进步，医保和再保，使我们得大病时，所付出的金钱比以前少了许多，但毕竟在全国还有许多财政困难的地方没有做到。有些地方的百姓一旦得大病就返贫也是现实。药也太贵。有些药是很便宜的，惜乎药厂总是改头换面提高药价。如果这些最常用的药由国家来生产，低价卖给百姓，我们生病花的钱就会少得多。如果在看病这方面能够更进一步，我们的幸福感会有较大的提升。

住房的问题得分别看待。中小城市相对好些，现在像常州这样的城市，五六千元一平方米的房子也是有的，而在这个城市，干杂活的一点技术含量都没有的农民工的每月最低收入有两千三四百元，有技术的工人收入可达八九千元。问题集中在特大城市中，全国人民的孩子、特别是最优秀的人才全冲着这些城市而去，现有的资源根本无法满足这么多人的需求，供需矛盾加剧，这也是北京和上海幸福感处在最低的原因之一。也许我们得有计划地打造更多的能够吸引人的中心城市才行。

把这些问题单个拿出来，已经是大得不得了的问题。再和社会上的一些问题联系起来，味道就更坏了。

环境不良。我们呼吸的空气，为何不太新鲜？对这个问题可以、但也不用全部指责政府，百姓自己有许多人也在随地乱扔垃圾。

法律失位。法治有点差，不依法做事的人实在不少。理性思考和正义的声音更多地被负能量的声音包围着。

社会不公。现实社会不公已经对社会产生了巨大的破坏作用，它极大地损伤了我们心灵的宁静，降解我们的幸福感。

我们议论幸福，是因为我们在乎幸福。如果说体验生活是我们来到这个世上的目的，那么幸福是达到这个目的后的品位。如果说幸福是欲望的暂时停止，那么要让百姓停止欲望而获得幸福，那是不可能的，也是不可以的。我以为，欲望不停止我们同样会有幸福感，但这需要社会健康地成长发展。它要求我们信仰回归、环境保护、法律到位、社会公平。还要求乘车不被拒载、住房不被强拆、食品更为安全。20世纪80年代，美国总统选举，里根在竞选连任时打败对手的绝招就是不停地问选民：你是不是现在比以前过得好了。我们问百姓幸福不幸福，也可以这样问：你是不是觉得你比以前生活得更好了？

　　对此，我们虽有不满，但必须承认，日子确是比以前好过多了。

　　世界上谁最幸福？四种答案最精彩：一、吹口哨欣赏自己刚刚完成的作品的艺术家；二、给婴儿洗澡的母亲；三、正在沙地里堆城堡的孩子；四、劳累几个小时终于救治了一名病人的外科医生。

　　我们虽难以成为其中之一，但幸福的前景依然可望。十八大报告提出："实现国内生产总值和城乡居民人均收入比2010年翻一番。"

　　对幸福，我们有更大的期望。

（2012年11月20日）

18. 多彩的中国，真实的中国

看到一篇文章，著名作家梁晓声日前在谈到中国现状时说："现在有三个中国。一个是数字中国，也就是官方说法中的中国：高速、高铁、高楼、GDP、国家实力、外汇储备和富豪榜；一个是网络中国：很多人都不快乐，郁闷愤怒骂娘，嚷着'撕毁一切'；还有一个是身边的中国：也就是每个人每天过的日子，相比从前，确实是好些了。只有三个中国叠加在一起才是真实的一个中国。"

这有点像是3G电影里的中国，缺了其中的1G，影像都是失真。

数字的中国，是旗帜上的中国，是动力。这是中国多年奋斗的成就，是中国共产党执政的成果，是中国人民骄傲的资本，也是中华民族全面复兴的基础。一个人口如此众多的国家，自有住房率已经超过西方一些发达国家。而北京、上海房价这么高的城市，人均住房面积已经接近35平方米。这两地之间，高铁竟能在一天之内走两个来回。我们还有世界第一的外汇储备。任何反对中国的人，都不能无视这些成就。如此巨大的一个国家，保持30年的高速发展，放眼整个世界，放眼人类历史，也只有中国做到。早在2007年，印度大部人已经认为他们的国家是仅次于美国的世界第二强国，相比于他们，我们难道不应该自信一点吗？

网络的中国，是阳光后的中国，是药力。如果针对病症，他们有助肌体健康。如果不对症下药，他们会有副作用。如果是暗中投毒，他们就有破坏力。但我们要着眼大局，向着前方，把一切化解为我所用。网络中国里的言论，也能起到相应的作用。我们在发展，当然要吸收有用的药力，越过阻力，要把黑暗暴露在阳光下。阳光后的能量，也不全是负能量，不管它的本意如何，它也能帮助我们刹刹车。它天天看着高楼，会不会倒了；看着高铁，会不会翻了。它挑剔你的毛病，喊着"你不对""你违法"，事实上也能起到这样的提示作用：我们的车子跑在什么马路上。"只要你说得对，我们就照办。"我们应有这样的胸襟。如果想图谋不轨，只要我们做好了，他们也做不到。

身边的中国，是生活里的中国，是活力。这是毛细血管里的中国，虽然仅是柴米油盐酱醋茶，虽然只是邻家女孩老大爷，但它是有温度的，是有巨大生命力的。解决一时不到位的葱姜，也会让菜肴获得本应有的味道。多了几句话的热心拉扯，也会让无奈等到中年的单身人士获得解放。若有邻里相帮，解决了工作问题，或找到一个名医获得新生，更会成为生活中的纽带。虽然生活有困难，但也有幸福；虽然不时有拮据，但更有适意；虽然也相求亲朋，但还会援手他人。这是身边的中国，我们感受最深的中国。

除此之外，在我看来，还有一个中国，就是国外媒体上的中国。这个国外，因西方在传媒上的强势，更多显示的是西方国家媒体上的中国。

外媒的中国，是云彩中的中国，是压力。这个压力，随着中国的国力的变化而变化。在我国相对落后时，它说我们的政体有问题，它就发出"中国毁灭"论。当我们相对它们有了更多进步，甚至有些地方超过它们了，它就发出"中国威胁"论。当我们和西方一起遇到经济危机，它就单单地发出"中国崩溃"论。问题是我们没有崩溃，而它们却从未好转。殊不知，他们最引为自豪的文官制度还是从中国引进的。但我从内心深处感谢外媒的声音，有了这些声音，我们会小心谨慎，不走弯路。我们会提醒自己，我们前进的路程还很远。即便到了2049年，我们的经济总量如一些经济学家们所说的那样，是美国的两倍了，我们也不能自大。

这"四个"中国，身边的中国我们感触最深，而多彩的中国的混合，更全面、更真实。我们不用遮挡我们的大楼和高铁，这是谁都感受和享受到的先进的物质。我们也不怕问题，更不怕放大问题。有人挑毛病不是坏事，这就好比漂亮的女人在得意地出席晚会的时候，有人提醒不要忘了拉上身后的拉链。而外媒的存在，既是岛礁，也是航标。因它们的存在，我们不会搁浅。因它们的存在，也给我们树立了目标。他们没有他们自己想象得那么好，我们没有他们想象得那么差。保持我们现在的发展速度，就意味着：时间在我们一边。保持我们的口号：为人民服务，我们就会得人心。

不同的人眼里有不同的中国，不同的站位有不同的中国。没有抱怨的社会是不存在的，抱怨是羡慕，是怀疑，是嫉妒，是提醒。过于得意也是不能保持长久发展的。这会阻碍我们，毁了我们。

看清中国，我们才更有信心。

（2012年12月4日）

19. 和谐不是水多加面、面多加水的混合物

若干年前，一些地方的一些人有意无意曲解"和谐"的含义。现实中有错误，不敢针对，不敢批评，美其名曰和谐；工作中有谬误，不敢指责，不敢纠正，也赞之为和谐。发展到后来，对腐败现象，对草菅人命，也听之任之，也以和谐的帽子戴上。

和谐在这些人的眼里，成了面粉与水，互相掺和，互相调剂，最后搞成黏黏糊糊的一团却不成样。而原则、法律、正义、公平则一点一点地失去形状。这样的结果，只会让腐败分子活得自在，过得逍遥。久而久之，让他们组成了刺猬式的相拥取暖，彼此相抱着，彼此防范着，又共同对付着这个不太想管又不太管用的法律的监管。然后，产生更多的腐败分子。

和谐是社会的一种美好的表现形态，和谐世界是人类进步的表现形式，而社会是要有合理的结构的。打个比方，和谐是钢筋水泥的建筑，钢为筋，石为骨，泥为体，水为胶，它们合理有机地组合在一起，才能成为柱子与栋梁。水加面粉的结果，则是失望、不满、愤怒。

我们的高速列车统称和谐号，在我看来，它倒是包含了和谐的真正含义。它一有轨道方向，二是交通通畅，三显快捷速度，四则安全适宜，五能准时到达。

方向，是国家发展的不变原则。这一点，党章写得清清楚楚，共产党绝不会对腐败视而不见。如以此为代价来求得社会的不吱声，既不可能，也做不到，而且最后肯定会导致社会在腐败中毁灭。

通畅，是社会运行的必要条件。不管是马路，还是社会，运行通畅是良与劣的一个标准。交通通畅，管理有方；社会通畅，制度有效；人心舒畅，社会向上。不畅通，必梗阻，常梗阻，必无救。

速度，是民生幸福的必要保证。相对高速的发展速度是必需的。我们本来处在较落后的位置，速度是我们追赶上去的必要的速度，没有有保证的生活条件难说幸福。小平坐上高速铁路也曾说过：有现代化的感觉。

安全，是人生存在的前提要素。生命在什么时候都是第一位的。没有生命，没有一切，安全是所有一切的分母，分母为零，分子结构本身就不存立。所以保护生命是不可或缺的。

准时，是肌体健康的充分体现。整趟列车零件完整、结构正常、动力十足、运行良好，包括开车人的意识都正确，才有准时。

保证和谐号高铁正常运行的制度，是条例，是法制。没有法制，铁路必出事，而这个社会必定会成为腐败分子的天堂。有了法制而不对违法者进行整肃，这个社会是腐败分子的天上人间。但腐败分子岂是能够轻易打败的？

首先，打铁还得自身硬。中央政治局最近新出台改进作风的八项规定，这是政治局委员们对自己的要求，也应和了人民的呼声。也有同志提出，只要中央同意，可以进行财产公证。这至少是一个进步的迹象。和谐必傍着法律的威严。如果自己在和稀泥，又怎么可能做到和谐呢。

其次，态度明确头皮硬。我们以前颇多暧昧，一些被揭发的事情最后多不了了之。不查，个个是孔繁森，一查多是王宝森。一些被人揭发的腐败分子，平时总以廉政形象出现，最后倒台又成了大大的腐败分子。真是搬起石头砸水坑，也溅了自己一身泥水。组织要支持大家，能顶住。没有组织的支持，百姓柔软的头皮，没几个人顶得住。

第三，措施坚定硬碰硬。有罪一个也不放过。近来，中央正在把腐败分子一个一个揪出来，哪怕已经退休，也不能让他们逃脱法律的惩罚。这一新气象显示了中央反腐败的坚定决心，让百姓看到了中央的决心和人民的希望。

最近有领导人说，要让大家感到公平正义。"公平正义"这个词汇现如今真的少见了，今番重新提出来，应和了百姓的心声。

公平正义比阳光还可贵。

（2012年12月11日）

20. 此路不封，那路得让

习近平总书记12月7日考察深圳。深圳交警官方微博透露，考察期间的累计行程150多公里，途经深南、滨河、滨海等多条主干道。交警落实不封路的要求，车队行进中，没有封闭任何道路，公交车、出租车、私家车与车队并行。基本没有对市民出行造成影响。这是深圳首次对高级别交通勤务不封路。习总书记南方之行，气象一新。

一个"不封路"，反映了领导努力从自己做起，出行不影响百姓生活，引得一片叫好声。不封路，方便了老百姓，也为"不折腾"做了表率。

此路不应封，那路更得让。

一条"北京救护车鸣笛罕有车让道"的微博，把我们心中的丑陋曝在阳光下。120急救中心王医生7日随车抢救伤者，亲眼看到一路上鲜有车避让，"从现场到医院不到3公里的路，足足走了40分钟！"眼睁睁看着一个生命在她面前逝去。

人性的拷问，同样在一条路上现了原形。可以想见，一定会有很多人找很多理由来为堵路解释，有关方面也应制定措施并向公众普及避让急救车的方法，教百姓如何"合法避让"。但我们绝不能否定，很多人心中根本就没有一条救人之路。

我们自己做得怎么样？闻救护车而不让道，反映了有些人内心的种种丑陋。

对他人不尊重。看看我们有这么多的司机对斑马线上的行人的态度就可知一二，连斑马线上的行人也不让，还有多少人可能会让身后的救护车？他们的心有点冷。

对自己不尊重。有些人没有把自己看成这个世上最有尊严的物类，自甘陷在道德的泥淖里，与满地泥浆为伍并乐不可支。他们的字典里没有"高贵"这个词。

对人性不尊重。尊重人性，就是尊重良心。良心抬高一寸，世界光芒万丈。当我们要求别人做到时，首先自己就要做到做好。在这个世上，每个人都必须承担更多责任。

对生命不尊重。生命在这些人的眼里从来不是最有尊严的，这个只要从抢救危重病人时血浆常常不够就可以证明。人人都称赞的献血都不多，无人看见的让路会多吗？

鲁迅对他那个时代喜欢围观正在逝去生命的人之多之麻木而愤怒。今天，我们也还有这么多的对正在逝去生命的人做麻木的堵路者，对此我们不能不表示愤怒和痛心。

"不要问国家能为你做什么，而要问你能为国家做什么？"肯尼迪的这句话，依然在叩问我们的心灵。

这路不封，那路得让。这样我们的心上才会有阳光洒进来，才会豁亮。

（2012年12月18日）

21. 权力须在人民面前俯身低头

现在社会上有一个很恶劣的现象，就是权力的威力大到无以复加的地步。济南政府大楼堪比美国五角大楼，成为世界第二大建筑体；陕西贫困县领导座驾超过部级标准，颇有"县及而郡，郡即天下"之状；危楼哪怕就在倒塌之前，任你如何告急，也无人理睬。行必宝马香车，吃必山珍海味，建必瞩目超群，官必我自为之，种种这些，内在含义的指向便是权力的无法无天。而对于许多鲜活生命的消失，自然就"探讨没意义"了。

由此可见，中国历史毒素的毒害，一点也不比中国历史的养分来得少些。在中国历史上，权力就是福利，就是金子，权力就是威严，就是享受。王蒙当年被一胳膊扫到西北边陲，还被当地老农称之为"千里为官只为财"，可见这一"为财"的观念多么的深入人心。人们不是石头里蹦出来的，要人们打消这样的念头，没有几十上百年的法制观念真正地植入人心，又岂能做到？

权力如此迷人，在于权力太贪婪。贪婪的权力是饕餮，永远无法填满。我们总说以法治国，以法治国的第一条，就是要把权力放在法律的笼子里。权力如果跃出了法律的笼子，就会堕落为猛兽。而那些有权力又不愿使权力受制约的人，内心深处就是爱当猛兽——猛兽吃人不见骨。

权力太冷血。当权力被用来只为自己服务的时候，百姓的生存与生命就变得无足轻重，明明自己的劣迹已经昭然，却还在粉饰。不把权力为自己服务这条路进行化学隔离，权力永远会张开吞嗜他人鲜血的大口。遗传性贫血是我们法制不能深入人心的难以治愈的病根。

中华文明能成为世界上唯一一个从不中断的古代文明，自有它独到之处。汉初贾谊提出，"国以民为命""国以民为本""国以民为力"等命题，从价值伦理上，"以人为本"和"以民为本"的思想，远远高于以资为本、以权贵为本的社会。而让执掌权柄者，完全接受这一观念，还必须让商鞅的核心价值观点——以法治国得以彻底贯彻，使"天下之吏民无不知法"。社会已经进步到了21世纪，我们完全有信心、也有能力让以法治国真正落实，成为我们生活的一部分。

基辛格说：权力是男人的春药。这或许是对法制比较健全的国家而言的。在一个法制不太健全的国家，权力岂止是春药，它简直就是拥有者的万能魔袋。而在我国，一些官员的权力几乎是用化肥浇大的，大得令人瞠目结舌；大得无法无天，久之还会影响基因。所以，整个社会必须用法律来制约他们，把权力塞回到法律的笼子里。做到这点，人民要发出自己当家做主的呐喊，我们必须让权力在人民面前低下它的头颅。

（2012年12月25日）

22. 文化胎记最深刻

前些日子，一位有些名声的留美学者在微博上留言，说他的女儿不想学中文，他的态度是顺其自然，因而被众多网民指责数典忘祖。

故乡难忘。离开家乡的人其实都是风筝，线头总是系在故乡。故乡的一山一水，一草一木，都是刻画在心头最美的图画，最深的记忆。但如果故乡不能成为自己的骄傲，遗忘是早晚难免的。许多人进了北京、上海这样的大都市后，常常急欲漂白自己的出身，若有后代，更会在籍贯一栏中直接填上出生地。这也是很可以理解的。这些人常有一个特点，便是家人多已从老家出走，故乡除了几个坟茔，基本没有什么可以回忆的东西。另外，他们的故乡多为偏僻之地，或者经济文化不发达，提起没有什么荣耀。

我们比较在意故乡的味道。味道的好坏是回忆的源泉。上一代人的记忆，不一定是下一代人的宝藏。但上一代人的记忆，却是下一代人的DNA。我的爷爷从江苏武进到了上海，我的籍贯一栏一直填写的是江苏武进。而我的女儿出生在北京，她的籍贯一栏中依然填的是江苏武进。文化的作用以现在的话来说，具有穿越的力量。清华大学校长梅贻琦，他的祖先从明朝初年就从江苏武进迁到了天津，而他的朋友如刘海粟等人依然称他为武进梅贻琦，他仿佛也很认可江苏武进人和天津人两种身份。这就是文化的胎记，很难消失。

现在城镇化已是社会发展的趋势，我们的故乡正在一点一点消失。山水依旧，村貌不再。我们的故乡在哪里？莫非我们真的要成为没有故乡的人？

但我并不为此担心，中华文明之所以成为一个五千年来从未中断过的文明，就是因为我们的文明有巨大的生命力，而故乡的水土和文化的滋养，就是我们文明的强大生命力所在。

以自己的故乡为骄傲，这些故乡必然多有令人骄傲之处。以鄙乡江苏武进为例，它是中国进士之乡。它以一县之地，出了1564个进士，为中国县域之最。鄙村不才，也占了三位。如今武进县及后来的武进市都没有了，成为武进区了。所以，我连籍贯也不知怎么填写了。

一个北京怀柔人，可以说自己是北京人，也可以说自己是北京怀柔人，但如果是北京西城区的人，他只能说自己是北京市人，而不会说自己是北京西城区人。一样的道理，我可以说自己是江苏武进县人，但不会说自己是江苏常州武进区人。于是，我现在的祖籍只好填写成江苏常州了。我笑称自己由一下乡下人晋升为城里人了，这我并不反对。常州的进士有1947人，出过15个皇帝、15个状元，还有60多个两院院士。以城市为单位，所产院士之多，仅居上海、苏州、宁波之后，列全国第四位。以一个仅辖三个县，人口不到400万人的地级市，列全国第四，是非常值得骄傲的。它的经济总量也达到4180亿元。更不用说它还有全国绝无仅有的常州学派、阳湖文派、常州词派、常州画派、孟河医派的"常州五学派"了。何况，常州还有"中国工业明星城市"之誉。

我明白了，故乡不仅仅是地理山水，更多的是存在于我们体内不绝的文化基因。以此来说，国家就是我们的大故乡。如果故乡不发展，不能让百姓感到自豪，爱怨便共聚之。如果我们的故乡发展了，我们的国家发展了，即使远离了故土，我们依然会以故乡自豪，会以国家自豪。

假如在建党100年的时候，我们文化昌盛，经济总量实现与美国平起平坐；假如在共和国成立100年的时候，我们实现经济总量超过美国两倍之时，中华民族复兴必将达成。那时，我们都能想象万国来贺的场景，那时会有更多国家的更多人热衷学中文了。所以，把自己的故乡建设成为令自己骄傲的地方，这是我们最要做的并且是可以留给后人的业绩。

文化胎记最深刻，唯有故乡不能忘。

（2013年1月8日）

23. 官员要少应酬多读书

中央努力要把国家建设成学习型社会，这说明学习的重要。广电总局党组2001年制定的改进作风"约法八章"的第二条就是：少应酬，多学习。说明改进作风早已成为工作的常态。广州市曾有人呼吁：官员应少点应酬，多点学习。这隐约显示，现在全国上下不读书的情况都差不多。

要求是有针对性的，约法是半强制性的，呼吁也是切中肯綮的。

读书在古代是少数人的权利，是有钱阶层走在文化前沿的专利。在现在，基本上人人都能读得起书，但读书没有能成为全民族的向往与习惯。20世纪90年代以来，中国人平均购书5本，而且还处于逐年下降的状态，中国人年人均读书量仅为一本，有超过一半的识字成年人每年一本书都没有读过。远低于人均读书64本的以色列。中国官员的读书量会比国人的人均读书量要多一些，但估计多不到哪里去。

先前的领导不是这样的。毛泽东博览群书，他的文章多为自己挥毫写就，且让人折服。哲学著作，已列历史名作之间；政治鸿篇，载入史册光彩夺目；军事文章，曾让对手叹服苦读；古典诗词，一流词家逊色三分。其他人的文章，也多为自己所写。有些人的文章，虽有别人捉刀，但思想都是自己的，他人做的只是文字理顺工作而已。

但现在官员风气大变，文章不用自己写，思想不用自己出，实事不用自己办。现在有的领导家里，书籍很少。当然，藏书多少与读书多少没有必然关系。大学者钱钟书的藏书就不多，黄永玉说过钱钟书家里的书没有他的多。钱钟书说，许多书图书馆都有，可以去借。而钱钟书看过的书，实在令人瞠目结舌。仅他的读书笔记，所引用过的书就不下4000种。有一些官员的办公室书柜里的书也不少，但多是摆设。没有眉批，没有注解，连画过道道的书也实是少之又少。书是要读的,摆设不能骗别人,只能骗骗自己。你有多少货色,一开口人家就知道。

读书有什么好处?

从大的方面讲,学习就是让人向着正确的方向进步。扬雄《新语》说:"学者,所以修性也。视、听、言、貌、思,性所有也。学则正,否则邪。"所以,读书等于是人走上了境界提升的阶梯。从小的层面讲,读书是让人获得知识,多掌握一点生存的本领。从趣的角度说,读书就是让人快乐。金庸说:"在读书中找乐趣,这个乐趣是人家剥夺不了的,而且你遇到任何挫折,有个习惯是读书的话,什么挫折什么失败,都看不上眼,不放在心上,而且永远觉得一生很快乐。"看看美国的自由女神像,也是一手拿着火炬,一手拿着书本。要成为自由女神,就要读书。

读书的好处很多,它帮助人获知、明理、懂史。有些人读不进书,还要拿读书来装门面,买些书壳放在书柜里。还有的人,明明学历一般,学习能力也一般,却也晓得花四个月时间完成博士课程。现如今博士不值钱,与这类博士太多有太大的关系。当然与教育部拆烂污也大有关系,与某些博导送文凭也大有关系。

不读书的害处就多了。不读书,自然不会学法,办事就常常违法。现在,违法已经成了官员的常态。这种做法,隐约流露出古代社会"朕即法"的影子,这些人是当不了公仆的。就其能力而言,私仆也做不好。

不读书,做不好自己,也做不好工作。调研苦,沟通难,学习累,现在有几人做这样的傻事呢?而不做这样的"傻事",工作又如何能做好?前人的教训已然摆在那里,而这边,还有人在为以前的教训不停地交着学费。

明知不读书坏处很多,但有些官员就是不读书。因为这些官员明白,他们个人的升官不在于读书,而在于识清人头,在于站队。他们都是杜月笙的信徒,更信识清人头,而不是识清书本、识清道理。

当然这些官员也有他们的难处,他们不读书,只应酬,是因为应酬是他们工作的一大部分。不应酬,无以行天下。况且,应酬也能为他们罗织更大的关系网，行更多的方便。但百姓心里很清楚，心思在罗织关系网上的官员，是不会很好地为人民服务的。

官员少读书，恶行便不绝。

（2013年1月22日）

24. 网民在微博上发声是件值得庆幸的好事

现在网民在网络上发表言论颇是积极，虽然有些言论只是简单的表态，有些转发只是不动脑子的站队，也有些评论有点过激，有点偏颇，也有些内容距事实有点出入。但对网民发言这事本身，我们应多从积极的方面来看待。

发声，本来就是自然界最为自然的现象，也是人类社会的自然现象。所以，网民在微博上发声是件自然的事情。言为心声，首先得能发，能发，心声则可传递；其次是愿发，愿发，说明自然环境的良好。

网民在网上发不发声，至少可以说明以下四点：

政府让人发声，是民主的象征。矗立在天安门前的华表，几乎就是国家的象征。而它的前身叫"诽谤木"，其功能就像是现在的言论墙，大家可以把对政府的意见，贴在这个木柱上。古人都有这样海纳百川、闻过则喜的心胸，我们现在有什么理由做不到呢？这个国家是人民的，人民对自己国家的管理者及管理方法提一点点意见，是这个国家有充分民主的表现，也是这个国家公民的自觉职责，是再正常不过的事了，也是值得这个国家庆幸的事情。

百姓愿意发声，是希望的意愿。老百姓喜欢在微博上发声，这是极正常的事，和谐的前提就是人人能说话。不让人说话的社会是中世纪的社会。现在网民更多地是在网上抨击社会不公。比如房妹、房叔，网民对此穷追不舍，这是百姓向往公平的表示，也是对国家铲除腐败有信心的表示。中国老百姓并不仇富，内心还很羡慕富裕，但这个富必须是智慧成果，劳动所得。如果是黑钱，如果是贪腐，他们就极为仇视。

政府网民互动，是宽容的表现。网民有声便发，这是自由。对政府而言，这是民主。言路畅通，国家有幸广纳天下言。有抱怨也不可怕，抱怨是解决问题的前提。没有抱怨，才着实可怕。细数历史，故事历历在目。明朝不让说，现在天天被人说，鲁迅说明朝的皇帝是小儿无赖。清朝搞文字狱，结果把一个本应走向工业文明的国家再次拖进封建的地窖。盛唐可以说，它现在也天天被说，多是称赞它的开明。政府与网民良性互动，是治国之道。

百姓若不发声，是绝望的表示。鲁迅先生早就说过，"沉默啊，沉默，不在沉默中暴发，就在沉默中灭亡。"一部中国的历史，也正是这样书写的。谁能见过一个社会在全民的噤声中发展成现代化国家的？言路蔽塞，又岂能广听博闻？所幸我国的网民大多可正常发声，发声渠道颇是畅通。

政府要鼓励网民发声，倾听人民的声音是政府与百姓良性互动、有效管理的一种措施。网民声音虽然多有批评，但批评才千金难买，才是政府吸纳百姓智慧的一种方式。即使有些意见欠妥，也不可一棍杖毙。网民起来了，投机钻营之辈，以权谋私之辈，才逃脱不了。那些懒于政事的官僚小吏们，也不能太当官做老爷不务正事了。而有利社会稳定的意见，吸纳后也大有裨益，可改正我们政策中的漏洞、管理中的不妥，正好帮助我们完善相关政策和制度，亡羊补牢。

我们还要担心有关方面对此事只是说说而已的态度。清朝嘉庆亲政伊始，也曾迅即下诏广开言路，求觅直言。头几个月，确也出现过"下至末吏平民，皆得封章上达，言路大开"。但五六个月之后，便开始厌烦，指责有些言论"干预京师政务"。清朝名臣洪亮吉批评道："言路则似通而未通，吏治欲肃未肃。"可见，广开言路，不是一件容易轻松的事。而对百姓来说，这也是自身必须争取与捍卫的权利。

当然，我们说网民在微博上发声是件值得庆幸的好事，绝不包括那些想颠覆国家的人所发的鼓动颠覆国家的言论。散布推翻政府的言论的那些人，是不能让他逃脱的。

良性社会，需有良好的自然生态。

（2013年1月29日）

25. 风是北京的抹布

月半风劲，当晚便见明月。我们不见它，已经很长时间了，再见如同大病后的重逢。然而才过一日，却又朦胧。又过一日，城市已然不堪。风是北京的抹布，没有风，北京脏得像是远足之后没有擦过的皮鞋一样。

从这个角度说，北京就像是一个尿毒症患者，透析后的当日，精神还不错。次日便呈染病状。三日病重。到了第四日，不透析生命症状就快要不见了。

北京的脏，来自自然条件的恶。虽然北京是首都，但元明清定都北京，多半出于地理政治的考量。就其自然地理位置而言，北京有它的先天不足。它差不多位于干湿空气的结合部，冷热空气在此相会，相争不已，尘土弥漫。它西北有高山作屏障，挡住北方来风。东南一马平川，却鲜有劲风来袭。北京城内的脏空气，没有大风，很难被刮走。"卫生靠风刮"，是北京的写照。

北京的脏，来自自身定位的贪。北京恨不得把自己定位政治中心、文化中心、经济中心、金融中心。心大得不得了。其实，北京保留一个政治中心，再加上五分之一个文化中心即可。之所以说五分之一个文化中心，是因为我以为中国的文化中心城市可多建几个，东南西北中各一个。中国多几个文化中心城市，文化形式和内容还能丰富些。现在我们欣赏文艺，小品节目多是东北风味，相声节目多是京津风味。偌大的中国，艺术的形式才一两种风格，不也太不正常了吗？它能走进千家万户吗？五分之一的文化中心，已足可使首都的文化繁复多变。至于经济中心、金融中心，则完全不要与其他城市去争。

北京的脏，来自设计理念的粗。北京的粗，时时处处可见。城市的建设缺乏设计，简单的摊大饼是小学生也会的事情，但它就这样摊了，摊到北京开不了车为止。要说北京地铁交通，里程数在世界上也屈指可数了，但人们对它的印象并不好，它总是那么的不人文。有的地铁出口，要走五六十个台阶才可走出地面，差不多有四五层楼高。出差拿着箱子，一想到这高高的台阶，就让你不敢坐地铁。有些过街天桥，包括长安街延长线上的天桥，还不如小城镇的建筑水平。至于它的下水道，全中国人民都知道"污水靠蒸发"，这是北京的标签。

北京的脏，来自环保意识的差。比如小汽车的管制，完全可以从上个世纪就开始了，但它就是按兵不动。据说本来它也想学学上海，但一有人反对，它就不敢坚持了，以至于成为今日之祸。还有那些毫不可取的择校，让人舍近求远，人为加大出行的难度，还留下教育腐败的温床。我不知道，中国哪个城市的择校费，像北京一样贵？在一个脏的环境里成长的人，心灵很难养成卫生的习惯。

从历史上看，1949年，北京人口是200万，仅是上海的三分之一，现在常住人口已经超过2000万，几乎与上海等量齐观了。但北京的自然条件比上海差多了，江河湖海无一具备，更无海上来风。仅是一个水的问题就把北京给困住了，虽然可以南水北调，但你调得了水，调不了风，也调不了空气，更改变不了自然地貌。

现在北京把自己搞成全中心，结果很严重。中国的北方，在我看来，除了北京的条件尚可，大连与青岛还算入流，其他的城市，包括所有的省会城市与北京相比都相差太大。搞得北方人一窝蜂地想往北京挤。结果人口暴长，房价暴涨，行路暴赌。单是一个汽车尾气，就足以让人百米之外不见人了。南方的城市相对有多个中心，不会一个劲儿地往上海涌。

20世纪50年代，上海许多商店迁到北京，繁荣了北京市场。现在到了北京迁出一些单位到其他地方的时候了。比如，中央可以选一些自然条件和经济条件不错的城市，作为文化中心城市来建设，先把北京的一些带"中"字头的学校，迁到这些城市去，这样既可平衡教育资源，异地高考的声音会有所降低，又能发展各地文化教育。如果北京不要这么多的中心头衔，人口就会有所减少。人少了,房价还会有所降低。当然,其他城市的官员也得争气,要把城市建设得新城如深圳,老城如苏州一般。不要把城市建设得如同一个拆迁后胡乱建设的城镇,这样它怎么能吸引人前去工作、生活呢?做官是要有大智慧的,做官无智慧,官员不如匠。

钟南山说,大气污染比"非典"可怕得多。想想我们的身边,有多少个从不抽烟的人突然之间就得了肺病,这个数量不知比"非典"要多出多少来。这不得不让我们呼唤风。

风是北京的抹布,遗憾的是,北京常常无风……

(2013年2月5日)

26. 春节晚会是一眼润泽灵魂的泉水

春节晚会永远有人称道，也永远有人不满。这很正常，对艺术的评判是见仁见智的事，无法统一也无须一致。

但我们可以换个角度思考，不把春节晚会仅仅当作一台文艺晚会来看待，还把它当作流浪在外的游子在归途中盼望的一眼清泉。从这个角度延伸开来，我们看待春节晚会的感觉又完全不一样了。

春节是冬季的结束，新春的开启。它是白茫茫的冬天中新绿绽放的原点，是万物复苏的标志，同时也是全球华人心灵深处一眼生命的泉，滋润着我们的心灵。春节是一个巨大的磁场，对全球华人有巨大的召唤力、吸引力。我们每个人，或是整年出外，或要日日外出。春节就是家乡和家庭的代名词，就是我们心灵的归宿。无论我们走到哪里，心里总会挂念家乡，思念亲人。所以，每临春节，我们的身心与灵魂就要急急地回家。春节，意味着我们离家后对亲友的念想，孤独处对亲情的企求，失意时对亲人的诉说。它如同泉眼，所有灵魂干渴、缺少滋润的人，都会不由自主奔向它。

如果春节是一眼泉，它能帮助我们洗却一路的风尘，滋润我们干瘪滞重的灵魂，擦净我们浑浊迷茫的眼睛。

如果春节是一眼泉，春节晚会就是这眼泉中汩汩流出的清泉。它稀释了我们有点凝固的思绪，复苏了我们渐趋淡忘的故事，带走了往日忧愁，也带来今天的欢喜。

春节晚会，不仅仅是我们喜欢观看、聆听的一台晚会，它还有其他作用：它点燃春节的话题如同点燃爆竹，它凝聚喜庆的气氛如同凝聚亲情，它回忆往昔的美好如同回忆幸福。所以我们要回家，要春节晚会。有了它，就等于是干涸的灵魂回到自己家蘸了水。蘸了水，便有润泽的眼睛、饱满的灵魂。

　　即使抛开这些,从纯纯粹文艺作品的角度看,今年的春节晚会除了一两个节目成色稍有不足,总体质量也很不错。它是力与美的展现,歌与曲的流泻,舞与姿的波动,色与声的堆染,国内一流的演员,国际一流的歌手,都为这个节目添上了一束光,汇成中华民族亲情的大凝集。它比任何晚会都要精彩。无怪国外有人说,中国的春节晚会那么著名,那精彩程度等于是中国每年都举办了一台奥运会开幕式。

　　春是万物复苏的季节。春节,是过去一年的结束,也是未来一年的开始。伴着年夜钟声,吃着汤圆、饺子,饮着醉人美酒,看着春节晚会,亲情包含着美食,团聚的目光在流动,征途的疲惫荡然不在,中华民族的情感得到充分地释放,中国传统文化得到弘扬光大。这就是春节与春节晚会——我们灵魂所需的泉水。

(2013年2月26日)

27. 政协委员的遴选还需尊重人民的意愿

政协会议已开，某些与会人员的名字不免会引起大家的议论。

政协会议是我们国家政治生活中一个十分重要的会议。以我自己的揣度，能当政协委员的应该同时具备以下条件：一是个人在各行各业中取得出色成就并且没有负面影响的；二是自己有意愿想当并愿为治理国家建言献策的；三是公民包括各界别考察认可其品德操行和所作所为的。

遗憾的是，事实并不完全这样。有的人，并没有取得出色的成绩，声望也不好。有的人，仿佛不太愿意当，是有关界别非要他们充当门面的，所以这些人从来没有交过什么议案。有的人，德行与身份显然不符合大众心目中的要求。

我不明白有关省区有关界别为什么要这样做？政协委员的称号又不是官帽子可以派发。即使是派发的，让你去大会堂参政议政，你也得说些得体的话，提些有建设性意见的议案。清朝时，在南书房行走，是职位，是荣誉，也得随时为皇帝治理这个国家出谋划策。怎么到了今天，有些人可以在大会堂里只行走却不吱声了呢？

有的人不愿走"仕途"——如果委员也算仕途的话——何必非要请他们占这个位置？人各有志，不必强求。硬要严子陵当官，一来未必当得好；二是中国历史上少了一段美丽的故事；三来毁了严子陵个人的声誉。

有的人从来不"吱声"——政治协商会议正是让委员说话议政提交议案的。从来不对治理国家提点什么建议良方，这不是滥竽充数么？这就得问问有关部门了，为什么要把这些人弄进来呢？符合标准并且想为国家出力的可大有人在。

有的人总"称事不朝"——政协毕竟不是某个品牌商店，想来就来，想不来就不来——对总是不来的人可以让他们体面"致仕"。个人在某个阶段或许有比治理国家更重要的事，那就且让他们先忙完这些事再说吧。

选某个人当委员，也得要考察好他能否做好工作，有无本领做点贡献。如果只是歌唱得好、戏演得好，就让他们继续唱歌、演戏为百姓服务么。如果只是脚走得快、手举得重，就让他们继续走、继续举，为国家赢得荣誉么。如果只是脸熟，就让他们待在什么位置上继续为大众脸熟么。这些与当政协委员有什么关系呢？看看听听我们的媒体，每届的政协会议上，这些人在媒体上发表过多少有价值的言论，向会议提过多少像样的议案呢？

另外，当不当的，还得征求个人意见。人家不想当，就不要勉强。如果想当的，就得为国家出力提建设性的议案。不出力，就要罢免。当了多届不提一点建设性意见，为什么还让他们当呢？如果全是这样的人，这些个机构不是成了橡皮图章了吗？

我以为，当政协委员得有情怀，为公众着想；得有责任，为国家解难；得有能力，为社会谋福。如果当个委员，不下基层不调研，不愿思考不作为，那他对这个委员的责任已然毁败。

我们千万不能做出更怪异的事来。干露露在江苏教育台做了一档节目，未播出，但引起受众极大的不满。据说此台受到处罚，连主管部门也已经更换了。我们总不愿看到这样的人出现在国家重要的会议上吧。办什么事，还得要有一点道德标准。这是我们对这个国家信任的底线。

（2013年3月26日）

28. 苹果的傲慢缘自猴哥的追捧和园林的陋规

在某个地方，长了一棵苹果树，上面结有不少果子。那些苹果颇有特点，个头比我们这里的大。那个地方有些邪门，香蕉也大，柑橘也大，连人也长得高大些。这些大大的苹果既好看又好吃，我们这边的猴哥颇是喜欢它们。有些人爱得死去活来的，极端的苹果原教旨主义者还以肾换之，真让人感觉世界到了末日了，不想活了。

一旦猴哥对苹果的爱好赶上可以让人长命百岁的蟠桃的程度，事情就会走到迷信的地步。不管是什么人或物，只要你把它放在供台上，天天以香火供之，久之，它就以为自己如神一般。

这世上的事情就是如此。穷苦人家的孩子，追求者寥寥无几。一旦过继豪门，当了什么公主，顿时身价百倍，门庭若市。况且人家本身就是格格，你这稍稍有钱的主，也想垂涎追之，谁能保证那个女子不会悍过建宁公主？

但这世上，除了乾隆的某个女儿嫁给衍圣公以外，其他的公主找不到合适的对象必得下嫁。小财主中偶有得手苹果者，也仿佛身登龙门，身价倍涨。把玩之后，忽一日发现，这红扑扑的苹果上有个虫眼，仿佛所娶格格非黄花闺女。先是不敢吱声，后来人聚众而胆大，于是闹将起来，要求修补或另换。

那边是皇家，虽一家而独大，目中无人。这厢是财主，且人多又势大，颇不甘心。两军对垒，战事开端。有人说，要打掉苹果无与伦比的傲慢。又有人说，监管苹果的利器应是法律而非道德。

双方先前的规定，是两个语言系统。翻过来译过去，我也不明白。谁是谁非，我不想掺和。我读圣人书，我内省。

我以为，对一个玩意儿，不要捧得太高。不就是个苹果吗？如果你极想吃，那被人咬了一口的苹果自然也是只好苹果。但如果你吃不吃两可，那再好的苹果也只不过是树上的一只苹果而已。何必为它筑庙？崇拜过度，是很危险的。王母娘娘的蟠桃都没有这样的待遇，我们又何必把一只苹果置于庙堂之上？况且还被人咬过。夫子曰："过犹不及。"说的就是这个道理。你不把它当回事，它就不是一回事。何况，它本来也不是一回事。你若当它是回事，那你就摊上大事了。

管理这方面，我以为必学广电，属地管理。在这个地方生活，必须尊重当地的法律。所到之处都是这个道理。拿你的法律放之四海，联合国都做不到。如果不尊重，就强迫你尊重。如果你是外交官，有外交豁免权，那便驱逐之。如果没有外交豁免权，在属地犯法，那就必须接受当地法律的惩罚。如果你潜逃了，也不必全球通缉，但不得再次踏入这块土地。如果你贪恋这个市场，不走，那对不起，必须重重惩罚。这是不能逃脱的。

选择的权力在猴哥。决定的权力在园管。苹果必须服从当地园规。如果不从，就不许拿来卖。那苹果的命运必然就只有掉在地上。

苹果，那只很大的苹果，最终会屈服。这是苹果的特点。当年无钱时向比尔·盖茨屈服，后又向一位破了它技术的天才高手尼古拉斯·阿莱格拉屈服。屈服，这是商人的通病，哪怕是"活着就要改变世界"的商人。

如果苹果认账了，服了，我们又如何管制它？回头一看，发现我们这个园林的规定，是个陋规，很粗率、很不严谨。这边其他的果子们有没有虫眼？有的虫眼大得不得了，几乎把食客置于死地。这边的园管们又如何表现？大棒举得高高，放得轻轻。剪刀举得山高，只不过削下两片秋天的黄叶。这是打枝呢，还是在惩罚？如此，你又有什么理由重罚他人？别人不能内外有别，你也不能双重标准。但如果持一个标准，你能罚苹果罚到什么程度？不过九牛一毛而已。如果罚个九牛一毛，那值得兴师动众么？

你没有，你渴求，你只能屈服。你要罚，你定规，你必须一致。

傲慢当然不好，可它一只苹果，你总不能当它人看。园规不严，更不能怪苹果。如果我们定好了规定，而你又坏了我们这里的规矩，那就必须接受严罚。不接受，那你学谷歌去吧。这边的苹果园你得关了。

还有一点我不明白，猴哥为什么去如此追捧，非去吃苹果，不吃不可以吗？喝点"三星白兰地"不也很好吗？尝尝"糯鸡呀"，也是很好的，看看"天雨"也很有诗意。

（2013年4月9日）

29. 狗的高贵与不屑

有多少人爱他，就有多少人恨他。这句话用在狗身上也十分贴切。在这世上，狗是人们最喜欢的动物，同时，狗也背负最多的骂名，如"狼心狗肺"。狗的两重性大概来自狗本身。生物学家经过研究得出结论：狗是最容易改变基因的动物。这种改变，从好的方面说，是符合自然演变的进程，也迎合了人类的需要；从坏的方面说，是太善于变化，得不到人的尊重。

现在，狗的品种，在哺乳类内，是最多的一种。生物学证明，只需要六十多年，狗的基因改变就能在狗的体貌上得到很明显的体现。这种改变，培养了多种多样的狗的新品种。事实上，狗的这种改变证实了人的智慧，同时也证明了狗对自然法则的适应。

东西方有关狗的传说，实是很多了。八国联军攻打北京时，慈禧西逃，下令把宫中的京巴全杀了，以免使这个珍贵的中国狗的品种流落西方人手中。幸有五只逃过一劫，被送到英国繁育，不然我们现在就再也看不到美丽可爱的京巴狗了。京巴受到如此重视，竟与光绪太太被沉井一样。

也许是宿命吧，狗也有难以洗清自己的一面。人在骂人时，总拿狗做比喻，如人模狗样。骂得更狠时，总说"你的良心被狗吃掉了"。

狗听了，心里肯定很不屑：你们人类，有几个有良心的，凭什么指责狗类？况且人类的良心若是到了狗的肚子里，不也说明良心狗有人无么？

事实也最好地说明了这一点。有良心的狗，比无良心的人，多了不知多少。看看人类的恶劣行为：地沟油人有意为之，毒奶粉人有意为之，掺毒酒人有意为之，毒大米人有意为之，假药品人有意为之……真是数不胜数。还有的行为与人有意为之也无区别。有的地方看似伟岸的大桥竟被车辆压垮了，车胎很吃惊：是车辆载重太重吗？俺车胎还没有爆呢，桥怎么就垮了？

有地方地震后，善人捐建的学校，号称可防8级地震，结果地震还没有来，房子竟被拆了。捐献人的血汗钱，是这样可被挥霍的吗？都这样做，谁还捐款？很不理解这些人为什么做！如此戕害本类，他们真的是人类么？心为何如此不堪，把他人的善心当作驴肝肺？而凡是出现责任事故，人都把责任推卸掉了。人的良心，哪里去了？还有的人，以正人的面目出现，不做一件负责任的事情，他们的良心是赝品。有的人，目光总是从阴暗处发出幽暗的光，没有一丝正能量。

狗不做这类事，它们也会发疯，它们也会乱咬，但所有它们的过错，它们都得自己担当不可推卸的责任甚至生命。它们不是郭美美们，有如此多的钱财来炫耀，却有干爹来说明钱的来历；也不是毫无正义感的公知，吸饱血汗后想以正人君子面目出现，却做出歹毒小人才会做的恶行；更不是吏僚，没有临时工可以来帮助自己推卸不可推卸的责任。

人的良心被狗吃掉得越多，表明有良心的狗就越多。当有人骂某某"不如狗"时，也许，狗正在高贵而不屑地看着你：那厮，你也配说良心？

（2013年1月30日）

30. 见了天使称魔鬼

医护工作是这个世上最伟大的工作，他们治病于痛不欲生，救人于水火之中，回生于死亡边缘。但现在很有一些不好的舆论包围着他们，甚至认为他们是新三座大山中的一座上的寄生虫。离不开他们又痛恨着他们，如同从事着天使的工作却被称作魔鬼。为什么会有这样的事情发生？细细想来，原因不少。

一是工作失责。我以为医护工作者从事的是这世上最伟大的工作，但他们并不一定全都是这样认为的。客观上，他们的收入和他们得到的尊重也没有应有的体面。没有把自己的工作看作是这世上最伟大的职业这种认识，就不会产生相应的对工作极端负责的原动力，工作失责就免不了，而且不会少。而一旦出现工作失责，社会对他们的指责的调门就不会低。

二是言辞失态。医护工作天天与病人打交道，而且还要与病人家属打交道。病人疼痛难忍，确是不好安抚。患者的家属，恐怕更是难缠。有病人的家庭里，家属们也多是"久病床前无孝子"，何况他人呢？但无论如何，言语失态绝对是医护人员不称职的表现。其实，许多病人只要一点点温暖，他们就感到如同身在天堂了。医护人员不要吝啬灿烂的笑容和阳光的语言。

三是灵魂失落。西班牙伟大的吉他手赛戈维亚把那些他听后不满意的吉他都称之为"不行，没有灵魂"。不合格的医生不也是没有灵魂的医生吗？在这个职业面前，我们需要道与术俱佳。没有什么职业比这个职业更伟大，也没有什么职业比这个职业更风险，也没有什么职业比这个职业更有成就感。这个职业不能没有灵魂。

急诊科妇女超人于莺有一条微博说：如果公立医院的候诊大厅里摆上沙

发椅，要有茶水，能看会儿电视，最好还有WiFi，医患矛盾是否会减少一成呢？

许多人不赞成，以为会加重病人的负担，但我很认可这个观点。天堂的美丽我们无从得以看见，而医院充满了生老病死，但我们必须承认，医院最具备成为天堂的条件。

细想上述的"三失"，许多缘故都是人心没有得到温暖所致。

工作失责，从小处看，天堂陈设就失配。我曾在医院里站着排队挂号，站的时间之长，几乎累得让我要吐。等待候诊更是煎熬。这对一个病人而言，痛苦是加倍的。现在银行可以坐着排队，4S店里也可以这样，医院也完全可以做到啊。没有沙发，有椅子坐也行，总比站着强许多吧。如果有茶水，对看完病吃药也有好处。有电视对病人转移一下痛苦也多少会有帮助。收费自然应该高一点点，这既可让病人减少一点痛苦，也可让救人命的医生增加一点收入。至于病人的支出问题，则可从加大医保力度入手。天堂无设备，如同天使无翅膀。

言辞失态，从深处看，天使举止就不当。医生也是社会一分子，社会是怎样的，医生大致也相同。但我们内心深处对医生还是有些要求的，其中一个要求是希望他们更温和，更要有善心。门诊时间太短，我们就不计了。如果一个医生是做手术的，没有多少病人在出院后把他当作朋友，那这个医生委实很难称得上成功。医护人员的语言一定要有温度。能够一直以温暖的言语来温暖人心的人就一定是天使了。言辞不动人，如同天使出鸦声。

灵魂失心，从实质看，天国召唤如地狱。我们不必有太高的要求，也不要求医生对病人如亲人，只要求他们把一个病人当作人来看待即可。但如果医生灵魂出窍，病人治愈率就低，病人家属对医生的评价就会大受影响。我曾在体内排尿管尚未取出、肉体痛苦的情况下，为一癌症患者腾让床位。我的病虽然痛苦，但还不至于让我失去生命。癌症，总是早一天动手术比晚一天动手术要好得多。医生应在这方面比患者做得更好。灵魂没了心，人体只是一副空壳。

我对于莺医生微博言论回复了一条评论：把病的人当人，把人的病当病。医使之命生，医使之心悦，是谓正道。

　　每一个人，当你可以成为烛的时候，不妨点亮自己照亮别人一下。当你可以成为船的时候，感谢一下水的托举，同时度人。医生，天天见病人，心中也许会有点烦，但克制自己，正是修炼的过程。因为这个职业，就是度人的职业。做着度人的事，就要连病人的心也一并度了，这不是两全其美的事吗？反之，病人一定是见了天使称魔鬼。但这绝不是医生所愿。

（2013年7月9日）

31. 需要常回家看看　不需要法律押送

新修订的《中华人民共和国老年人权益保障法》正式施行，该法首次将"常回家看看"写入条文。

许多人对此颇有不同看法，我对此也持怀疑态度。

我以为，"常回家看看"不属于法的范畴，它属道德领域。在这里，我们不能把"没有赡养老人"与"没有看望老人"画等号。如果轻易地把范畴扩大，结果会发现，许多人都身处在违法的圈子内。

当下社会有更急迫的法需要立。如猥亵女童、性贿赂等罪都需要立法来严肃惩罚不良之徒。这种罪不处罚，整个社会的公平都将倾斜。

急需之法不立，而立些"不法之法"，有转移社会视线的嫌疑。当今社会，问题多多，矛盾重重。如果不抓住问题的要害，而总是在细枝末节上大做文章，老百姓是不会满意的。

法律介入道德的领域，是对法的不尊重，也是对人的不尊重。在我看来，法律更多地靠外力的强迫，使人遵守。而道德则是依靠内心的自律来规范自己的行为。如果本是道德领域的事，延伸到依靠法律来规范，那么道德必会被法律挤压成一个幻象，德将不德。

退一步说，"常回家看看"立的就算是一个法吧，但它有什么可操作性？如果没有可操作性，这样的法，立了又有什么用？只会让人藐视法律。

"常回家看看"，什么叫"常"？这本身就是一个不确定的数字。毛主席小时候曾翻引他人的一首诗，来表示自己的意志和抱负："孩儿立志出乡关，学不成名誓不还。"学不成名前，他是誓不还的。但何时能学成名？谁也不知道，估计他老人家自己也无法确定，但两个月肯定是无法学成的。他在这段时间不回去看看，算不算违反了"常回去看看"这一条？

也许有人说，他父亲还年轻，尚不需孩子"常回家看看"。但写"故园三十二年前"的那位诗人，也是他老人家，可见他32年没有回去过了。依此法律，违反的可是很多很多了。还有，先前搞核工业的人，也是经年累月地不回家的，连电话也不能打一个。对此，该法又如何执行？

也许有人说，这是立法之前的事，立法之后，便不一样。这也纯属胡说。生活在同一个城里，或可常回家看看。但也要看工作状况，看身体情况，看客观条件。对那些公务在身的领导，又如何执行呢？况且现在的领导，多是异地当官。市长省内安排，省长出省安排。一个广东人，到了新疆当官，能够常回家看看吗？如果到国外当外交官，一年一次假而已，又如何能够两个月回家看一次？连打电话、短信问候也不易，许多父母都不会发短信。父母不告官不究？那旁人代为告了又如何？如果旁人不能代告，那出现案情旁人报警便不成立了。

更夸张的是，7月1日，《中华人民共和国老年人权益保障法》的第一天，无锡就来了个"全国第一判"，这是法未立时已受理？还是当天受理当天判？我不得而知，但我以为，以这样的速度来对待法律，未必是对法律的尊重。

在我眼里，法律既世俗，又高贵。它世俗，是因为它必须出入世俗之间，并为世俗的人做好服务。它高贵，是因为它不涉足它不愿涉足的领域。所有强迫它涉足不愿及不能涉足这个领域的行为，都是对它的冒犯与亵渎。我们既不能无视法律，也不能把法律当成"万金油"。

如果一个孩子被判违法，按此法的要求常回家看看了，但他回来看时，过了一分钟就走，不说一句话就走，不是还不如不回来看看吗？

"常回家看看"这种难说是法的法，不该是法的法，难以施行的法，真不知立它何用？

（2013年7月16日）

32. 文明要从自己做起

香港作者高慧然转发了一位荷兰籍导游写的一篇文章《中国游客十宗罪》，引起网上议论。我们不能因为外人说疼了自己就避讳。毫无疑问，由于中国人的生活方式问题，我们在许多方面的习惯与眼下的文明世界的标准是不相符的。

维护文明中国是我们每个人都有的意愿。但种种不文明的行为，有它深层次的原因。我们分析不文明的现象，看看这种不文明行为的出处和根源，对我们也许有警醒作用。

我们言行不够文明的原因有很多：

一、先天不足。我们虽然自称文明古国、礼仪之邦，但优雅从来没有成为这个国家的主流。李鸿章出访国外，在外国人的红色地毯上吐痰已经记录在了历史中。封建社会就不去说它了。其实，即使现在，也有开口闭口就骂娘的。这种流毒又特别多地在文艺作品中表现出来，对我们的文化影响很大。而现在的所谓的文化人，许多人是没有多少文明素养的。今年7月18日，在中国纪录片制作播出联盟的联席会议上，来了许多地市广播电视台的领导，其中一少部分有一个共同的特点，就是手机不放在震动上，大声呼喊自己的部下"把我的杯子拿过来"，哪有一点谦谦的文明之风？有的人要从别人的座位前走过去，不说"劳驾"，不说"对不起"，而是用脚踢别人的脚来示意。这些人的不文明程度已经到了这个地步了！

二、观念扭曲。我们破坏了一个旧的文化，但我们还没有建立一个新的文明。许多人是与非的标准已然失去，他们的眼睛是极为空洞无知的，他们的是非观是颠倒的。这从许多小事上就可以看出。比如高考，有的家长竟拦住车子不让从学校门口开过。随意按喇叭固然很不文明，随意拦车，不仅是不文明，而且是侵害他人的人权了。但媒体对此并没有提出批评。甚至有的地方，监考老师受到了家长的殴打。又如世博会的残疾人通道，生生地让太多的正常人冒充残疾人最后使这个通道没有起到对残疾人的关怀而不得不关闭。在这种扭曲的观念下，许多准则都是错误的，行为都是不文明的。这些不文明的人外出游行，总以为我能摆平一切，钱能摆平一切，一副暴发户、自大狂的面孔，却不知他们的行为令人厌恶。这是文化中扭曲的"笑贫不笑娼"的表现。

三、缺乏教养。现在有许多人受过所谓的高等教育，但他们没有应有的高等教养。教养是一种从内心深处散发出来的文化。内心没有教养，散发出来的必定是低劣的恶俗之气。许多不雅的事都是受过相当程度教育的人的所作所为，比如"到此一游"之类。做得如此自然，说明这种低劣对他们来说已经习以为常了。他们自己没有优雅的文化，他们对自己国家的文化也不热爱。他们外出旅行，只是凑个热闹，挣个面子，并不是为了丰富人生的履历，开拓自己的视野，感受他国的文化，所以他们也不会对他国的先进文化有任何的景仰。他们心中没有对人类的善，所以他们高声喧哗；他们心中没有对文化的敬，所以他们在文物上刻字；他们心中没有对自然的爱，所以他们向动物投掷垃圾。他们所到之处，传播了一种低劣的文化。这从一个侧面告诉地方官员，不要动不动就把一些领导的字刻在当地的景观上。这未见得就是文化，何况这些字大多很难看。

四、恶俗为美。优雅的文化失去了生存的土壤，成为大众的笑柄。我们以粗俗为美，而且还不自知，并在生活中、电视里大行其道。比如，我们的城管是有公务员编制的，他们干坏事的比例怎么会高到这个程度？对他们有没有一个是非的标准？又比如，我们的电视小品，总是以讽刺残疾人为乐事，而观众大乐。这其实是一种恶俗，是一种不文明、甚至是反文明的表现，这也是我们的一些小品为什么到了国外，受人诟病、受人批评的原因，而我们并不自知。而观众大乐，只能说明现在的许多观众，包括游客还处在非常无文化的状态中。再看看我们的微博，有多么大的一个比例是在其中谩骂、造谣、传谣、散发负能量？这也是上述所说的又一种具体表现。

我们还可以总结出更多的原因。

看到这些不文明现象的深层原因,让人深感,要想让一个人变得文明一点,是任重道远的事。所有提高我们文明的建议都很可能失之空泛,但我们还是要提些目前可以做得到的建议:

一、清除电视里不文明的节目,大力弘扬文明之风。比如骂人、抽烟、炫富、说脏话、挖苦残疾人,等等,都统统排除掉。在这里,不要用所谓的艺术的真实来做托词。没有这些不文明的"艺术",文明的内容会更充实些。

二、媒体要发挥正能量,不刊发不文明的东西。批评不文明的言行要以文明的方式来表现。《人民日报》出现"某丝",我以为很不应该,这是一种不自重的表现。节目主持人也不要散发不雅言词,做文明语言的传播者是媒体工作者的责任。

三、领导干部要带头。官场文化很不好,但在目前一时难以彻底改正的情况下,先请领导在文明行为上带头做个榜样。如果我们的官员能够带头举止文明些,也许会对下属有一种约束的作用。

四、公职人员要规范自己的言行。我们每一个人都要做文明人,公职人员首先要做到。可以拟一个规定,约束公职人员的言行,这在目前是可能、也是可以做得到的。如果公职人员都做不到,那么,这么多的出国旅行人员,是根本约束不了的。

建设一个文明社会是何其难的事,远比经济建设要难得多。我们用三十年的时间把国家建设成为经济的第二大国。我们用三个三十年也不容易把自己建设成为一个有高度文明的国家。文明不是一代人能够完成的事。我们能够做的是,从现在、从自身一点一点做起。如果我们不作为,文明离我们只会越来越远。

(2013年7月30日)

33. 不根本解决问题也是形式主义

这次群众路线教育活动，一上来就颇具声势，并且向着轰轰烈烈的方向发展。百姓的担忧是共同的，害怕有良好的愿望但结果草草了事。因为历史的经验告诉人们，许多事情靡不有初，鲜克有终。所以领袖早就说过：形式主义害死人。

我们反对形式主义已经反了几十年了，现在依然要反。这说明现在形式主义依然很严重。同时也证明，许多人几十年来已经被形式主义祸害得厉害，至少害去了半条命。

中央领导一针见血，"不解决实际问题就是形式主义"。解决形式主义问题，重要在于解决实际问题，而这正是难度所在。现在的情况常常是这样的，上面有指示，下面有招数。你说联系群众，他就送米、送油若干。真正遇到问题，还有多少人在尽力去做去改？现在许多被拆迁人员上访，就是一些地方以城镇化的名义，搞一个豆腐渣工程，因不让百姓享受改革红利所造成的。简直让人怀疑是以土地卖钱，而非其他。这个问题已经严重到无以复加的地步了。又比如新闻界，上面说走转改，下面在没有节目策划、没有题目研判的基础上，就游走了许多地方，转悠得比谁都快，结果什么也没有改掉。

这让大家知道，"不根本解决问题也是形式主义"。现在有些地方出现问题，只是简单地以和谐的名义，用钱摆平了事，而没有在根本上解决问题。以至于现在许多问题不停地出现，重复地出现。财政好的地方，或许可以看到一时的平静。财政不好的地方，问题就积压如山。比如，南京彭宇案，彭宇被判了，似乎问题在法律的面前解决了。但这算是解决问题了吗？救死扶伤提倡的不正是在自己没有任何责任的情况对他人施以援手吗？这样有罪推断判案，害得许多人不敢救死扶伤。这是什么？这就是没有在根本上解决问题。实质上，不仅没有解决问题，反而产生了更大的问题。它也是形式主义。

　　现状更为严重的是许多地方的许多措施属于根本不解决问题，"根本不解决问题更是形式主义"。现在最严重的问题就是吏治了。出这么多的贪官，我们的制度层面究竟要靠什么来制约。办了大坏事，还可以异地当官。都说"老百姓的眼睛是雪亮的"，此话用在这里最是恰当，百姓是骗不了的。但眼睛雪亮又如何？那些形式主义者们不还是照样形式主义着吗？中央若不拿出一点真功夫真手段，百姓的回答就是"根本不解决问题"。

　　不解决问题就是形式主义，不根本解决问题也是形式主义，根本不解决问题更是形式主义。反对形式主义吗？百姓都在看着哪。

（2013年8月6日）

34. 官员的"气功大师"
情结缘自不用对人民负责

中国的土壤有点特别，特别出产"气功大师"，而且法力无边。严新、张宝胜、闫芳、王林，层出不穷。从最后的事实来看，我们可以得出结论，这些个"气功大师"都是骗子。

为何这些"气功大师"类的骗子特别多，是因为我们脚下这块滋生骗子的土壤特别深厚。严新号称发功后可以把导弹弄得转向了，那美国人的核讹诈他一人就可破了，还要研制什么防备武器？张宝胜"意念取物"，还曾与何祚庥院士当面较量，结果被拆穿把戏。闫芳的"隔山打人"，人是打不死的，不然她练功时，山的那边不知要死伤多少人。至于王林的"空盆来蛇"，功力就差多了，据说在牢里被人打得头破血流，全无"大师"功力。

如此拙劣，如此小儿科，但还是有人信。不仅百姓信，而且那些宣誓信无神论的官员也信。何祚庥痛感："中国封建迷信的土壤太深厚了，这些人科学知识也落后，分辨不清什么叫科学，什么叫伪科学。"

官员为何有"气功大师"情结？原因很多，大致以下几点总是沾边的：

一、心中有鬼，问计于神。古人说：君子坦荡荡，小人长戚戚。现如今，君子不多，小人不少。不能坦荡荡者，或是心中有鬼，或是欲望过多。壁立千仞，无欲则刚。欲望太多，便生非分的希望与企图，而这又不是可以拿得出手放在台面上的，于是乎问计于神。把命运交给鬼神者，自己肯定有鬼神情结。这种人一不小心，就会与鬼神结盟，最后成为鬼神的一分子。看看现如今倒台的官员们，或烧香，或拜鬼，或与气功大师相交，以求好运与安慰，无一不是这类货色。从人性上来说，道德沉沦的趋势，普遍地存在于每个人的心中。所以帕斯卡尔在《思想录》里这样表示：对人类处境的洞微察幽，是为了认证拯救者（即上帝）存在的必要性。而官员们的气功情结，只不过是证明了这些官员难于拯救而已。

二、不思苦干，想走捷径。"干部"一词，原意是干活的那一部分人的意思。现在恐怕得改为"吹部"了。历史总有背面的经验告诉人们，干的不如说的，说的不如唱的。既有前例可援，这就给有气功情结的官员们开了个头。既然意念可以搬物，那么，与气功大师们结交，沾点仙气，用意念搬个帽子、位子、票子似乎也是可为的。殊不知，捷径多是旁门左道，跑马拉松走捷径的，肯定是搭车子；升官走捷径的，多是送票子；想发横财又不想身陷囹圄的，这条捷径只有与气功大师结识，靠他们保佑了。但这条捷径，不能说没有人能做到，但危险系数确是太大。现如今，"虽千万危险，吾往矣"者实在不少，所以不把篱笆筑牢，我们面前的岔道有千万条。

三、信仰滑坡，没有担当。现在不少官员缺乏精神信仰，没有信仰，又不想负责，这是堕落最根本的原因。处境有些危险，但又不怕危险，为什么？因为这些官员根本不怕人民的监督，他们也不用对人民负责。有人担心，如遇颜色革命，那些官员会起什么样的作用。我们相信大多数人立场坚定，信仰纯正，但也肯定会有一部分人会附逆，因为他们本身就是颜色的调制者。人非魔鬼，也非天使。人性中本有堕落的一面。不把堕落的一面顶住，我们难于产生向上的力量。事实上，我们对科学、知识的尊重程度，远远不够。我们的精神有点塌陷。许多人，没有信仰，也根本不能担当责任。

话最后还得说回来，我们要问问我们的官员选拔制度有无问题？让信这些鬼话的官员当了政；是否让实实在在为老百姓做事的人吃了亏，让有"气功大师"保佑的贪官们果然无事？最后还得问：鱼儿离不开水。到底谁是鱼？谁是水？

（2013年8月20日）

35. 被约束着的双手和被约束着的头脑

中国广播网载：近日，网传"广西陆川县乌石镇一名13岁少女被流氓强奸5次，警察反送其去精神病院"，这一信息在网络持续发酵。据了解，该女孩在其家人陪同下于3月28日报案，警方已进行立案侦查。警方8月9日称，犯罪嫌疑人冯某供述女孩是自愿和他发生性关系的，且不知道她未满14周岁。检方称女方年龄、犯罪嫌疑人是否使用暴力存疑，仍需补充侦查。至于曾用手铐铐住女孩之事，警方回应称系"采取约束性措施防止她打人"。

这条消息令人吃惊。对警方来说，女方年龄固然要查，是否使用暴力也要查，这些都是他们要做的事情。但"采取约束性措施防止她打人"而将受害人铐了起来，实在匪夷所思，而且令人义愤填膺。

《启颜录》有这么一个故事：西蜀的简雍，从小和先主刘备的关系很好，一直跟随在先主的左右，被任命为昭德将军。有一年天旱收成不好，先主命令禁止喝酒和酿酒，酿造酒的人要被判刑。有一名官员从人家里搜出一套酿酒的器具，审理这个案子的人要把藏酒酿具的人和造酒的人一同治罪处罚。一天简雍和先主一同去道观游玩，看到一个男子在路上走，简雍指着那名男子对先主说："他要淫乱，为什么不把他抓起来？"先主说："你怎么知道？"简雍回答说："他有淫乱的器官，与想要酿酒的人有什么不同？"先主大笑，于是免除了想要酿酒的人的罪行。

所有正常的人都有手，不管他是否受到侵害，都有"打人的可能"，是不是都要被采取"约束性措施"以防之？而受伤害的人尤其需要预防之？如此，天底下人的双手不都要被铐了起来吗？那人们的双手还有什么自由可言？现在各方专家都在提醒要注意未来中国的主要矛盾，寻求合理的化解之道。而司法疲软与民众迫切需要伸张正义、寻求公平公正这个矛盾基本上都在各方专家的视野中被关注着。但看看一些执法者究竟做了些什么？公权被无边滥用，民众遭非人践踏，良善之人受人宰割，受害之后还要再次受到"约束"，这让守法的人们如何在这个社会上安全地存活？我们能不能让人的双手与人的大脑一样获得应有的自由？精神病院的病人和所有的重刑犯也不是个个都戴着手铐被"约束"着的啊。有些人的权力为什么总是大得无边无天？鲁迅先生说："不革内政，即无一好现象。"看看广西陆川县警察们的作为，试问这个地方的内政问题，离"无一好现象"还有几多远？

一位罗马皇帝说，他希望人类只有一个脖子。理由就是掐断这一个脖子很容易。那些想把受害者"约束"起来的人，大概也很希望人类只有一双手，这样，他们"约束"这双手就很容易。想约束别人手的人，他们的头脑一定是被封建思想约束着的。当这种约束的权力还披着"合法"的外衣的时候，人们就会对这种权力发出质问，人心也会渐渐冷却。但人们被铐住的双手，不会永远被人铐着。这双手会握成拳头，挣脱这种"约束"。而那些常常借公权约束他人双手的人，终将在他们的履历上和历史的耻辱柱上摁下自己的手印。

（2013年9月30日）

36. 不修炼无素质

一份未经证实的《联合国公布全球国民道德素质水平排名》的帖子近日在网上热传，中国在这份名单中排名倒数第二，"国民道德素质水平"这一话题再次被推向风口浪尖。

中国国民素质未见得是世界倒数第二，但领先是断无可能的。事实告诉我们，中国的国民道德素养的确存在诸多问题，这与传统的文明古国实在不相符合。

谈论这个问题，我们首先要问，素质来自哪里？以我之见，素质来自以下几个方面：

大量的阅读。读书是向先贤学习，与学人对话。黄庭坚认为，"人胸中久不用古今浇灌，则俗尘生其间。"中国新闻出版研究院发布了第十次全国国民阅读调查结果，数据显示，2012年我国18～70周岁国民图书阅读率为54.9%，人均纸质图书的阅读量为4.39本。三个月读一本书，如同三个月浇灌一次，俗尘积压得一定不少。一个人本来每天都要吃饭的，现实情况是三个月才吃一顿，营养肯定不足。一个不读书的民族，能说是有素质的吗？那些不同意这份帖子的观点，同时又不喜欢读书的人，是不是应该从自己做起，好好读书呢？

父母的传承。鲁迅先生曾经问：我们现在怎么做父亲？这个问题现在依然是问题，远没有解决。我坚信，人的品性高下，大多来自于父母的言行榜样。在自己的孩子面前，没有一点是非、正义、道德，那还能给孩子什么样的教育呢？在地铁上让孩子随便撒尿，还踹人，这样的父亲，人神共愤。他们的孩子长大后，能有多少素质？还有一些名人，只要看看他们子女的作为，就知道他们是怎样教育孩子的了。

观念的修正。渐渐富裕起来的中国人，现在喜欢把"贵族"这个词放在嘴上。一个贵族最主要的是要有文化的教养、社会的担当、自由的灵魂、骑士的风骨，而且这些条件是缺一不可的。很多人头脑中的贵族，只不过是一个有钱人而已。他们培养的所谓贵族，分明是用钱财堆砌出来的一个纨绔子弟，与贵族并不相干。贵族最重要的一个精神就是自尊的精神。有一个人与西方的一个拳击冠军开车相碰，那人下车大骂，拳击冠军和颜相待。朋友知道后说，"那人这样无礼，为什么不给他一拳？"拳击冠军说，拳击是我的职业，不是打人的工具。帕瓦罗蒂是唱歌的，如果与他相撞，难道还要对他高歌一曲？

得体的言行。言行是内心的映照，内心有怎样的修行，外在才会有怎样的表现。有一个网球运动员，虽然取得一点成绩，但在许多场合的言语都很不得体，传递出来的未必是正能量。归根到底，还是缺少修养。还有一个台球好手，公开说读书无用。虽然他们取得了不错的成绩，但我以为只能说他们的身体素质和专项技艺的素质不错，文明素质还远远不够。如果这样的人受到大多数人的追捧，国民道德素质可见一斑。

善举的支撑。中国从事情慈善事业的人不多，人均善资也不多。当然我们的收入还不高。但即便如此，这个数字也是比较低的。有些人，还把别人的善资挪作他用。现在许多慈善机构都多多少少地暴露出一些问题来，这真让人寒心。还有一些人，对别人的善举动不动就质疑、嘲讽，就以为是为了自己在炒作。你要是认为你有素质，就少指责做好事的人，并且努力让自己做得更多更好些。这才叫素质。

中国国民道德素质水平就这水平，我看大概差不多就在"初级阶段"吧。不会倒数第二，断不会位居前列。看看我们读过几本书，看看高考时拦车不让人通过的家长，看看国庆长假期间高速公路上的垃圾长廊，就知道我们应该多多修炼自己。

（2013年9月10日）

37. 付出全身心才能接地气

领导干部如何接地气，眼下成了一个关注度较高的话题。为什么要接地气？因为现在的官员有一个通病，就是高飘抄绕。

高是高高在上。有些官员仿佛生活在云里雾里如同在仙界，不知老百姓死活。曾有官员听说老百姓吃不起肉，就问：为什么不吃虾呢？这些官员脱离现实生活到了这个地步。便是这个地球上最多的磷虾，也不会便宜到这个地步。除了特供。

飘是飘舞摇曳。飘舞是工作作风不踏实，摇曳是政治信仰不坚定。他们不是一颗良种，不会也不愿扎到人民群众深厚的土壤中。但是他们诞生在我们身边，盛开在社会周围，或许还会传代于未来。流毒深广。

抄是鹦鹉学舌。因为没有深入调查，所以这些官员的稿子是别人写的，头脑思想也是别人的。因为摸不准百姓的脉搏，他们说不出百姓的心声，所以只能说些官话、套话、不痛不痒的话、不着边际的话。鹦鹉也会。

绕是不知所以。这种人业务无根基，工作打太极。但轻易能获得业绩的事，他们不会落下，不啃硬骨头，擅长卖地皮。工作业绩天知道，给后代留下什么鬼知道。挖空了地，涂黑了天；卖完了地，毁掉了田。"地气"兼备。

所以，中央大力提倡领导干部要接地气，要与人民心连心。但有一些人以为只要走到基层，与老百姓多接触，就是接地气。如果仅仅做到这点就意味着接了地气，那就根本不足以成为一个大问题提出来。我以为，有些人在这里存在一个认识上的误区。

许多人养花，眼看着花不行了，便放在楼下的花园草地上，接接地气。不几日，植物又重新焕发生命力。但以这个来表示领导接了地气，是没有说服力的。

接地气，仅仅用脚，是远远不够的，还要用手，用五官，用心灵。

我们每个人都有脚，天天走路，不管是在办公室，还是在路上，天天在接着"地"，但未必有"气"。气是什么？气有生活的蕴意，气是生命的象征。用脚的意思，是指领导要走出官场，走出办公室，走出楼堂馆所，到基层来，到现实中来，到老百姓当中来。

用脚走到老百姓当中来，还只是接地气浅显的一部分，接地气更重要的是用手，用五官，用心灵。

接地气，要用手摸。要走到老百姓家里来，要用手摸摸百姓的米粮袋，摸摸他们家里的厨房灶头。对家庭困难的人，对得病、甚至是艾滋病的人，要用手摸他们的手，感受一下他们那一双双没有多少热量的手，那是一双双很少有人用手去摸的手。

接地气，要用眼看。要走到老百姓家里来，看看墙壁是否渗水渗得厉害，看看他们水管里流出来的水的质量，看看厨房垃圾。老百姓的生活水平如何，看看他们的生活垃圾，就足以知道八九成。搞调查的人都知道，这是调查的捷径，也是正确率很高的答案。

接地气，要用耳听。要听听百姓对医保的意见，听听他们对教育的不满，听听他们对腐败的痛恨，听听他们对拆迁的心声。拆掉危房，更多的是要让老百姓得利，而非房地产商；建设新小区，不要强拆，不要让好事变成坏事。

接地气，要用心感。要真正地想一些办法，解决一些问题，如住房问题。不要让百姓生活的必需品，花费掉百姓一生的积蓄。世界上的国家有200多个，许多国家的成功经验可以为我们吸收。如果我们的毕生工作只是在做这样垒一个空房间的事情，那生活还有多少快乐？更遑论什么意义了。

从上述这些角度看，所谓领导干部接地气，不仅仅是领导与老百姓接近亲近的过程，领导干部更要接的是：接受百姓的教育，接受人民的监督。领导要承接他们应负的责任，担起他们应扛的担当。不这样看问题，所谓接地气最终只能断气。

（2013年9月17日）

38. 群众路线教育是向党员干部"输血"

共产党与人民是种子与大地的关系。大地是人民，共产党是种子。没有种子，大地依然在，但缺少了树木蓬勃、绿叶蔓生的生命力；而没有大地，所有的种子都没有存在的价值，更不会有诞生。我们党的生命力就在于永远生活在人民之中，就像种子生存、扎根在大地一样。

现在的一些党员干部，思想空洞，精神懒散，不学习，不修炼，身体千疮百孔。他们如同浮萍，没有把根扎在人民群众中。没有人民的母乳补充，没有人民的精神输血，很容易得贫血症。贫血症的特点是，人会觉得乏力并且感觉筋疲力尽、心情忧郁和冷漠易怒不安。究其病因，就在如下：不思进取，自然乏力；没有目标，自然忧郁；心无百姓，自然冷漠。

还有一些党员干部，想法歪斜，手脚乱伸，总违规，总被捉，身体失血过多。这些干部眼中没有多少党纪国法，却有很强的私欲，小过犯错，大过犯罪。党的群众路线教育实践活动，目的在于不让他们走到邪路上去。想要他们思想健康，身体健康，就要多多给他们做检查，无病要健身，小病不扩大，大病不恶化。如果等到病入膏肓，失血过多，医治无望，对党对人民对自己对家人都是很大的损失。

群众路线教育不是教育群众，而是党员干部受群众教育。接受教育是人生的常态，每个人都要活到老、学到老。对于那些贫血的干部、失血的干部，活动更是显得重要和及时，因为群众路线教育活动是群众为党员干部诊断，是人民向干部输血。

现在，党的群众路线教育实践活动开展得很有声色，"红了脸，出了汗"，这说明了两点：一是一些干部身体的病症很重，需要用猛药，下猛药才会出汗治病，也说明教育活动取得了一定的效果；二是反映了人民群众对整体的党员干部队伍依然抱有很大的希望，如果不存在希望，人民群众不会有热情参加这样的活动。这样的热情正是国家健康发展的希望和保证。

党员干部在这场人民群众向他们输血的活动中，要端正态度，多听取意见，多诚恳反省，多对照治病。

一要真输血，真治病。真治病，党员干部就不能把自己当作完完全全健康的人，世上本来就少有这样的人。要从多角度看待自己的问题，真心求医问诊。要知道，连去医院做检查也不愿意的人是不会承认自己有病的，只想吊空瓶子盐水也是治不了病的，大病恶化还不愿意做手术的人是没有生存的希望的。其实，干部存不存在问题，老百姓心里最清楚；有没有大毛病，听听老百姓的心声就知道了。有心治病，老百姓才会指出你的病症，干部们才可能对照镜子，看清自己的问题。老百姓为你输血，党员干部才有可能改正自己的毛病，改善自己的体质。

二要常输血，常治病。群众路线教育活动要作为常态的工作来做，就像我们的身体要年年检查一样。因为现在有个突出的问题，就是很多事情常常一阵风，风过之后，一切照旧，甚至还会反弹。治疗党员干部身上各种毛病，只治表象是不行的，必须从根本上治疗，必须抓反复。不把看病、治病的权力交给人民，一些干部身上的毛病是根治不了的。只有把监督的机制建立好，把监督的权力交给人民，并把群众路线教育活动作为一个经常的活动来抓，常常提醒干部检查身体，按时吃药，那些干部身上的毛病才有根治的可能。

三要多输血，治重病。群众路线教育活动重在治病，治病来不得一点虚的。弄虚作假，害己害人。要显示群众路线的教育成果，一定要多输血，治重病。对于有病的人，要告之以实情。对那些百姓意见极大的人，不能讲情面，必须让他们洗心革面。对于那年久无药可救的人，应该清除出队伍。老百姓最担心的是，活动一过，死灰复燃，或有引火烧身的可能。现在层出不穷的贪腐分子，大多是在以往的教育活动中有病不治之人。不把这些干部的毛病彻底治好，老百姓的心是放不下来的。

人民是母亲。群众路线教育活动就是要告诫干部，不要离开母亲。离开母亲，就会失去真情实感，就会贫血失血。所以，党员干部要把自己当作一颗颗种子，扎根于母亲大地，吸吮母亲的养分，从群众中得到新鲜血液。有了这样血肉组成的纽带，才能与人民群众保持血肉的联系，才能保持我们的党和每一个党员干部永远的生命力和战斗力。

（2013年9月24日）

39. 长假是我们生命的调养与情感的慰藉

改革开放最大的成果是国强民富。国强体现在国家实力的增强,中国综合国力现列世界第二就是个明证。民富是百姓生活质量的提高。生活质量提高集中表现的其中一点是:百姓越来越重视休假。

人在旅途,人的一生相随的风景变幻无数,我们要慢慢领略。领略的前提是休假,休假才让我们有时机走出去看看。

休假是我们生命的调养。我们的寿命确在延长,北京、上海的人均寿命已经超过八十岁,但过劳死也确离我们不远。我们所有的成就都是辛勤的劳动换来的,所以我们需要休假来调养生命。没有健康的生命,一切都如高楼大厦建在浮土之上。

休假是我们精神的调节。我们工作效率并不高,但我们的精神压力确又不少,教育、就业、医疗、住房耗去了我们很多的精力,并让我们沉浸在巨大的苦痛中,我们需要休假来调节我们的精神。没有饱满的精神,我们的生命特征也将会萎缩。

休假是我们生活的补充。我们日常的生活就是单位、住家两点一线,既简单枯燥,也缺乏趣味,百姓很难把改革开放的红利与日常的生活结合起来。休假能调整、补充我们的生活形式和生活内容。没有丰富的生活形态和生活内容的补充,人生都乏善可陈。

而长假是最大的休假,是百姓与改革开放前的生活在形式上的最大不同。但中国人的休假由于时间的不足,季节的限制,加上情感的因素未加考虑,有时显得有某些不足,目前也引起了一些议论。我们的政府提倡以人为本,在这个问题上,多听听人民的声音是很有必要的。我们中华民族特有的重视情感这个原因,使长假常常不是完完全全、彻彻底底的休闲,它也与一些感情方面的事情连在一起，这个我们需要兼顾。

在休假的这个问题上，可以综合考虑以下几个方面：身体休息的需要，情感抚慰的需要，季节均衡的考虑。人生四季，春夏秋冬。人生之事，除了出生无法自主外，其他主要有：去世与怀念、青春与爱情、老来及敬孝、全家大团圆。而这四者，恰好对应清明、七夕、重阳、春节四个节日，也正好与春夏秋冬相对应。

所以，我们的长假不妨这样设计：

春天的清明，怀念亲人并踏青远足，它是我们情感抚慰的需要，也是对青草自然的向往，同时也是生者与死者生命的对话与放歌，考虑到往来的奔波，这样的节日需要四天。

夏天的七夕，它让青春与爱情绽放最美丽的花朵，这样的盛开的花朵是与我们四分之三的人生紧紧相连在一起的，须知世上最动声的歌声就是爱情之歌，这样的歌声值得放上四天。

秋天的重阳，是中国人特有的对老年的敬重与孝道，它是中国人美德的体现，夕阳无限好，人间重晚情，这种亲情的维系是整个中华民族团结的力量来源之一，它值得放四天的假。

冬天的春节，是全家人大团圆的日子，这是中国人最最重视的一个节日，是亲情的浓缩，释放人生的颂歌，也是生命之花开放的前奏，将演绎又一年人生，这样的节日一定得放五天。

这些节日的日子，分处春和景明、夏日浓荫、秋色斑斓、冬日飞雪。而这些节日都已经有千年以上的历史了，它已经融化在我们民族的血液中，它会永远陪伴我们的民族永生。

另外，一些重要的节日我们还要放假：

元旦一天，它代表着一年之初；

端午一天，它蕴含美德的传承；

五一一天，我们以劳动而光荣；

中秋一天，它让我们内心充满高洁的月光；

国庆两天，我们为自己生在这个让自己挺起胸膛的时代而骄傲。

从内心深处而言，我很希望把这些节日的天数再延长一两天，但考虑到国家正努力建设现代化，需要不息的努力与奋斗，我们不能停止脚步。如果我们停止了发展的脚步，所有节日的意义都会大打折扣。像西方有些国家放假太多，多享受而少工作，结果经济渐趋不振，至今已经从发达国家的名单中消失了，反而损害了百姓的福祉，这绝不是我们要效仿的。

（2013年10月22日）

40. 有些事情不像你想象的那样

拍过照的人都知道，被拍摄者的某一角度的某一瞬间是很美丽的，但在连续的镜头里事实并非如此，或许还相反。北京的天气也是这样的"瞬间美丽者"。

现在，北京的居民对北京的空气质量普遍不满，这一现实也引起了中央的重视。新华社北京10月14日发布消息：中央财政已于日前安排50亿元资金，全部用于京津冀及周边地区大气污染治理工作，具体包括京津冀晋鲁和内蒙古六个省市区，并重点向治理任务重的河北省倾斜。

这个消息迅速传开，但百姓似乎并无太多的兴奋，因为在未来相当长的时期内，北京人还将呼吸极为污染的空气。其实，这样的消息早在2006年8月3日新华网也曾发布过，题目是《北京投入近千亿元抓紧治理大气污染》。报道说，国家环境保护总局官员3日指出，目前北京市正投入近千亿元实施第十二阶段污染防治措施。国家环保总局污染控制司副司长李新民在3日举办的新闻发布会上说，通过采取一系列大气污染防治措施，北京市去年实现了日空气环境质量二级和好于二级的天数达到63%的目标。

这个近千亿元投下去，好像有了一点作用。所以，2008年中国新闻奖有了这样一条得奖消息，《国际奥委会医学委员会主席说，在北京没必要戴口罩》。这条消息是北京电台采写的，这多少有些王婆卖瓜的嫌疑。因为有人认为那个时候的好空气是北京为了开奥运会停工了许多工厂所致。反正奥运会之后，北京的天气如同我们的"跳水梦之队"，一落千丈。看看现在的北京，已经取代伦敦成了世界的"雾都"了。

情况肯定已经很严重了。"北京病人"的人数在迅速增加，而且不易治愈。今年9月24日，媒体报道了各方决心治理北京天气的许多消息，记录一条在此，题目与七年前的报道相仿，《北京5年将投资1万亿元治理大气污染》。《京华时报》讯：北京市环保局、交通委、发改委、住建委等8个委办局举行联合新闻发布会，对《北京市2013—2017年清洁空气行动计划》进行详细解读。北京市环保局副局长方力透露，预计未来5年北京政府部门为治理大气污染将投入2000亿到3000亿元，全社会投资则将接近1万亿元。

数字不算小，效果还要看，暂时恐怕不会有成效。在这其中有一个问题，北京5年只拿出2000亿到3000亿，其余的钱还在"全社会"的口袋里，别人愿不愿意拿出来也是一个问题。就算全到位，也就是1万亿元。经济总量比北京稍差一些的苏州市，在十多年前，每年用于生产的投入也是2000个亿，5年1万亿，想来北京也不会少于这个数。这样用于投入生产和用于投入治污的费用大致相当，那北京的大气大概也只能维持平衡，它又如何能使空气质量好转呢？而中央财政安排的50亿元资金，又如何能够治理京津冀及周边地区大气污染？如果能，不是意味着一个一般的房地产商的资产就能治好北京污染的空气了吗？

生活告诉我们，有些事情不像你想象的那样。瞬间的美丽很可能就像某国美女，那是假象，更可怕的是下一代还是丑女。从前有一个和尚跟一个屠夫是好朋友。和尚天天早上要起来念经，而屠夫要天天起来杀猪。为了不耽误早上的工作，于是他们约定早上互相叫对方起床。多年以后，和尚与屠夫相继去世了。屠夫去上天堂，而和尚却下地狱了。为什么会这样呢？和尚觉得很不公平，于是向阎王申冤。阎王听后笑了笑："很简单。因为屠夫天天做善事，叫和尚起来念经；相反地，你却是天天叫屠夫起来杀生。你不入地狱，谁入地狱？"

别的不用说，有一点是肯定的，现在国际奥委会医学委员会主席如果再来中国，他肯定不会说，在北京没有必要戴口罩了。他或许会在中国投资一个生产质量最好的口罩工厂，销售前景注定大好。

北京人是热爱生活的。罗曼·罗兰说："只有一种英雄主义，就是在认清生活真相之后依然热爱生活。"从这个角度我们可以说，北京人民是英雄的人民——但可曾记得文章的题目？有些事情不像你想象的那样。

（2013年10月29日）

41. 世界是女人的

近来与朋友议论，每每感叹男不如女。学校里，文科女生十占其八。算上理科，总数也是女多男少。在单位，虽然男子多居高位，但业务出色者也是女多男少。年纪越少此特征越明显。于是脱口而出：世界是女人的，也是男人的，但是归根结底是女人的。

说世界是女人的，其实不是我的发明。花蕊夫人《述国亡诗》云："君王城上竖降旗，妾在深宫那得知？十四万人齐解甲，宁无一个是男儿。"没有男儿，世界是谁的不是很清楚了吗？有人说，这是女人写的诗，证据不足。但据陈尚君先生考证，这首诗虽然托名花蕊夫人，但真正的作者是王仁裕，五代最著名的文士，如假包换的一个男人。

有人不同意这种观点，他们历数各代名人，男子占了绝大多数。但人类历史长得很，几百万年来都是母系社会。男人掌权，从有史可考起，不过万年。几百万年对一万年，轻重短长立判。有人辩驳，说未来的几百万年也将是男人的社会。这种观点，想想是可以的，但未必成立。有生物学家研究，说500万年后男性将消失，这还是乐观的说法。悲观的说法是12万年后，男性就将消失。不管乐观还是悲观，男子消失好像是必然的。有男人不平，说我们消失了，人类将怎样？这个女人们一点也不着急，岂不闻鳝鱼雌雄同体乎？还有一些生物是单性繁殖的。没男人什么事，女人照样活得好好的。

这真是令人沮丧的消息，但事实可能正是如此。在其他方面也可证明女人厉害。近翻闲书，看到写吴健雄和杨绛的文章。吴健雄这位证明了李振道、杨振宁怀疑"宇称守恒定律"理论的物理学家，完全应该与李杨两位同得诺贝尔奖，不知何故被排除在外。如获奖，华人首次获得诺贝尔奖的人当中，就应该有女性。更令人称奇的是，吴健雄早年读的是师范，后来才改学物理。因她的成就，1975年，美国打破惯例，她出任美国物理学会第一位女性会长，同年获得美国最高科学荣誉——国家科学勋章。吴健雄的先生是袁大总统次子袁克文的儿子袁家骝，也是著名的物理学家。他们俩"谁主沉浮"？1973年他们回大陆探亲，周恩来总理在人民大会堂宴请。大会堂每省都有一个厅，主要通常是以客人的省籍来安排接见的地点。袁家骝是河南人，吴健雄是江苏人。怎样才体现平等呢？还是周总理高明，最后决定安排在介于苏豫之间的安徽厅，以示"公平"。其实，这与中国与美国在朝鲜战争中打了个"平手"是一个道理，就如同泰森与邹市明打了个"平手"一样。

杨绛先生精通数种外语，她的西班牙语是从47岁才开始学的，但她翻译的《堂吉诃德》译本被公认为优秀的翻译佳作。西班牙国王后来奖给75岁的杨绛一枚"智慧国王阿方索十世十字勋章"，表彰她对传播西班牙文化所做的贡献。我学也陋，还不知有哪个男人，在47岁时能新学一门外语，并且翻译水平能达到"公认优秀"的地步。所以，在许多人力捧钱钟书先生的时候，夏衍发出了"你们捧钱钟书，我捧杨绛"的声音。以此可以证明，女人一点也不比男人差，如果环境相等，操劳相同，她们的成就只会在男人之上。

这种观点有点悲观，但不是凭空胡说。最近看到一条消息仿佛可以佐证"世界是女人的"这个命题：《上海2/3男性生殖健康受到环境污染影响》。报道说，上海精子库近10年统计，2/3捐精者的精子活力不达标，有的甚至查出患不同程度男科疾病。上海精子库负责人称，如再不保护环境，人类将会面临不孕不育的窘境。精子是会游动的，环境差了，精子就长"难看"了，甚至游不动。上海的"男人"难看了，北京的"男人"还好么？大家知道，北京的环境比上海还差，"他们"恐怕更难看，更游不动了。

现在克隆技术不说了，转基因成了时髦的话题。在转基因对人类的好坏还没有定论的时候，精子们因为环境太差，已经游不动了。人类总不能就此消失吧？！也许真正尖锐的问题是，未来女性能不能单性繁殖？如果能，这也许是摆脱目前人类窘境的一个良方。

霜叶如剑

如今的空气质量简直不让人好好地活着，而且，这个空气质量迅速地朝着更坏的方向发展。唉，雾霾就雾霾吧。黑暗的地洞里也有生物存在，比如鳝鱼。男人消失了，女子自我繁殖，照样可以活得好好的。到那时，雾霾再大，人类也不怕。从这个角度出发，我由衷感叹：活在眼下的世界，作为一个男人真是幸福啊！原因男人们都知道：男人早晚将不复存在，世界终有一天是女人的。

（2013年11月12日）

42. 唯时间与美女不可收藏

世上最丰沛最稀缺的是时间，世上最永恒最变量的也是时间。时间之多，让人忽视；时间之少，让人无奈。

人们喜欢的权力可以保留。有些人生来就拥有权力，死后也不会失去。对他们而言，权力就像是家族财产，可以继承。有的家族的权力可保全百年以上。汉有祚四百年，周有寿八百年。权力即使失去了，也会存在记忆中。有的家族早已被推翻，家族也长久隐姓埋名。如今日光返照，重拾余威，他们的后人动辄号称皇家格格。

人们喜欢的财富也可以保留。有人生在金钱堆中，死后还以黄金裹身。古人说三世而斩，现在远不止三世。哪怕地球上黄金全开采完了，还可以到其他星球上去挖掘。欧洲哈布斯堡王朝家族拥有巨量财富的时间之长，让人称奇。有的家族即使衰败了，余泽犹在，阿Q就对赵老太爷说：我家祖上比你阔得多。

相较于可收藏的权力与金钱，世上最可宝贵的是时间，唯有时间不可收藏。而美女作为时间的附属品，也是不可收藏的。

时间对每个人是一样的，它不会因你是帝就多给你一些。中国历史的皇帝平均寿命短得让人感叹"不愿生在帝王家"。而最长寿者乾隆，也不过活了89岁。

时间也不会因你的富贵而额外多给你一些。和珅富可敌国，而其阳寿并不如他的财富那么多。"和珅跌倒，嘉庆吃饱"，他庞大的家产不过是代为嘉庆临时保管一下而已。

世上最可宝贵的是时间。

时间永恒，无穷无尽。但对每一个个体而言，屈指可数。寿者如彭祖，虽活了八百年，但只是一个传说。对我们芸芸众生来说，七八十年已属长寿。若再增加十年二十年，已要感谢上苍的眷顾了。细细数数，也不过三万六千天而已。

时间挽留不住。它拒所有的盛情于门外。它是世上真正的独行侠，而且，永不驻足。

时间强拉不住。它的力量之大世上无可敌者，所有的生命在时间面前唯有缴械。

时间收藏不住。时间的滑溜，赛过泻地的水银。不仅收藏不住，连痕迹也不会给你留下。

世上最可宝贵的时间，就这样每天每时在我们的生命中消失。2013之"一生"已过，2014之"一世"来临。日月如梭，人生如梦。我在2013年将尽之前的冬至日，面对日月之无穷，而生涯之有时，无限感慨，赋词《采桑子·冬至感怀》一首：

夜长日短三更雨，独自凄凉，无限感伤，纵使感伤难对窗。

人生如梦花间影，大好时光，难以收藏，便是收藏也断肠。

时间是一把切割刀，切割着我们的生命，也将美女切割到惨不忍睹。

美女是必碎品。美女不仅会如众生一样老去，而且，美女皆短寿。因长寿而脱形便称不得美女。美女从某种角度而言，也是时代的代名词。而历史上那些美女，均无老年。西施不知所终；昭君英年早逝；貂蝉本非历史人物；玉环以如今的标准看，去世时离中年还有好几年呢。

美女是时间的附加品。美女必有出众的才情，必有非凡的故事。只论相貌，世上美貌女子无数，但她们都担不了"美女"两字。然而，再美貌之女子也是时间的附属品，时间已然不存，美女安将焉附？而且，美女只可能是某一段时间的附属品。如果拥有时间过长，所有的美女都会成为我们眼前的老妪。

美女是时间老人的冰雕作品。她比沙滩画或会保留的时间长些，但终会在时间面前消失。古人早就明白，"花开堪折直须折，莫待无花空折枝。"从这个角度来说，美女之所以是奢侈品，是因为她无法收藏，她每时每刻都在耗减。

世间所有人，皆在时间面前感慨：唯时间与美女不可收藏。

对每个人而言，只有时间最可贵。时间充满周身，同时又在每分每秒地消失。时间不仅宝贵，而且最为公平。人世间，没有什么是公平的，除了时间。

权力的获得途径多种，财富的得到来源不一，连空气也不会有"公平"两字。空气不好，有人可以人为改造小环境，有人可以挪动自己的地理位置。PM2.5一样，但吸入量不一样。

只有时间，对任何人一样对待，一秒一秒在消逝。

有权势者，不会拥有更多时间。有财富者，拥有的时间也是一生。对那些美女来说，想以化妆术驻颜，只是妄想，想以拉皮法去皱，徒属掩盖。若想保持永远的美丽，大概只有作那小河美女，或是当那辛追夫人了。

人无论怎样，或强力拉住，或盛情挽留，或悲情哭求，在时间面前一概无用。时间如一个冷血之物，自然而过。连孔圣人对时间流水都慨叹：逝者如斯夫。号称"活着就要改变世界"的乔布斯说：我生前赢得的财富我都无法带走，能带走的只有记忆中沉淀下来的纯真感动以及和物质无关的爱和情感。

世上最可宝贵的是时间。但在一些人心里，世上最不足惜的也是时间。这是真正的暴殄天物。面对时间，我们只有放平心态。它流任它流，但我们要在自己可以掌握的范围内，尽量留下一点东西，写入历史。

象征"一生"的2013年已过去，象征"一世"的2014年已来临，在这一生一世的交界处，我拟一联，庆祝生活在两个千年交替处的我们的一生一世不同寻常：

一世一生一半余；

十全十美十分好。

（2014年1月14日）

43. 可以持续的快乐就是幸福

"幸福"是个好词汇。在幸福后面的词缀可有很多：幸福指数、幸福度，等等。

什么叫幸福？我以为，可以持续的快乐就是幸福。幸福一定是可以持续一段时间的快乐。短暂的高兴只能叫快乐——短暂的乐——不是幸福。可以持续的快乐才能叫幸福。

有人说，牢房没有犯人，医院没有病人，就是幸福。我以为，以这个标准看，马路上绝大多数行人，不管是饱汉还是饿鬼都符合这一条，但他们一定幸福吗？"牢房没有犯人，医院没有病人"这个答案，充其量也就如我们书信里"别来无恙"的问候而已，根本没有"快乐"两字，而快乐是幸福的基础。可现在书信少了，连"别来无恙"的问候也少了。没有快乐，还奢谈什么幸福呢？我以为，幸福的答案里至少要包括以下三个方面的意思。

一、快乐是短暂的，幸福是长久的

"快乐"这个词汇已经决定了它的结果：快速的乐，极易消逝的乐。快乐是暂时的，有的快乐甚至是瞬间的。这些都只能称之为快乐，而不能上升到幸福。我们若问一个人"你幸福吗？"，如果我们知道他眼下的状态，就已然知道了结果。打个比方。在动物世界里，猎豹捕捉羚羊而得手，就是快乐。而它一口肉还没有吃到，就被鬣狗夺走，就不是幸福。如果有了相对更长时间的咀嚼美味的过程，大快朵颐后可以两三天不捕猎、不吃肉，这才能称得上是小小的幸福。如果一个人在路上拾到一只兔子就称幸福，而不是圈里养有成千上万只兔子，那他只能成为生活中的一个笑话。这个笑话倒是十分长久，以至于成为成语。

二、快乐是先导的，幸福是收尾的

持续的快乐必导致幸福。幸福不幸福，一定是某个阶段的结尾。我甚至以为，幸福是有时间顺序的，先苦后乐叫幸福，先乐后苦是痛苦。不能以幸福为终点的，都不是真正的幸福。若是以痛苦为结局的，都是真正意义上的痛苦。一个人虽然活到八九十岁，但是病病歪歪地活过来的，虽到耄耋之年也不能说是幸福。一个人在华年时分绽放生命最美丽的光彩，虽英年而殁也不失为幸福。一个贪官，过了大半辈子的快活日子，最后的几年岁月在牢里度过，也不能说是幸福吧。达成目标方才幸福，所以人生要适当修订目标，有时要故意把目标放在稍低的位置上。如果你是一个富人，但生活标准定得相应低一点，每天你都不用担心日后的生活水平会下降，而且你还发现许多不大的欲望都能满足，你一定会觉得自己是个快乐的人、幸福的人。如果颠倒过来，你是个穷人，却日日以很高的消费水平来生活，那么，痛苦必定每天都围绕着你。

三、快乐是感官的，幸福是理性的

钱多未必幸福，钱少未必不幸福。因为幸福不是一个恒定的钱财数目。花了十元钱，买一盆远称不上名贵的兰草，放在阳台上，闲来赏之，心情愉悦。风吹狂舞，如同怀素狂草。再看明月如刀雕镂这世界，吟出一联：风吹兰草如狂草，月刻玉石似金石。心情大好，且十分长久，真有幸福感。古人说：嚼得菜根，百事可为。把菜根咬嚼的时间持续一些，幸福感也就降临了。若是把这种幸福感再持续得长久一些，人生就很完美了。富人也有打折购物时，他们购得稍微便宜的东西，不仅仅获得了少付钱财的快乐，更多的是享受了智慧获胜的得意。在潘家园买古玩的人，花大钱而得宝，最多是买个快乐，因为人家不会羡慕他的本事。而捡漏的人，决不会以高价买了件古董得意，那不过是土豪。但如果他以很便宜的价买了个宝贝，人们赞赏的一定是他的眼力，他的鉴赏水平，还有他的学识。这个时候，他一定是幸福的。

人各自有快乐，快乐各自不同。我认为，把小小的快乐放大，并且持续，就是幸福。

（2014年1月28日）

44. 面子是让人不做坏事的一条防线

许多人都认为，中国人是最要面子的。人们要面子的程度已经深入我们生活的每个角落，甚至词汇中，什么"佛要金装，人要衣装"，什么"锡纸包驴粪，冒充元宝"，都表示着我们对面子的重视。

夫妇之间，在外面妻子一定要给足男方面子，回家怎么收拾都行。亲朋之间，再怎么没钱，哪怕吃糠咽菜，随礼的份子一定是不能少的。在中国生活过的外国人对此印象更是深刻。中国人看待面子如同遮羞布。

但时过境迁，一方面，中国人依然爱面子，另一方面，现在不要面子的人多了起来，而且大大地不要面子了。如今，网上汉奸言论多了起来，爱国者被骂，开国领袖被污辱，弘扬正能量的人被指责，而这些人中，有媒体人员、政府官员、体制内学者、工商界人士、网络写手，他们其中还有不少人享受美国"特殊资助"和"特别保护"并为美国"特殊任务"服务。

前两年，山东阳谷、临清等地打造"西门庆故里"，闻此消息，让人惊愕不已。真不知当地那些决策者们脑子里想的是什么。西门庆又不是什么好鸟，是淫棍、恶霸，在万恶的旧社会都是鞭挞的对象，现在如何竟成了一些地方的香饽饽了？难道只要有名，连狗屎也是香的了？

阳谷等地本来好好的，出武松。当地人与人交往，他们都说"我们那个地方出武松"。虽然未必真有其人，至少给人的印象也是阳谷出好汉，是一大骄傲。现在戴了一顶什么帽子？以后难道不怕人家把"西门庆后代"，或"西门庆乡人"这顶帽子戴在自己头上吗？这顶帽子，戴上容易摘下难。

清朝的秦涧泉是秦桧的后代子孙，难以摆脱其奸臣祖先数百年前留下的阴影。他在岳飞墓前，面对先祖秦桧的跪像，写了两句："人从宋后羞名桧，我到坟前愧姓秦。"表达了对秦桧的痛恨之情。希特勒有多位亲戚，因厌恶自己的姓氏，终身不育，以使与希特勒有相同之处的基因在这个世上消失。

羞耻心是让人不做坏事的一条防线，秦涧泉等是有羞耻心的人。没想到，阳谷、临清等地还要争一个恶名来。天底下有"羞耻"两字，试问阳谷、临清的一些部门不知道吗？就算没有什么可以扩大自己影响的事与人，难道非得弄一个本不存在的肮脏人物来加在自己头上吗？

为什么一些地方会同意这样做，我实在想不出有什么理由。近日读报，找到了一点原因。一则消息说，现在有六成的干部每周阅读时间不足6小时，而中国人平均每周阅读时间是8.1小时。也就是说，干部比国人平均的阅读时间还少。不读书，只能以其昏昏，做比他人更昏的事了。我们不能据此说当地干部的思想高度、认知水平一定比国人平均要低，至少，他们的表现没有证明比国人平均高。一个承担着决定因素的干部，以如此低的素质在做事，事情是做不好的。由此看出，当地的一些干部们有三个问题。

一是思想有缺陷。如此简单的事，他们不辨黑白，说明他们基本上属于是非不分、良莠不分、荣辱不分的那类人。

二是认知有障碍。中央把学习型社会作为建设小康社会的一个重要目标，那些干部没有好好落实。学习太少，认识就有问题。

三是能力有不足。也许他们是想发展当地经济，但以此来发展经济，只能说明他们能力不足，出此下下的不是策的策。

"西门庆故里"出现，只能说明当地部门认可西门庆。认可西门庆的人，说明他们思想有缺陷，道德在滑落。他们连基本的面子也没有了。

（2014年2月25日）

45. 经济学家对世界杯的预测让死去了的章鱼愤而重生

在我看来,世上最无趣且最无聊的学科当属经济学。因为只有经济学,才会出现这样的情况:两种截然不同的观点,却都能获得诺贝尔奖。不同观点都能获得诺贝尔奖并非不可以,比如,文学就行。但文学老老实实承认,它是艺术,而非科学。但经济学却不承认自己是艺术,它把自己列在科学的行列。而科学认为,数据相同、观点和结论全然不同却自以为"正确"的学科属伪科学。

因为经济学存在这样的毛病,而它又坚持认为它是"科学",所以经济学家们受到了很多人的嘲笑。记得有一个外国的财长说过:在经济学家眼里,掉下一架飞机并不是一件坏事,因为你还要再买一架飞机——它能开动工厂,获得工作岗位,提高国民生产总值;你得大大赔偿因失事而消失了的生命——可以刺激消费。

一个更极端的嘲笑经济学家的例子这样说:经济学家与物理学家在林中散步,突然碰到一头大黑熊。经济学家见状,面无人色,扭头就跑。物理学家说:"你别跑了,我们跑不过黑熊的!"经济学家一边狂奔,一边回头说:"我虽然跑不过黑熊,但我跑得过你!"经济学家不知道,熊有个特点,相对于静止的东西,它更喜欢追逐移动的目标。经济学家自以为是想跑赢物理学家,不料反而使自己成为熊捕猎的目标。

如此一来,经济学家的学术能力就很受人们的怀疑。

历史学家是在事件发生后总结规律,显得老实而本分。老实而本分是科学的基础。而经济学家喜欢在事件未发生之前预测未来,这正是它不科学的地方。

曾有一个比较有名的经济学家说,中国完全可以突破18亿亩耕地的红线，如果粮食不足，我们可以向国外买，没有一个国家傻到不做这样的大买卖。亮出脖子让别人卡，这就是经济学家的愚昧之处。历史上，不知道发生过多少次外国卡中国脖子的时候，经济学家忘了，我们没有忘记。

在这个方面，即便以是严谨著称的德国人也不免失算。法新社柏林6月1日电：《经济学家称世界杯决赛将在西班牙和德国之间展开》。在我写此文的时候，世界杯的小组赛还没有进行完毕，但地球人都知道，西班牙已经订好了回程的机票。由此可见，经济学家的预测还不如章鱼保罗。

这样的预测，经济学还敢称自己是科学？如果它自称艺术，人们会更加欣赏它。它非坚称自己是科学，恐怕会糟蹋"科学"二字。科学帽子不是什么学科都可以戴的。相对经济学家，物理学家要严谨得多。在同一篇新闻稿中说：斯蒂芬·霍金"这位因运动神经元病几近瘫痪的物理学家将赌注投在了巴西队身上，而没有给自己的祖国英格兰留有机会"。

那个以为世界杯决赛将在西班牙和德国之间展开的经济学家瓦纳格说，之所以这样预测，是因为"其他任何市场都没有国际足球那么透明或者说那么全球化"。

足球透明吗？1982年，德国与奥地利的默契球现在已经为球员自己所承认了。韩日世界杯赛，韩国队就那样战胜了意大利队，使足球失去了多少球迷。而中国足球，你不说它是一潭浑水，只能说自己不长眼睛了。

足球全球化？世界上人口最多的几个国家，中国、印度、美国、印尼都不流行足球，世上将近二分之一的人对足球没有多大兴趣，它还能称为全球化？

难怪马云说：如果听经济学家的话，许多企业都得倒闭。

在这大数据时代，经济学家们闭着眼睛在说瞎话，那么西班牙足球队用自己的表现狠狠抽打他们的耳光就是自然而然的事了。

章鱼保罗死了，但后来的预测者如经济学家们的表现远不如章鱼保罗——我看他们把自己从科学的行列里择出来，是比较明智的。

保罗重新投胎——经济学家对世界杯的预测让死去了的章鱼愤而重生。

（2014年7月1日）

46. 以更开放的心态拥抱世界

西北大学现代学院封校禁止学生过圣诞节，遭到大家的质疑和批评。在如今的时代做出这样的事，表现出的是某些单位和某些人，在对待过洋节包括中国传统节日这一问题上，态度轻慢，心态狭隘，情感冷漠，观念错误，方法粗暴，影响很坏。

我不清楚，学校要这般做的理由。

如果是为了加强节日管理，那这种做法是缺乏感情的。节日本身就是让人欢乐的。不让人高兴，这种出发点是值得怀疑的。如果是从安全出发，合理引导，多多告诫，加强安全措施，控制流动人群进入某个特别地方的数量便可，而不必"圈禁"。我们过春节、国庆、元宵，也是热闹得很的，从来没有听说过春节还有哪个单位会组织观看文化片的事情。这样是让人不乐。

如果因为它是洋节而不让过，这也没有道理。中国的不少节本身也是洋节，如五一劳动节、三八妇女节、六一儿童节等都不是本土产物。世界上许多国家都过，我们也过。我们不会仅仅因为它是洋节而拒绝。

如果因为它有宗教色彩，这也说不通，且于法相违。中国的法律规定，人们有宗教信仰自由。我们现在习惯上称中国有五大宗教，即天主教、基督新教、伊斯兰教、佛教和道教，"五教同光"。其中除了道教，都是从西土传过来的。中国信教百姓有数亿之多，其中信天主教、基督新教的也数以百万计。伊斯兰的古尔邦节，信教的穆斯林在过；佛陀诞辰、观音诞辰，许多佛教徒也过。圣诞节虽不放假，但在工作学习之外的时间里，人们过一下圣诞节，于情于理也说得通。有的人虽然不是基督徒，只要不违反党纪国法，也不存在被禁止过节的理由。

如果说把它上升到"抵御西方文化扩张"的高度，这正好说明了这些人对中国历史的不了解。中国人从来是心胸宽阔的，对世界上的许多文化都怀有包容之心。我们不会毫无道理地抵御西方文化，没有利玛窦与徐光启翻译《几何原理》，我们不知几何为何物；没有十月革命的一声炮响，马克思主义离我们还远得很。西方先进的文化，被中国引进的比比皆是。如果我们把文化的概念再扩大一点，那么，我们今天离开西方文化，就寸步难行了。电、灯、车都是西方发明的。我们所信奉的马克思主义，我们所走的社会主义道路本来也是西方文化中的一脉。

如果把它上升到"维护中华民族传统文化"的高度，这又说明他们对中国传统文化的不了解。现在被称之为中华民族传统文化的许多东西，在先前也多是从国外引进的。我们民族器乐二胡等许多器乐，原来也是从西域引进的。没有这些器乐的引进，我们的音乐肯定没有现在这么丰富。我们信仰人口最多的佛教，也是从印度（当时也称西土）引进的，而法显、玄奘已经成为中国文化史上伟大的人物了。

甚至，我们的许多作物也是从国外引进的，如果没有玉米和土豆的引进，我们的国土虽然庞大，也不可能养活十几亿人口。许多吃的蔬菜如辣椒等，也是从外国引进的。没有许多从国外引进的食物品种，我们生活的质量就不太高了。

禁止过洋节的这个地方是个大学，但管理理念着实不太先进。管理在于疏导，在于合理的流动。中国最挤的地方不是上海外滩，最挤的时候也不是某个节日的某个娱乐场所，而是春运时的列车车厢，曾有火车上的一个厕所里挤进14个人的纪录。按照这个学校的做法，岂不是车厢也应该被封起来了？而我们知道，政府对于春运要做的事，不是不让人回乡过年，而是加快建设铁路，扩大运能。国家投入巨资用在建设高铁上，就是最好的说明。

这个学院名叫开放学院，看来一点也不开放，实在保守得很。世界上城市人口满百万最初是在宋朝，唐朝时，国都长安大概是当时世界最大的城市，人口不足百万，而当时的长安，有胡人达十万，西域文化影响甚大，长安父老甚至担忧"长安少年有胡心矣"。其实这种担心是不必有的。你看现在的西安，哪有什么"胡心"。在国人眼里，包括陕西父老眼里，这个地方更多的有盆地意识，开放进取之心远远不足。以如此落后的观念、方法来对待学生过节，这样的理念，能培养出有什么样的开放思想的学生来？

我们要以更开放的胸襟拥抱世界。我们现在说文化自信，这种自信，绝不是停留在文字上的。我们的文化自信来自哪里？来自我们的文化在发展过程中，善于吸收、融合其他文化的精华。见洋而拒，见异而怕，见人多而封闭，与其说是为了安全，不如说流露出的是胸襟的狭隘和文化的不自信。

这个学院后来还以上海外滩悲剧来证明自己当初封闭学校是正确的，这就如同想证明，因为有车祸就不让人上路是完全正确的一样。思想上封闭的人，总是要拿身后的影子来证明阳光是黑暗的。他们，有了眼睛也看不到"现代"的方向。

47. 年味到哪里去了？

现在过年的物质水准如同"芝麻开花——节节高"，而年味却如"王小二过年——一年不如一年"，以至于许多人都在问：年味到哪里去了？

春节是时序对人们发出聚会的天地之约，是人们在最寒冷的冬天萌发的对春天的向往。春节长达千年以上的仪式同精神物质相聚的内容已经融化在我们的血液中了。但为什么现在过年的味道淡了、没了？

我以为年味减淡或消失的原因大致有以下几个方面。

故乡零落了。春节很大程度上表现的是对家和故乡的向往。老树、庭院、沟渠，构成了一幅幅家乡的年画。里弄、胡同、街巷，组合成少时的回忆默片。现在很多人的家和故乡或被拆迁了，或是零落了，或成空壳了。乡非少时之乡，家非少时之家，甚至老屋也可能因缺乏人气而失去了往时之味。向往失去目标，寄托失去平台，少时成长的摇篮如今已经空悬梁上，年味又如何不寡淡？

路程缩短了。以前过年，需要一年时间酝酿，需要长途奔波，漫长的回家路程和漫长的回家时间使游子向往故乡之情酿得醇之又醇。经过长时间跋涉回到故乡，本身就是年味的一个发酵过程。如同美酒，非得长时间的酝酿方有至味。而现在，往往是上午才通电话，中午已经到家，下午已经醉倒。家乡宛在天边，又如在眼前，这般的过年，有如速生的鸡鸭，味道自是大不如以前了。

亲情稀释了。亲情相聚是春节最庄重的理由。以前，若是祖辈健在，聚会常常是二三十人甚至更多的大聚会，那种浓浓的亲情化也化不开。而现在的聚会，常常是七八个人，或是三五个人的聚会，比平时无大区别，只增添两三人而已。大家族消失了，年味想浓也不易，而稀释是大有可能的。更何况，在平时，频频的视频已经如同天天在一起生活，久盼的聚会成为天天的聚会，自然也降低了年的味道。

文化多元了。现如今，地方的节、全国的节、海外的节、世界的节层出不穷。放假的节、不放假的节也各有各的特点，人们不像以前那样盼着一年一度的春节。用一句俗语说，每一天都是最重要的一天。所以，平素的日子，也有如同过节般的理由。何况还有一些因数字而生的节，如"11·11光棍节"也在分享着节日的愉悦。各种节的接二连三地到来，减少些春节的年味也是必然的了。

兴趣降解了。人随着年纪增长而兴趣渐减，这是一个不可抗拒的过程。年纪小，过年味浓，年纪大，过年味淡。即使所有的条件都不变，每一个人过年时的感受也是一年淡过一年的，何况现在过年的气氛早就被各种各样的因素破坏得一塌糊涂了。如遇严重的雾霾天气，百姓出门的愿望都不会有。如遇过年前没有领到工资这样的事，那种憋屈，必定会感觉过年还不如不过年。

年俗消失了。中国的年俗文化博大精深，守岁、贴春联、贴窗花、放烟花、踏青、走春、围炉，等等，吃喝玩乐，迎来送往的加在一起，不知有几多。林语堂说他曾做过统计，从除夕到正月十五，共有130多项年俗。我感觉如果把全国各地和少数民族的年俗都加在一起，恐怕会大大超过这个数字。但现在许多年俗都消失了。承载年味最大的一个载体没有了，年味还剩下多少呢？

我们知道，味道需要食材好，心情也要外在的形式来补充。酿造浓浓的年味，百姓参与其中是理所当然的，而官家也要有所作为。"新年纳余庆，佳节号长安"，这是五代时后蜀皇帝孟昶新年时在其桃符上写的对联，据说这是史上第一副对联。于今，政府在过春节时要有所投入，至少挂上满满的大红灯笼。没有大红灯笼，喜庆气氛自然不足。国家对待春节应如对待国庆节一样，甚至是超过国庆节。春节是中华民族的最重大节日，中华民族在，春节就在。它是超越时代、超过朝代的。满大街冷冷清清的没有新春的气象，那还会有多少过年的模样？特别是在北方，萧瑟的树枝上连腊梅花也没有，更让人无处感觉到那个不远的春天了。

  我们应把春节当作有强大生命力的非物质遗产来对待。形式上的缺少，必然会引起内容上的不足，所以我们对待春节在形式上与内容上都要大力赋予新的东西，更不可在出现一些意外事件后，连正常的灯会庙会都以安全的名义撤掉，那是对民族情感的亵渎，也是政府找各种理由不作为的具体表现。我以为，春节放假的时间应是全国所有节日中最长的一个。不然，又如何体现春节是中华民族最重要的一个节日的这个"最"字呢？做些许的调整，以饺子作始，以汤圆画圆，这岂不是极美的一件好事？这样的年味，可以渗透在整整一年的时光中。

48. 中国人为何高亢作声？

中国人喜欢大声说话，这的确是事实。对这一事实，每个人都有自己的看法。有外国人挑剔说，有中国人自古以来便是如此说。最集中的说法是说这种行为方式体现了中国人的不文明。我们细细分析，其中的成因有多个方面。

文化的遗传让我们对高声没有天然的反感。

一种习惯成为现象，总是有它的文化根源。我相信历史上我们也是大声说话的，而我们也没有不文明到哪里去，至少，我们还是四大文明古国之一。中国的文化对大声讲话从内心深处并不反感，甚至有许多欣赏。如赞美一个人的声音，我们常用"声震长河""宽音大嗓"来形容。若两个人讲话用"窃窃私语"来比喻，还多少有些贬义的成分，好像不能放置公堂。我们读书要高声朗读，争论要大声激辩，呼喊要大声呐喊，连歌唱也崇尚放声高歌。故所以，一旦听到邓丽君般喃喃低吟，国人立即就被这鲜有听闻的歌声吸引了过去，其中一个重要原因便是"物以稀为贵"。

在我们的印象中，高声者仿佛更占理，低声则是理亏的表象。在生活和工作中，高声讲话有时是一种必需。想想也是，在偌大一个朝堂上，低声讲话，坐在高堂上的皇帝能听得到吗？而昔日学子读书，不仅要读，而且要吟，要唱。声音低了，恐怕是要吃戒尺的。

人口众多的环境让人失去低声细语的可能。

人口众多是中国自古以来的现状，现在更是。中国哪里人不多？工作场所、生活空间、车上路上，哪里没有密集的人群呢？看到长假期间各游览区的人群，真易让人患上密集恐惧症。环境嘈杂是我们要面对的现状。不能想象，在这样的环境里生活的人，他们讲话会低声细语。便是穿越心灵的信仰布道，也得用高分贝的高音喇叭才行啊。

有人称赞新西兰人讲话低声。那种地方，羊比人多得多，走半天不见一个人影，人大概也只好喃喃低语了。长假里人如满天的蜂飞蝶舞，要让人在其中低声细语是违反常识的。我们可做的，只是尽可能地在优雅的地方优雅一些。

急速发展的社会必然导致我们急促地发声。

相对已经高度发达的西方各国，我们的国家是个后发之国，后发之国定有强烈的赶超之心和快速前进的步子。步子急促，声音必然短促而高亢。让一个急速跑步的人缓慢而低声说话，是违背生理现象的。生活节奏很慢的地方，不是社会高度发展，就是自然条件太过优越，或是生活十分落后自感无望的那些国家。社会高度发展的国家，有登顶之后歇息的心态。自然条件太过优越，挖地便有石油，也有躺着享受的心情。这些国家的人，都有些慵懒。慵懒之人，发出低低的、慵懒的声音是自然而然的现象。十分落后的国家，多少也有些无奈的万事就这样了的消极情绪。

我们的社会正在高速发展，这种速度几乎让社会中的大部分人患上了进步强迫症。我们停不下来，也不可能停下来。当地的领导不会，百姓也不希望停下来，毕竟生活不如意的还有许多。让我们低声讲话，仿佛有一种叫我们不励志的意图。我们不会理会这种声音，至少现在不会。

彰显自我的需要使人不由自主地高声讲话。

我国的经济有了三十多年的长足发展，说没有一点自豪感，那肯定不是中国人。有了巨大的自豪感而不让我们发出一点声音来，也不是人之常情。中国值得发出呐喊的地方还是颇多的。中华人民共和国成立、朝鲜战争逼着美国坐下来谈判、第一颗原子弹爆炸，我们都发出了山呼海啸般的呐喊，连最平和的谦谦君子也会充满自豪感的。刚刚富裕起来的人们走出国门，充满了自豪之情。仅仅在三十年前，我们还是一群被人十分瞧不起的贫弱之人。现在，西方媒体都称"世界正和着中国的节拍翩翩起舞"，我们顿足而歌也实属正常。

不让欢欣鼓舞的人放声歌唱，这是没有道理的。当然，我们也不能永远因为要显示跑了一个很好成绩的马拉松而喘上许久,并且不停地喘下去。欢呼声也不能过高,过高就流于喧哗。我们尤其要注意的是,不要得意扬扬过于沉溺其中而放慢了脚步。

较小个体发出大声是生物自然的生理现象。

世界美声歌坛男中音多出在个体高大的北欧,个子相对较小的意大利则多出男高音。动物界也一样,大个子的狮子、老虎发出的声音都比较低沉,大象更是发出了连人都听不到的低频声。而小动物们却能发出高亢的声音,我们养的宠物不也是小狗发大声吗?中国人相对矮小,声音普遍比白人高亢。在中国内部也一样,越往南方,人的个体相对越小,而声音越大。我们听广东人的声音,他们正是以大嗓门著称的。

白人的声音比中国人低沉些,也是正常的。他们不能以他们与生俱来的低音来指责比他们高的声音。当然,如果高到成了一种让人心烦的杂音,则另当别论。

中国人特有的声线是我们高亢发声的原因。

美声歌唱家莫华伦说:中国人的声线特别适合美声唱法。这种说法是不是成立,需待专家论证。而中国人特有的声线是不是一种天然的生理现象,也有待生理学家去研究。在我有限的了解中,在美国的体坛,张德培、林书豪的声音比乔丹、汤普逊等人高亢些,也确是事实。我们走南闯北,所到之处,听到的声音,都是比较高亢的。

看看我们的歌坛,民歌多出蒋大为等这样的嗓音,通俗也多出张信哲这样的声音。而稍稍低沉的声音则被称作欧美嗓,似乎少见些,这不正说明中国人的声音比较高亢嘹亮吗?

低声也许是社会发展到一定阶段后的表现,低声也许是生活质量比较优越的表现,低声甚至是行为优雅的一种表现方式。根据目前状况,我们现在还低不下来。现在有人倡议低声说话,并被人接受,这正好说明我们的生活有了较大的提高,正在追求慢生活,正在变得慵懒。这是对我们的肯定。但整体我们现在还处在低级阶段,还在急急地往前赶。所以,发出急促的大声还是社会的普遍现象。而且,我们即使要低声,也不可能发出低低欧美嗓音，除非你天然拥有这样的声音。

　　从文化、自然、生理特征等多个角度出发，我们可以大声讲话，这是我们的底气，但我们有时偏要尽可能地低声讲话。这与现在有一种流行的说法相似：明明可以靠颜值吃饭，却偏偏要靠努力。这不是要故意为之，而是要学会分清场合所在。在该优雅的地方尽量优雅一点，这是我们要努力学会的。在优雅不了的场所，心里也要存有"优雅"这个词，并向它靠拢，这是我们现在要告诫自己并且大力提倡的。

49. 胜利来得不太是时候

2009年11月20日，科尔姆·迈凯恩换上了一件燕尾服，离开曼哈顿的公寓，挤上地铁。他有点紧张，一是因为他正赶往美国国家图书奖颁奖晚宴，而他是提名作家之一；二是因为他赶不及看爱尔兰和法国队争夺世界杯入场券的关键比赛。

地铁里，科尔姆接到女儿的电话，"我们输了！"女儿哭着说，"他们作弊！"（《新京报》2010年1月30日）

2010年2月10日，中国男子足球队在全国人民正在迎接虎年到来的情势下，在没有更多人知道比赛的情况下，以3∶0赢了韩国队一回，结束了32年对韩国不胜的历史。这突如其来的胜利让我们有点不知所措，媒体的反应异乎寻常的小。不管是有意无意，我想，这是对的。反应大了，就类同范进中举，那样不是泱泱大国应有的风度，会成为笑柄。但不管怎样，这场比赛的胜利对灾难深重的中国足球来说确是一针强心针。虽然媒体总体反应平静，但我们知道，对起死回生者的家属们来说，所有的欢乐都在沉痛的表情后面。

倒是韩国媒体以"韩国足球一日被中国轻蔑三回"为标题，对韩国队的完败进行了评论。但韩国队主教练不服气，"我们输了，"许丁茂说，"裁判不当。"

我以为，韩国队的教练质疑得有道理。虽然裁判并无失误，但韩国人有理由抱怨。试想，如果中国队与英格兰比赛，而裁判是苏格兰人，我们会怎么评论？至少不会认为这是合理的安排。当然，这不是中国足协的错。中国足协要是只犯这样的小错就谢天谢地谢人了。

其实这些都不是问题，真正的问题是：胜利来得不太是时候。

足球的反贪反赌的风暴刚刚刮起,足球就赢了。这会让人误以为,原来只要刮一下风,足球就会赢。胜利会让人失去思维能力。事实上却远远不是那么一回事。足协已经烂了,重建基础不是一朝可成的工程。俱乐部不少烂了,排毒疗伤是个长久的过程。我们的孩子踢球的不多了,要让他们产生兴趣,只有看看还有多少孩子在踢足球就知道了。我们的家长现在把足球运动员与社会上的烂渣常常搞混,想让有十来岁孩子的家长同意自己的孩子去踢足球,可能性是不大了。但凡孩子读书有可能考上大学,这种希望就更小了。我们整个社会让足球有好好生存下去的空气太少了。这不怪别人,这是足协不负责任瞎搞的结果。

我们现在对待足球需要的是对待癌症患者的态度。尽最大的努力,用最高效的药,用最好的综合医治的手段,并尽可能保证手术成功。术后能缓一步是一步,能活一天是一天,最好能安全度过手术后的五年。现在的情景是:有个晚期病人刚刚入院,粗粗检查了一下,尚未做大手术,才打了几针,突然,那个病人就声称"自己身体好了",身体好得像个足球运动员一样。并且还在一场殴斗中,意外地打倒了两个对手。于是,我们就高兴起来了,以为那个癌症病人真的身体康复了。如果真是那样,那肯定是我们的脑子与癌症患者的身体一样。

我们也不会把这场胜利看作是足球的回光返照。我们要相信,身体是会好起来的,医治的过程肯定是长期的。如果我们把这场胜利看作是足球的春天,那这个春天肯定虫害肆虐。

有一条短信是这样的:有一人掉入河中,围观者甚众。有一人呼:"那是个公务员。""哗"的一下,围观者散去了一半。再有人叫:"那是个城管!""哗"的一下,剩下的围观者又走了一半。又有人喊:"他是个踢足球的。""哗"的一下,先前散去的围观者又全部围了上来,并纷纷跳入河中,把落水者救了起来。被救者感激涕零,作揖拱手,表示"万分感谢各位热爱足球的人们的援救"。救人者齐声唾弃:"啊呸!我们救你,是因为你太臭。我们不想让你加重污染这一河已经不太干净的河水。"

科尔姆·迈凯恩换上了一件燕尾服,他最后获得了他希望得到的大奖。

霜 叶 如 剑

中国男子足球队没有换上新马夹,也偶然地胜了一回。但这胜利来得不太是时候,我们正需要足球的休克疗法,杀死所有的癌细胞,而这场胜利会影响我们正在进行的反贪反赌手术,并转移人们的视线。

现在,观众多多少少又围了上来一些人,他们是来干什么的呢?

50. 你让我相信天上哪片云有雨

某地大旱，牧师说，除了祈求下雨，别无他法。人们按牧师说的做了。周末人们到教堂，牧师一见，大怒："今天不做礼拜了，你们根本不相信。"人们反驳道："我们都祈求上帝了，相信今天会下雨。"牧师说："你们相信？那你们的雨伞在哪里？"

联想到一个调查：中国社会科学院法学研究所法治国情调研组分别在北京、四川、贵州等23个省市，面向公职人员和公众开展了"公职人员廉洁从政法律机制"问卷调查，调查发现，公职人员对"裸官"的认同度相对较高，有38.9%的公职人员认为配偶可以拥有外国国籍。在是否认同其配偶可以拥有外国国籍或者外国永久居留权的选项上，有接近75%接受调查的司级以上公务人员表示认可。此外还有高达20%的省部级公职人员选择了"不清楚"。

我不清楚国外的情况是否与此大致相同，从掌握的不多的材料来看，不允许裸官的较多。从这个调查中我们失望地看到两层意思，一是信仰的缺失。我们的许多官员不相信这个政府、这个制度能保证他们的安全。这种不相信已经远比老百姓的不相信严重得多。我以为，如果他们喜欢国外的生活，大可夫妻双双走出去，没有人会指责他们。我们社会开放的程度早已到了来去自由的地步。但如果你一方面在国内当着官，另一方面你的身家财产和夫人孩子全在国外，我们不说你犯事后随时想溜吧，至少你这样的公职人员对国家的忠诚度是大可怀疑的。对这个国家不忠诚，那宣誓为这个国家效忠干什么？这不是太虚伪了吗？这不是想趁机下黑手吗？二是操守的滑坡。如果你做不到为公众服务，你可以选择离开这个岗位，目前职业选择的自由度相当大。你没有这样的操守，并不是个错误，但你千万不要占据这个公职的位置，更不能让这个职位充当随时可潜到国外的桥头堡。

其实，对这样的官员，我们有理由问：你的伞在哪里？你信这个天到底有几分？

官员也是人，也得面对这个现实的世界。他们说，我们大多数财产，与大多数人一样，都在学堂、病床、路上，也都还有一处得还贷三十年的不大的住房。对这样的逻辑，我们要说，这些不是你可以成为"裸官"的原因。你据这个位，就要有与此相配的职业操守。我们要问，面对这个现实你就可以失去职业道德吗？我们再问，这个情况不正是你自己造成的吗？我们还问：你把人民赋予的权力用好了没有？公权资源在你手，你不应该慎独一点吗？退一万步说，不管怎样，你的生活在目前的国内，中等水平还是可以保证的。

这就是目前我们的经典句子：伞在客堂，人在教堂，口念经词：雨漫厅堂——笑话满堂。空手而来，却告诉牧师相信今天有雨，我们理解牧师生气了。

有人高唱爱国调，但口袋里装的是别国的护照。这种爱国调，谁相信？爱民，就要让人民真真正正过得好一些。

信心比黄金重要。杨绛从来不唱爱国调，她不愿离开父母之邦，她爱中国的文化，她是中国倔强的老百姓。有些人唱着爱国的调，当着公家的职，揣着外国的护照，告诉我们要相信这个那个。我们是一定会相信的，但请告诉我们：天上究竟哪片云有雨？

51. 绵阳拆掉的不是房子

微博转发《西部商报》报道 《香港援助四川地震重建中学被拆毁改建豪宅》：香港发展局官员证实，由香港政府拨款和教育界募捐所得，共400万元，重建在四川绵阳的一所中学，已遭到地方当局拆毁，以便腾出地方建造一个豪华式商住综合工程。香港政府目前正考虑向当地追索有关的拨款。

又载：《香港政务司长称将收回200万港元援建拨款》。在绵阳紫荆民族中学拆除前后，绵阳方面未主动向港方进行通报，港方在获悉此事后，是不同意拆除的。港方将收回援建学校的200万港元，并将其回拨到特区政府设立的四川重建基金，四川方面表示尊重港方决定。

闻此消息，愤恨且愧。愤恨的是，世上还有这样的所作所为。汶川地震过去才四年，这座楼的建造时间不会超过四年，好端端的一座楼，就这样拆了。这是人民的血汗钱哪，就这样白白地流走了。惭愧的是我们竟有这样无耻寡廉的地方当局。

此举太伤害捐助者的感情了。原来我们的钱就是这样被拆掉的，原来我们的爱心就如同被拆毁后的破砖，一文不值。当百姓用自己的血汗建造起来的房子就这样无情地被拆毁，我们感到自己身体上已是千疮百孔。港方将收回援建学校的200万港元，网民呼声：我也要收回。我不得不跟上：我也要收回。四川方面表示尊重港方决定，那你为什么不尊重香港不同意拆此学校的意见？如果全国人民都收回自己的爱心，请问四川及绵阳有关当局，如何尊重全国人民的决定？

这样的地方当局太不值得信任了。请问这样的地方当局，你尊重人吗？你尊重香港政府、香港人民和我们广大群众的爱国心吗？你尊重我们的善良心吗？你究竟有没有信誉？学子在这里学习有多少保障？一个豪华式商住综合工程比孩子的未来和国家的未来更重要吗？在你们的天平上，人究竟放在什么位置？如此浪费钱财、伤害大众感情的当局，值得尊重和信任吗？

绵阳有关当局的这种做法在逼人泯灭良心。百姓有做好事的心，但百姓不愿意看到自己的钱就这样被浪费掉。这是在逼我们不捐款，这是在逼我们泯灭自己的良心。这些官们的肆意妄为逼得百姓走投无路。信誉毁时容易建时难！不守承诺的人或地方，必定付出代价。四川和绵阳有关当局要检讨自身。天灾之后可重建，人灾之下重建就难了。

人民善良，人们不求回报，只要你善待善款，善待百姓一颗良善的心。痛心的是，绵阳拆掉的不是房子，是政府的信誉，是捐款者的良善，是大家下一次援手时的爱心。没有爱，那社会还有什么可以留恋的？而这绝望后的痛苦、冷漠、仇恨，正是绵阳有关部门的所作所为所导致的。

我心伤悲。

52. 用学生监考考出了什么

7月26日,甘肃省武威市凉州区在全区公检法系统竞职笔试中,突破常规思维,聘请18名少先队员担当"监考官",结果收到了意想不到的效果。小学生"秉公执法",当场抓住25名作弊考生。此举因"大人的事小孩干"而引起社会各界的强烈关注。(7月31日新华网转7月30日《兰州晨报》)

这件事确实值得各方强烈关注。人们要问,用学生监考究竟考出了什么?

一是主考单位失责。不知这次考试具体的主考单位是哪个?为什么不负起监考的责任来?自己的事,自己不作为,本身就是失责的行为。

二是被考者失德。作弊是丑陋的、不道德的、违规的,是要受到行政处罚的。公检法的公职人员作弊,等于给自己戴上了不道德的枷锁。自己都警不住,察不了,那么,法安在?以后有谁还相信你?这还是竞职考试,这样的作弊分子如果晋了职,传递出来的信息是什么可想而知。

三是执法机关失信。公检法是国家公器,是执法单位。执法人员知法而犯,使执法机关失信于民。这样的事情不严肃处理,凉州区公检法系统将成为群体作弊的代名词。

四是聘请少年失策。聘请少年,如果付报酬,便是雇用童工,属违法行为。如果不付报酬,就属于剥削他人劳动。只要你聘用了不到法定工作年龄的人,你就是掉进茅坑里了。从这面涮,从那面洗,都脱不了"臭"这个字。

五是整个举措失当。整个事件,从头到尾,几乎没有一点是正确的。所谓突破常规思维,实在是主考单位脑子出污水的思维,当然它也显出了一些违规人员脑子进杂质的思维。

霜 叶 如 剑

　　从头到尾错误的事，竟然还有人去做，那还真值得我们去深思。深思一步，还有疑问。

　　为什么会请少年来监考？也许考试单位本意想放被考的这些公检法人员一码。学生人小，不敢监督成人，容易过关。于是放任自流，没有是非，没有公平与正义。这等于是监考人员用今天的权力来谋取日后不正当的利益。不料学生十分认真，结果适得其反。也许本意想坚持公正，但又怕被考者是公检法的公职人员，日后可能会撞在别人手中，不敢得罪人，结果让学生来充当这个"日后会得罪人"的"牺牲品"。如果是这样，用意阴险。也许考试机关就是想要严格考试，那也完全用不着请学生来监督，相信有许多方法都比这要好上不知多少倍。用一个愚蠢的办法想达到什么目的，本身就是愚蠢的、不负责任的。如果我们社会的公正需要用孩子才得以保证，这预示着我们的社会已经病入膏肓了。

　　凉州区公检法系统这次考试中的主考和作弊考生的所作所为，是扭曲的想法在阳光下的瘫痪，是人心阴面的自我显现，它使孩子们的心灵蒙尘，有百害而无一利。

53. 空气伤害心情

以前空气并不会影响心情。影响心情的最多只是天气，而且也只是稍稍影响一下。有人不喜欢下雨，看到雨天就不爽。有人偏爱雨天，看到落雨则神清气爽。

现在影响人的不仅仅是天气了，而是空气。天气的不同各有所爱，空气的好坏一致看待。空气不仅仅是影响心情，而是伤害心情。不是我们的心是玻璃心，容易受到伤害，而是坏空气常常让我们得病，而且是得比较重要的病，并且得病的时间又很长。

如今的习惯是，每天早上醒来，所做的第一件事是，查看手机中的空气质量提示。先前是：如果空气不好，便小有郁闷；到后来，如遇空气上佳，则欢喜得紧——好空气难得啊。

一个本不应该成为问题的事成了大问题，这就是问题所在。

我以为空气变坏有以下几点：

一、空气变坏是发展造成的。不发展，无污染。我对网上所说的，以前大炼钢铁，空气也没有这么不好这样的言论，一向当它是鬼话。当年的大炼钢铁，也不过才一千多万吨钢，现在是那时的五六十倍了。如果一个女子体重90斤，自然苗条，如果让她增长些，不用多，6倍吧，那她还是个人吗？即使是人，那也是个可以卖门票的人吧。假如增加20倍，那就是人类史上的绝无仅有的壮观。消费了那么多的能源，空气能不燃烧吗？所以，空气变坏，绝对是我们的经济发展所造成的。

二、空气变坏是各级政府不治理造成的。因为治不治理，原先并不重要，最后积重难返。只要不是任务，只要没有考核要求，官员们不会去治理它的。各级政府没有把空气放在心上。

这与污染水是一样的。只有利益，没有真管。政绩是可以记录在案的，空气则不是，至少那个时候不是。另外，一些传统做法没有消除，如烧麦秸，大大污染空气。其实，粉碎了喂牛也不错，沤肥也可以，当清洁燃料则更佳。

　　三、不良的政绩观造成的。GDP是看得到的也是被记录的，空气闻得到，但并不被记录在案。提拔官员看政绩，政绩首要看GDP的增长幅度，青山绿水与美好的生活并不是首要考虑的。这只能说明我们的价值取向出现了问题，我们的人生出现了问题。我们只关注自己这一代，千秋万代之后的事，那些人根本不管。

　　没有钱是不行的，没有空气更是不行。

　　现在终于有了改变，有了改变只说明空气有了改变，而在这坏空气里被污染的心则很难改变了。空气由坏变好是容易的。人心则不一样。人心由坏变好是很难的。煤改气之后，空气好多了，但有一个不同，以前我在家里冬天只穿一件薄衣服，现在要穿毛衣，甚至要穿大衣了。这里面的原因，全部推给客观因素，说是因为气不够，我是不同意的。

54. 西方一些政要正在充当香港民主道路的绊脚石

中国政府恢复对香港行使主权16年来，香港经济繁荣发展，民主进程平稳进行。香港回归16年的巨大变化，完全见证了"一国两制、港人治港、高度自治"方针的正确。正当香港在经济、民主两条路上走得既平且稳的时候，西方一些政要却在路边鸣响扰乱视听的喇叭，干扰香港内政事务。

先是美国驻港总领事夏千福发表公开演说，声称美国政府会支持香港逐步实现"真普选"：

【音响】美国政府将继续支持香港逐步实现真正普选，对于香港的选举进程，我们没有任何方案。

接着，英国负责东亚及香港事务的高官施维尔在香港报章上撰文，表示英国对香港2017年的特首普选"随时准备提供任何支持"。

全国人大代表、香港新界社团联会理事长陈勇：

【音响】这个"任何支持"只会产生灾难。我们看到近代的历史，7月1日前，港督还是英国百分百委任的，而且宣誓时候是要对英女王效忠。我们香港真正有民主进程是1997年7月1日后，我们才是由间选到推选产生了我们自己的特首。香港的民主进程是《基本法》里面赋予的，所以要根据《基本法》去逐步落实。

香港特首实行普选不是西方殖民者给香港人民的"福利"，这个权力是《香港特别行政区基本法》赋予的。《基本法》第四十五条和第六十八条，肯定行政长官和议员最终将由普选产生。2007年12月29日，第十届全国人民代表大会常务委员会第三十一次会议通过了《全国人民代表大会常务委员会关于香港特别行政区2012年行政长官和立法会产生办法及有关普选问题的决定》，决定明确，2017年香港特别行政区第五任行政长官的选举可以实行由普选产生的办法；在行政长官由普选产生以后，香港特别行政区立法会的选举可以实行全部议员由普选产生的办法。2010年6月25日，香港2012年政改方案在立法会高票通过。

而就当香港各界就特首普选展开讨论，为2017年实行普选做好一切准备的时候，一些杂音开始粉墨登场，部分反对派以所谓"国际公约"为借口，企图把香港完全当成独立政治实体对待。这一要求，明显与香港是中国特别行政区的法律地位相抵触。

香港的部分反对派为什么会在普选、民主的议题上一再质疑？其真正的原因是什么？

清华大学法学院院长王振民：

【音响】就是逢中必反的心态，中央提出什么，我都反对，即便是正确我也反对，香港的泛民一直是以争民主为他们主要的诉求，实际上这个民主已经是写在《基本法》里，不需要争的，它已经是按照《基本法》规定，按照全国人大的决定，肯定要在香港实行完全的民主，也就是最终实现双普选。

全国人大代表、经济学家刘佩琼：

【音响】他本身违反《基本法》，他们的行为最终破坏香港的繁荣稳定，破坏香港秩序的政治进程。

全国人大法律委员会主任委员乔晓阳谈到香港普选问题时，提出了特首普选的两个前提：一是符合基本法和人大决定；二是不允许与中央对抗的人担任特首。

清华大学法学院院长王振民：

【音响】作为一个主权国家地方的行政首长，热爱这个国家，热爱这个地方，这是天经地义的。如果一个人举出了旗帜，就说我是跟这个国家是对立的，我不热爱这个国家，那肯定不能胜选的。

可是，就在此时，外部势力蠢蠢欲动了，他们开始插手干预，以不同的角度和目的，向中国施压，向中国香港施压，企图让香港独立于中国之外，脱离"一国两制、港人治港、高度自治"的轨道，分裂中国，破坏中国的领土完整和主权统一。

英国、美国提出的所谓的"普选"错在哪儿？

清华大学法学院院长王振民：

【音响】这个普选全世界没有统一的标准，关于普选的国际公约，就是普选要满足哪些基本条件。国际社会不可能制定一个统一的政治体制公约。我觉得香港的普选一定要根据香港的情况、香港的历史、香港的特点，产生一个香港模式的普选制度，来解决香港的问题。

中山大学港澳事务中心副主任袁持平：

【音响】我们现在发现，西方的这种超重式的民主，也给整个世界经济的发展带来了一种乱象，一个普通的价值，和一个区域、一个国家的实际是否吻合？这是决定你这个判断、你这个价值实施是否有效的最基本的条件，现实告诉我们很多是不吻合的，这在很多国家区域已经证明了，它与整个民主的终极目标是相违背的。

英美有关人士一再对香港的特首普选乃至民主议题说三道四，背后的真实目的到底是什么呢？

中山大学港澳事务中心副主任袁持平：

【音响】英国美国他们就是追求利益，美国的名言就是"没有永远的朋友，只有永远的利益"。他是公开追求利益的。他可以在任何地方追求利益，最后导致香港的一些乱象，整个香港的一系列的好的东西都会遭到损失，损害一个地区的繁荣稳定。英国、美国企图干预香港政治发展，最终的结果可以预期，那香港将来就会出现整个民主的目标达不到，我们中国也得不到利益。

英国人这方面是恶名远扬的，当年印巴分治的"蒙巴顿方案"给印度、巴基斯坦人民留下了无数的灾难，至今天印巴还在为此流血。在英国人不得不交出香港的前夕，打算在香港实行他们统治香港一百多年都不曾实行过的所谓的"民主"，以便在以后可以继续操纵香港政局，但是由于中国政府的强硬态度，英国人的花招才没有得逞。

欧洲大陆人经常嘲讽英国人在试过其他一切之后才做正确的事。现在看来，他们还不思悔改，他们并不懂得"正确"的含义。150年前，英国著名法律学家梅因在其代表作《古代法》一书中道出了一句不朽的名言："我们可以这样说，所有进步社会的运动，到此为止，都是一个'从身份到契约'的运动。"但他们至今没有吸取教训，还在不停地想要以"提供任何支持"来破坏中英谈判后制定的法律。

对于英国高官施维尔表示的英国对香港普选"随时准备提供任何支持"的言论，香港特首梁振英明确回应：香港不需要英国政府和任何其他外国政府提供"支持"，因为那将是带"血"的支持。

【音响】我们2017年政改的目标是特区市民、特区政府和人大，完全是我们中国人范围内的一件事，与包括英国政府在内的外国政府无关。

香港各界爱国爱港人士更是纷纷表达自己的看法，这些观点，从不同的角度，点明了问题的实质：

十二届全国人大常委会委员、香港立法会前主席范徐丽泰表示：外国政府所谓的"支持"，就是要把香港弄乱，希望大家不要被人利用。

【音响】他们说的支持我们，其实就是空口说说而已，到时候不会真的支持我们，他们要把香港弄乱，所以我希望大家了解这件事，不要被人利用。

香港教育工作者联会名誉会长吴康民说，香港应该保持永远都是爱国爱港的人执政：

【音响】香港应该保持永远都是爱国爱港的人执政。

香港普通市民：

【音响】中国自己的事情，中央政府给予我们的权利，我们享受我们的权利义务就行了。

英美在谈香港民主问题时没有资格发声，更没有资格"助选"。香港社会应该认清少数别有用心的人言行的本质，如果有人想挟洋自重，就是不辨是非敌友、置香港利益与港人利益于不顾的危险行为。

12月18日,国家主席习近平会见来北京述职的香港特区行政长官梁振英。习近平表示:

【音响】中央对此的立场是一贯的、明确的,希望香港社会各界人士按照《基本法》的规定和全国人大常委会的决定务实讨论,凝聚共识,为2017年香港行政长官普选打下一个好的基础。

中国的香港,中国香港的普选,无论是民主与法治,都是中国的内政、香港的内政。作为主权国家中国,绝对不会容忍英美的插手,不会容忍一些人违反中国宪法、香港基本法和全国人民代表大会常务委员会的决定另搞一套,不会容忍任何势力阻碍和破坏2017年的香港普选。

(2013年12月19日)

(本文作者诸雄潮、邵丽丽、孙洪涛、黄艳玲,此评论获中国新闻奖评论二等奖)

55. 在法治的通道上不允许有"违章建筑"

香港人最感自豪的是香港的社会清明与法治畅通。但前不久，这个法治社会的通道上出现了诸如"占领中环"式的"违章建筑"，而这些"违章建筑"，正是由一些只是在嘴巴上口口声声要维护严明法律的人士所搭建的。他们的行为与言论恰恰相反，这表明他们并不是香港法律的维护者。

香港特首的选举方法，早已由《基本法》所规定。少数人因为不满意这一选举方法，就想以违法的、长时间破坏社会秩序的方式来迫使政府改变选举方式，以他们认可的方法来代替。更有一些人，从国外反华人士那里获取一些金钱和支持，想长时间占领中环等商业重地，来达到他们的目的。但这样的目的是不可能实现的，其做法也受到了香港大多数人的反对。一百多万人签字反对他们的做法，就是最好的证明。中国政法大学法学院教授姚国建说："从'占中'行为本身来看是违反了香港的法治的，而且香港'占中'的组织者也是明确地承认这一点的。明明知道是违法的，还是非要去做，这在某种程度上来讲是挑战法律的权威，所以我觉得这确实是对法治的破坏，对于一个健全的愿意遵守法律的香港法治社会形象的影响是负面的。"

"占中"，不仅仅是占了中环，而且是占了香港人引以为自豪的法治社会的通道，并为香港留下了"肠梗阻"的后患。从外在看，它影响政府工作，降低商人收入，妨碍市民出行，堵塞游人观光，更是让病人失去抢救的时间。从内在看，它阻止了香港社会的法治通道，消减了香港社会的守法信誉，也给香港未来的发展设置了障碍。民主法治的社会是公民守法的社会。如果无视法律，不遵守法律，就好比在最肥沃的土地上种下不良的种子，所结的果子必定是有残缺的。

香港的法律规定，在未经许可的情况下集会被视为非法，警察对此有权强制驱散。即使是合法的，如果集会过程中出现非法活动，警察也会予以制止。香港政府对长时间"占中"行动保持了很大的克制，这种克制不应被视作软弱的表现。香港终审法院前首席法官李国能称，"占中"行动不能凌驾于法治之上。他认为，"占中"行动持续已一段日子，但法院颁布的禁制令未受尊重，这正在削弱香港法治。

法律不容挑战，清场势所必然。在香港社会法治的通道上不允许有"违章建筑"存在。梁振英呼吁："我希望在这里呼吁所有在场占领的人士，不但只有亚皆老街还有日后的香港其他的占领区域的占领人士，他们已经在过去的一段时间，长时间占领香港街道，是个明显的犯法行为。现在法院已经颁布了禁制令，香港是法治地区，大家都要守法。"

清场是多数民心所向。清场行动有强大的民意支持。香港大学最近的调查显示，83%的受访者表示希望示威结束，超过60%的人认为应当清场，当地居民对示威日益不满由此可见一斑。逆民心而动的"占中"行动，得不到支持，注定会失败。

清场是保护市民利益。旺角一家药店负责人说，希望这次是真的"清场"。他对示威者持续"占领"行动感到厌倦，因为生意受到的影响已无法估计。政务司司长林郑月娥说："今日警方都是在全面配合申请了禁制令的原告人和执达主任去进行执行禁制令的过程里面，正如法官所说，（如）有需要警方的配合，警方会全面配合。对于很多受到接近两个月占领的市民和商户来说，我相信他们都会舒一口气。"

清场是制止违法行为。香港是法律社会，依据香港现有法律，"占中"是违法的行动。香港中小型律师行协会副会长兼司库黄国恩律师表示："比如说三个人在公共地方集结的话，他需要向警察申请。如果不申请的话，已经是违法的了。现在是这么多人集合在一起了，而且他们在占据马路，在公共地区造成阻碍，所以他们这样做是犯罪行为。"而制止违法行为是政府的必然举措。

清场是维护社会秩序。大多数香港公民具有很强的守法意识，"占中"这种违法的做法，不会在多数人心目中得到支持。香港特区政府保安局局长黎栋国表示，非法霸占马路是违法行为，在过去一段时间，警方已做出最大的容忍，他们有决心及能力恢复社会秩序。黎栋国呼吁："我呼吁在场所有非法集结及霸占马路的人士立即离开现场，停止堵塞道路，停止阻碍执法人员执行法庭禁制令，不再冲击警务人员。如果有人阻挠执行禁制令，或堵塞已重开的道路，甚至其他道路或扰乱公共秩序，警方会采取果断行动，恢复公共秩序，保障公共安全。我重申，警方有决心和能力严正执法，全面恢复当区交通，恢复正常社会秩序。"

香港律政司司长袁国强表示，法治社会不允许以暴力表达任何诉求。警方及律政司会依法办事。他说："有足够的证据和法律允许的话，我们一定会严格执法。不希望有人以为违法之后可以逃之夭夭。我们要维持香港有社会秩序、有法治这样基本的要求。"

民主与法治密不可分。不讲法治的民主，带来的只能是祸乱。持续了两个月的非法"占中"，对香港这个原本有法可依的法治社会产生了巨大的影响。姚国建认为："'占中'行为它的确是负面的，可能导致香港社会在这个过程中产生一种对立的情绪。这么大规模的人上街，持续这么长时间，其实已经把这种争议规模化、街头化，本身造成一种社会对立的情绪，所以对香港法治形象的影响是负面的。"

清理通道，还路于民，给香港市民以正常的生活，这是香港政府的负责任与有担当的表现。梁振英呼吁："在这里我呼吁当这些被占领的地区秩序恢复，交通恢复正常的时候，希望香港市民能到这些地区多一些消费，一方面在经济上支持在过去两个月中生意大受影响的商户，尤其是小商户。与此同时，也为这些商户、商场、食肆里工作的员工打气。希望占领旺角、中环等等这些事件过去之后，香港社会尤其是地区的交通秩序能够尽快恢复正常。"

在香港法治建设的通道上不允许有"违章建筑"。争取更广泛的民主不在街头，而要通过对话，否则民主与法治都会被堵在路上。香港警方11月25日清理马路障碍物后，香港部分非法集结人士有预谋、有组织地以暴力围堵香港特别行政区政府总部。一些示威者11月30日晚至12月1日早晨多次在龙汇道及龙和道冲击警方防线，企图堵塞政府总部，并致使十多位警员受伤。梁振英说："奉劝所有重返占领现场的人士，尤其是青年学生，不要以为警方过去的忍让就等于警方无力处理占领事件，不要以为警方的忍让等于软弱。"

中大最新民调显示，"占中"已走进死胡同。但"占中"者们并没有就此顺从民意，偃旗息鼓。这种"占中"与"重返占领现场"反复出现，突显了香港一些人法制意识的淡薄，法制在他们的眼中不过是橡皮筋。也暴露出香港引以为自豪的民主政治尚不完善，更需稳步发展。

香港人比较自豪自己本身具有较为完善的法治体系。当下的香港，只有把法治通道上的障碍物清除掉，在人们守法的前提下逐步推进政制发展进程，才有更加光明的未来。

（2014年12月2日）

（本文作者诸雄潮、韩长江、邵丽丽、朱红娜，此评论获中国广播影视大奖）

56. 只有依法普选才能依法治港

香港社会近来景象复杂，起伏不定，也波及了香港百姓的日常生活。这种纷乱的景象与内地百姓和大多数港澳民众的愿望是不相符的。

6月22日，香港"占领中环"行动发起行政长官普选方案全民投票活动。根据这次投票设计，投票者要在三个方案中选择一个，而这三个方案都允许特首通过收集签名成为候选人。

但这种"公投"闹剧是违背香港《基本法》的。《基本法》第四十五条规定："行政长官的产生办法根据香港特别行政区的实际情况和循序渐进的原则而规定，最终达至一个有广泛的提名委员会按民主程序提名后普选产生的目标。"所以，"公投"闹剧没有任何法律效力和参考价值。一些"占领中环"的投票者受到了"爱护香港力量"的严厉指责。

香港律政司司长袁国强强调，一个负责任的政府绝对要听取民意，但同时绝对要依法办事。考虑政改建议时，也要依据《基本法》和全国人大常委会的决定，不能偏离法律的框架。

香港总商会主席彭耀佳说："公投影响的不仅是中环的从业员，也有很多大中企业，塞车啊，急救、救护车都可能被阻塞。中环塞车之后，香港很多地方都会被波及，香港很多行业也会受到影响。"

起先，"占中"发起人因获有几十万人的回应，兴奋莫名，就自以为是了。"占中"发起人戴耀廷说，如果政府漠视市民投票的声音，便要承担政治责任。他们摆出一副"挟民意以令中央"的架势，部分学生及激进泛民更是以身试法，搞所谓"占中"预演，甚至叫出"不止一次占中"的口号。

但这种自编自导、任意自设议题和选项，并举行所谓全民公投，既不尊重法律，也不尊重民意。而任何没有宪法性法律依据的做法，是非法的，也是无效的。

全国人大常委会委员、香港立法会原主席范徐丽泰明确表示:"占领中环的目的是迫使中央改变在政改问题上的立场。中央的立场是按照法律定出来的,要中央改变立场就是要中央不守法。这是做不到的。"国家副主席李源潮表示,香港"一国两制"的实践是世界公认的,而"一国两制"的繁荣稳定,最重要的是保证《基本法》。

"占中"违法非正路,普选要依《基本法》。6月10日,中央发布《"一国两制"在香港特别行政区的实践》白皮书。白皮书划定四条红线,一是"一国"不能被"两制"破坏;二是"两制"的利益不能在"一国"的利益之上;三是不应允许破坏香港的法律和秩序;四是不允许越过香港《基本法》。

8月17日,被誉为替"沉默的大多数"发声的"和平普选大游行"在香港举行,香港各界超过19万人参加了这场由"保普选、反占中"大联盟发起的游行。本身是大联盟成员之一的新民党主席叶刘淑仪呼吁大家踊跃参与大游行,向不负责任的"占中"主事者表达坚定讯息,阻止他们破坏香港繁荣稳定,危害社会安全。对即将到来的反占中大游行,全国政协委员兼香港特区政府中央政策组首席顾问刘兆佳认为,这是向外界展示香港市民对普选依法落实的渴望:"香港人的确有民主诉求,但是诉求是温和的,他们不愿意因为民主发展而产生其他代价。比如说,引起中央和香港的对抗。所以对民主派的行动,他们不赞成和中央对抗,影响到香港繁荣稳定的行为。大游行反对'占中',表示香港的主流民意对激烈行动是不支持的。香港人还是希望一步一步走,循序渐进的民主发展。"

而从7月19日开始,"保普选、反占中"大联盟发起组织签名,累计收到134万个实体街站签名和12.8万个网上签名。香港特首梁振英、政务司司长林郑月娥、教育局局长吴克俭、发展局局长陈茂波、食物及卫生局局长高永文等都以个人身份签名,表达对活动的支持。

香港特首梁振英表示:"我们不赞成用非法、犯法的方式表达诉求,而同时政府的政策亦是支持争取香港早日落实行政长官普选。"

全国工商联副主席、全国政协外事委员会副主任卢文端表示："占中"行动践踏香港法治核心价值；占中行动蓄意扰乱正常社会秩序，是存心制造动乱；假如中环瘫痪，每天起码损失16亿元，对香港市民的人身安全及私有财产带来极大威胁。

但"占中"闹剧的发起人既无视香港的经济发展、社会稳定和百姓生活，也置法律于不顾。他们有的人跑到英国，向前殖民地的宗主国寻求支持。有的跑到美国，寻求外部势力的支持，似乎不惜要搞乱香港以逼中央就范。

他们的做法，既不得人心，更污辱了全体中国人的心。17年来，香港有了140多年来英国政府从未给予的权力。"占中"分子们的心思在何处，人们看得清清楚楚。

白皮书指出，要始终警惕外部势力利用香港干预中国内政的图谋，防范和遏制少数人勾结外部势力干扰破坏"一国两制"在香港的实施。

事实证明，香港始终是正气主导，而这正气来自于遵守法律。香港反对派无视《基本法》，想要以"戕害香港"、瘫痪香港经济中枢的方式逼使中央和特区政府接受反对派的主张是断不会得逞的。

全国人大常委会副秘书长李飞说得直截了当："这次关于行政长官普选的争议，表面是制度之争、规则之争，则实质上是政治问题。这个政治问题就是要不要遵守香港基本法，要不要坚持爱国爱港者治港的界线和标准。认清这个政治实质，对香港社会出现的各种普选的观点，我们就能做出正确的评判。"

香港《基本法》第二条规定："全国人民代表大会授权香港特别行政区依照本法的规定实行高度自治，享有行政管理权、立法权、独立的司法权和终审权。"第十二条规定："香港特别行政区是中华人民共和国的一个享有高度自治权的地方行政区域，直辖于中央人民政府。"中国社会科学院法学研究所港澳事务研究中心陈欣新说："香港特别行政区实行的高度自治是由全国人大授权的。这意味着香港的高度自治权，不管它的范围有多大，程度有多高，它在本源意义上来说是全国人大授权的，不是本来所固有的。再有，香港特别行政区是直辖于中央人民政府的，这也决定了在普选的问题上，中央和特别行政区之间，在普选的相关权力上是什么关系。这两个条文实际上就揭示了中央和香港特别行政区在香港的普选，以至于包括普选在内的整个政治体制的改革过程当中的权力关系，那就是中央处于一个主导地位。"

全国人大常委会副秘书长李飞说，香港有些人认为，如果不按照他们在基本法之外另搞一套所谓普选的办法，就不是"真普选"，他们就要"占领中环"，搞公民抗命，天底下哪有这样的道理？"古今中外无数的历史和现实经验告诉我们，如果因为有些人威胁发动激进违法活动，就屈服，那只会换来更多、更大的违法活动。"

中国社会科学院法学研究所港澳事务研究中心陈欣新："从选举委员会的情况来看，这个选委会的人数不断地在增加，相应来说民意代表的广泛程度也是在不断增加的。同时我们看到，在立法会的角度来看，立法会的席位从60个增加到70个后，选民范围也在不断扩大。我们看到在选举制度，包括其他政治体制循序渐进的变化充分说明，中央人民政府在香港民主发展中一直扮演着积极推进的角色。"

这17年来的进步，是香港在过去的140多年里未曾有过的。有的人想在从未给过香港真正民主、权力的前宗主国那里获得支持，其中真意如同司马昭之心，路人皆知。如果让借助外部势力、不断地挑起政治纷争的人担任行政长官，必然损害中央对香港特别行政区的管治权，必然会损害国家的主权、安全和发展利益，损害香港的繁荣稳定。我们将难以向无数为香港回归祖国奋斗的先辈交代，难以向包括爱国爱港的广大香港市民在内的全国人民交代，也难以向子孙后代交代。

香港特区政府发言人表示，特区政府欢迎及支持一切推动依法落实2017年普选行政长官的活动，并反对一切影响社会及市民福祉的违法行为。全国人大常委会副秘书长李飞表示，香港行政长官普选，在任何情况下，都必须依照香港《基本法》的规定，即由提名委员们提名后普选，而绝不能有超越这种规定的普选。

中共中央政治局常委、全国人大常委会委员长张德江表示，这个决定事前广泛地通过各种渠道、各种形式，广泛地听取了香港社会各界意见，而且考虑到香港现在的发展现状，经过认真的讨论，反复研究，非常郑重地做出决定。这个决定对香港特别行政区行政长官普选办法的核心要素做出了明确规定，应该说全国人大常委会这个决定具有最高法律权威，也为香港特区行政长官普选奠定了宪制基础。

只有做到依法普选，才有可能依法治港。而依法治港，是香港有光明未来的保证。

（2014年9月28日）

（本文作者诸雄潮、胡翼、邵丽丽、杜炜，此评论获中国广播影视大奖）

57. 香港政改屡错良机，反对派沦为历史罪人

香港特别行政区行政长官普选法案18日在立法会未能获得通过。香港政改方案如同一艘穿越维多利亚海湾的航船，在经历了礁石密布的暗流后，终于即将靠岸。然而，2015年6月18日，它却在反对派的搅局之下，搁浅在无比接近彼岸的险滩。

这几天，香港媒体和社会舆论仍在关注此事：在海岸的这一边，满怀期待的香港市民本已张开手臂，准备迎接触手可及的"一人一票"普选行政长官的权利，民主的轮廓本已如渐近的航船愈发清晰。然而，少数反对派为了政治利益上的一己之私，让即将成为现实的愿景颓然破碎。政制的发展即将奏响新的乐章，却在此刻戛然而止，留下久久的遗憾和不可磨灭的创伤。

为了香港的政治发展，中央始终坚持不懈地进行着努力。落实行政长官普选，是香港《基本法》规定的目标，也是中央政府对全体香港市民的庄严承诺。从英国殖民管治到中国恢复行使主权；从政权交接的过渡时期，到《基本法》的起草与制定；从英国人治港到"一国两制"下的"港人治港"；从没有民主制度到实行行政长官和立法会选举；从承诺普选到制定明确的普选时间表……在香港政制发展的每一个关键时刻，中央政府都为香港社会释疑解惑、立牌指路，在通往民主的道路上，中央政府始终坚守承诺，与香港并肩同行。

为使普选成为可能，中央和特区政府经过反复磨合、不懈努力，终于制定出最为科学合理、符合实际、循序渐进的政改方案。最终投票表决的2017年香港行政长官普选办法，在法定的框架内，最大限度地实现了公平与竞

争。香港特区政府政务司司长林郑月娥："行政长官普选的具体方法，是一个有足够竞争性、具透明度的选举方法。只要有志参加行政长官普选的人士，他是一位有分量、有素质的参选人，他亦应该有更大的机会可以争取提名委员会的提名，而成为行政长官的候选人。"

在这件事上不持偏见的欧盟在最近发表的年度报告中对香港"一国两制"也给予肯定。港英政府统治150年，香港没有实现普选，港督都是英国直派，香港市民连发言权都欠奉；回归不到20年，一人一票的特首普选已经近在眼前。面对这样一个不逊色于世界上任何一个国家、任何一种选举制度的普选方案，极端反对派不但不满意，竟然还宣称这是"民主的倒退"。中国社会科学院法学研究所教授莫纪宏说："一听就是不合逻辑。根本就是没有前提，是用一种极端的观点来蛊惑群众。说话要有根据，大多数人的眼睛是雪亮的。"

从始至终，反对派正是这样曲解和污蔑中央的意图，在中央政府和特区人民之间，怀着不可告人的政治目的，扮演着挑拨离间的小丑角色。而在这毫无逻辑的言行背后，是反对派居心叵测的本质：逢中央必反对、为反对而反对。2014年8月31日，全国人大的决定为香港特别行政区提出行政长官普选具体办法确定了原则、指明了方向。然而在这之后，反对派却煽动发起长达79天的非法占领行动，这非法的行为，受到大多数香港百姓的反对，但反对派仍然一意孤行，给香港社会带来了不可磨灭的伤痕。

在这之后，反对派打着争取民主的旗号，恶意"拉布"，阻碍特区政府正常工作；操纵民调，企图掌控民意方向；煽动矛盾，甚至将矛头指向访港游客……他们一次又一次地践踏法律、扰乱治安、造谣生事、煽动民意；他们不惜以破坏香港的经济发展、繁荣稳定为代价，来达到少数个人的政治目的。深圳大学港澳基本法研究中心常务副主任邹平学说："曾提出'历史发展到了西方制度就终结了'的美国自由派学者福山近来发表了《美国民主没有什么可以教中国的》一文，单单就这一个标题就给反对派浇了一盆凉水。"

民主的实质和最终目的是最大限度地遵从民意。何为民意？自香港特区政府展开首轮政改咨询以来，香港不同机构或组织的民意调查均显示，有超过六成的受访市民均支持2017年落实特首普选，并要求立法会议员根据民意投票。

反对派口口声声地说，他们才是高举民主旗帜的斗士，然而，却一次次漠视人民的意愿，一心要拖垮香港政改，投下反对票。一张反对票，将中央和特区政府多年的付出、将爱国爱港的香港人民共同的努力统统否决，将绝大多数的香港民意彻底否定，将民主的脚步拖进步履维艰的泥潭。在社会的发展中，我们要敬重历史，对历史视而不见的人是看不见未来的。深圳大学港澳基本法研究中心教授张定淮说："德国前总理施密特说：'中国文化同西方文化有着本质的不同，因此，中国社会发展必须走与西方不同的道路。'"

一个本来有利香港政制民主化的方案，竟被号称争取民主的议员所否决，怎不令人惋惜和痛心！但也必须指出，方案未获通过，天也塌不下来，香港，抗击过亚洲金融风暴，冲出过SARS的阴霾，这一次，我们同样相信，香港不会陷入无序的局面，"一国两制"依然能够继续有效运作，关注经济、改善民生、修复撕裂的伤口，香港依然有光明的未来。

（2015年6月18日）

（本文作者诸雄潮、孙洪涛、程穗儿、王宁）

58. "港独"损害中华民族的根本利益

一段时期以来,"港独"分子甚嚣尘上。这些人又是在街上围堵、闹事,扬言要进行不断而有效的抗争;又妄想废除《基本法》、宣布建立主张"港独"的党;另有几个人,当了议员,反而利用议员身份及立法会的平台鼓吹煽动"港独""自决";更有一些"港独"分子直接炮制"香港国护照",甚至主张以暴力搞"港独"。

纵观这些人的所作所为,一步步从"激进民主派",堕落到"港独派";从破坏香港的法治,到试图割裂国家的疆土。他们严重地干扰了香港的社会治理,损害了香港法制社会的品质。

"港独"事实上已经成为香港的一个恶性肿瘤。它已不是纸上的言论,而是赤裸裸的政治主张与行为。"港独"日益猖獗,他们的行为对香港社会造成前所未有的损害。

我们必须正告"港独"分子,"港独"是没有出路的!

主张"港独",政治会走向死路。"港独"言论违反"一国两制"。在香港,任何人都必须合法行使自己的权利和自由。违背《基本法》,决没有出路。香港特区律政司司长袁国强说:"倡议'港独'是与《基本法》相违背的,我们很清楚知道,如果一个人不拥护《基本法》,那么他是没有可能符合法律要求,在任职之前做出宣誓。拥护《基本法》是每一位立法会议员最基本的法律责任。"

主张"港独",个人会走入危路。一些支持"港独"的人,已经失去了候选立法议员的资格。一些人就算进入立法会,若不宣誓效忠《基本法》及背后的中国宪法,也或将失去议员资格。全国政协常委、香港中华总商会副会长林树哲强调,"港独"是一个非常严肃的问题:"香港是中国的一部分，立法会议员必须要效忠香港特区和《基本法》。如果参选人已经违法，就根本没有参选的资格。"

主张"港独"，经济会走入窄道。"港独"对香港造成了不少破坏，经济状况日趋下滑。香港港口曾经是世界上最繁忙的港口，而今已经下滑到第五位。香港零售交易额连续第18月下跌，多项排名也越来越靠后。百姓生活也受到了很大的破坏。香港全国人大代表、香港民建联副主席陈勇说："整体的趋势一直向减少的方面发展，这是令大家比较担心的。（比如）之前十一国庆，或者五一，我们发现酒店的空置率是过去几年最高的一个时期，这就是（因为）酒店业对这些高质素游客的敏感程度是最高的。"

《中英联合声明》从来不保障香港有"建国"的权利，《基本法》规定，香港是中国的一部分。一些人主张"港独"，是绝不可能得逞的，如果想以武制暴，更是纯属痴心妄想。

自香港回归以来，中央政府处处给香港特别关爱，而少数激进分子都以搞事回赠，他们思想极端，行为出格，频频走上街头闹事，给民众生活造成破坏；当了议员，举止却时时处处在羞辱国格。"港独"属于本土激进分离主义，以分裂中国为最终目的。但这些人要明白，极少数一部分人非法的企图是不可能得逞的。即使他们有的人有一定的合法身份，但香港的反对派也不能成为"中国反对派"。

香港反对派属于"特殊建制派"，因为他们是通过基本法所安排的香港政治机制选举产生的，同样属于"香港体制内力量"。在他们的权力范围内，有权利提出合理要求，而香港也有他们的活动的政治空间，他们应当为维护香港的繁荣发展履行自己的职责并做出贡献。这是他们的权利与责任。

然而一段时间以来，一些激进的反对派屡屡挑战《基本法》，试图将香港政治体制安排的主导权从中央手里夺过来，这是违反《基本法》的，是非分的希望与企图，没有一丝的可能。香港特区律政司司长袁国强说："有几点我相信大家都很清楚。第一，倡议'港独'是与《基本法》相违背的，这是很清楚的。根据法律条文，尤其是我们一直重视的其中三条，包括第一条、第十二条和第一百五十九条第四款，这在政府过往的声明里已经讲得很清楚，这一点我们认为是绝对没有含糊的地方。"

有一些人主张"港独"，而又想参加立法会选举，这样的人与《基本法》完全不符，自然要被阻挡在立法会门外。而有的人，虽然签署了拥护《基本法》和效忠香港特别行政区的确认书，又在不同场合公开宣称主张和支持"港独"，这样的人同样不能给他们开绿灯通行。一些主张"港独"的人，不能参与议员选举。一些不能效忠《基本法》的人，也应摒弃在外。

"港独"是一个马蜂窝，刺痛了香港民众的心，也刺痛了内地民众的心。它会影响所有香港人的日常生活，必须割掉。中国的国土，没有一寸是多余的。每一寸国土都是中华民族的家园，是十三亿多中国人生于斯长于斯的乐土。任何一个执政党，丢弃一寸国土，都会失去执政的基础。邓小平说过，在香港的问题上，我们决不做李鸿章。美国国防部顾问白瑞邦承认介入香港"占中"事件，这反映"占中"正是一场港版"颜色革命"，目的是让外国势力代理人夺取香港管治权。对这些"港独"分子的言行，港区政协委员杨钊一针见血地指出："我认为他们是与颜色革命有关，痴心妄想，更夹带了捆绑市民的意见。"

"港独"是一个毒瘤，它损害中华民族的根本利益，必须从根上予以铲除。对中华民族而言，"港独"损害了中华民族的根本利益，违背了十三亿中国人、包括大多数香港人的意愿，也挑战了共产党的执政基础，是断断不可能实现的。全国政协委员、港区省级政协委员联谊会主席陈清霞指出，部分人士被裁定提名无效，社会不应将事件定性为"政治筛选"或剥夺参选权。由选举主任审视参选人是否符合资格及做出决定是有法律依据的，对参选人资格设定必要合理的限制，要求参选人不谋求分裂国家，绝对是重要合情合法的基本条件。

"港独"是一个爆炸物。在和平的街道上，它阻碍人们正常自由地行进；在和平的民众心里，它让人生活得战战兢兢。有人更将照片变成黑白，留言说选举主任"完全值得灭门死全家"等，这是在提醒我们，"港独"分子有多么的猖狂。我们必须把这个非法的"爆炸物"排掉。香港中联办副主任殷晓静指出，大家需要旗帜鲜明地反对"港独"。"可以说，一切鼓吹和推动港独的言行都不符合'一国两制',不符合《基本法》,也不符合730万港人的根本利益。是在大是大非问题上触犯了原则底线,将损害国家主权和发展利益,损害香港的长期繁荣稳定的发展。我们要认清'港独'的本质和危害,理直气壮、旗帜鲜明地反对'港独'。"

"港独"思潮,现在呈坐大之势。它不是普通的社会问题,而是分裂国家、违宪违法,很可能导致流血暴乱。那些侮辱祖国的人、主张"香港独立"的人不配当中华民族的一员,他们可以选择离开。中央政府驻港联络办主任张晓明1日表示:"在中华人民共和国的香港特别行政区内,在一个讲究法治的社会里,任何宣扬'港独'的言行和活动,都应当依法受到惩处,而绝没有任何予以姑息纵容的理由。"

我们必须以有效措施,确保"一国两制"在《基本法》的框架不走样、不变形。如果有人想把香港从中国分裂出去,那我们要正告他们:"港独"的命运只有失败——中华民族的根本利益不容损害!

59. 将法律之剑高悬于"港独"分子之顶

昨天（11月7日），全国人大常委会全票通过了香港《基本法》第一百〇四条的解释，为香港特区司法机构审理案件提供了更加清晰的法律依据，这是利用法律武器捍卫国家根本利益的一次果断措施。

一段时期以来，"港独"分子甚嚣尘上，在街上围堵、闹事，妄言废除《基本法》，炮制所谓的"香港国护照"。另有几个人，利用身份及立法会的平台鼓吹煽动"港独""自决"，并在立法会宣誓时侮辱国家和同胞，自绝于国家和中华民族。"港独"已成为香港的一个恶性肿瘤，其言行对香港社会造成前所未有的损害，香港主流民意表示强烈谴责。

我们必须正告"港独"分子，"港独"没有出路。

推行"港独"，香港将会走向动乱。"港独"的本质，是想分疆裂土，独立成国。分裂违背历史，违背包括香港同胞在内的全国人民的意愿，绝没有出路。中国没有一寸土地是多余的，香港中联办副主任殷晓静指出："一切鼓吹和推动'港独'的言行都不符合'一国两制'，不符合《基本法》，也不符合730万港人的根本利益，是在大是大非问题上触犯了原则底线。"

推行"港独"，个人将没有出路。香港特区律政司司长袁国强说："倡议'港独'是与《基本法》相违背的，拥护基本法是每一位立法会议员最基本的法律责任。"顽固坚持分裂国家，反对"一国两制"，推行"港独"的人，没有资格参选和担任基本法规定的公职。《基本法》规定，香港是中国的一部分。立法会前主席曾钰成表示："任何对'一国'的冲击，都会损害'两制'。"一些人在立法会宣誓时公开打"港独"横幅，严重践踏国家法律，必须依法惩治。

一切违反人民意愿的倒行逆施，必将遭到人民的唾弃！十二届全国人大常委会对香港《基本法》第一百〇四条做出的权威解释，是全国人大常委会维护国家主权和"一国两制"方针必须履行的宪制责任，是维护国家安全的需要，也是香港立法会正常运转、政府依法施政和香港稳定繁荣的根本保障，其合法性、必要性和权威性不容置疑，具有十分重要和深远的意义。香港工联会九龙东议员黄国健表示："全国人大常委会此次释法，亮明了法律红线，一锤定音。"

毫无疑问，此次释法就是高悬在"港独"分子头上的一把法律之剑。

（2016年11月8日）

（本文作者杨文延、韩长江、诸雄潮、宋雪，此评论获中国广播影视大奖）

60. 在香港的土地上必须铲除"港独"的土壤

香港的英国殖民毒瘤虽然早已经被割掉了，但这个老牌殖民帝国留下的病毒并没有随着这个毒瘤被割掉而被清除干净。它残存在香港土地上的某些角落里，残留在"港独"重病患者的肌体内。一有风吹草动，它就毒痈迸发。

香港回归祖国已经21年，而末代港督彭定康每次谈及香港，还总是要摆出一副宗主国的嘴脸，妄称"英国有权监察《中英联合声明》在港的落实情况"，还说"有人声称香港的未来与英国无关，我感到特别奇怪"。英国这个被俄罗斯总统普京称之为"无足轻重的小国"的末代港督至今还在大言不惭地对香港说着英国的权力，这正好表明了他们对香港回归祖国的不甘心，对他们的殖民统治心存死灰复燃的幻想。他们当中，即便有些人的肉体已经消失，但他们的殖民思想并没有随之灰飞烟灭，还游荡在空中。非洲加纳的建国之父恩克鲁玛曾在非洲自由战士大会上尖锐而深刻地指出：这个世界的"殖民主义的实质仍然存在，改变的只是外形"。

香港回归祖国以来，"港独"就不停地闹事。2004年香港发生"维护海港运动"，2006年发生"保护中环码头运动"，内外势力把有英国女王皇冠标志的建筑中环码头作为文物保存，反对政府规划扩大海滨地带，惠及百姓。他们以保护文物，就是保护香港人的集体记忆为由，骨子里是要把英国殖民香港的宗主国的记忆烙印在市民、特别是青少年心中，并潜移默化地从文化认同入手，塑造香港人的身份认同、历史认同、国家认同。但这些所谓的认同，不是对中华人民共和国的中国人认同，而是香港的英属海外公民的认同。

而他们采取的是一种社会运动的形式——大规模的上街示威，并与立法会议员在议会内抗议的政治形式结合，加之舆论场的扩音器作用，从街头抗议到议会内抗议，搞出一波又一波的拉布。美国民主基金会也不断举办"非暴力抗争培训班"，一场又一场名为"非暴力"的举动，培养年轻人"反共抗中"的集体心理认同，堆砌"港独"的土壤。而"港独"的病毒，就在这一浪又一浪不同名号的社会运动中，不断浸入香港青少年的心中。

从2014年9月、10月间的非法"占中"行动，衍化到2016年2月的旺角暴动，香港的政治生态发生显著的变化。在非法"占中"行动里抛头露面的香港青年人，从非暴力抗争发展到暴力抗争，"港独"的力量也从"占中"前后冲撞解放军驻港军营，发展为自组党派，参选参政。2016年3月16日，以青年学生为核心成员的"香港民族党"脸书页面开始运作，他们宣称：所谓"香港民族"指的是"拥有与香港人相同的价值观、文化和生活习惯"，同时"在香港生活并对中国殖民压迫香港感到不满，希望这种压迫停止或消失的"群体，便是"香港民族"。有媒体认为：该党把血统论与理念认同结合起来，建构一个"港独"的党纲。"这完全符合一本2011年出版的《香港城邦论》对民族的定义。这本书像'港独'教科书一样流毒深远。"在同一时间，香港大学学生会刊物《学苑》声称：我们这一代是"天然独"，直接将"香港要成为主权独立的国家"作为自己的政治诉求。"港独"思想在青年一代中开始生根，开出罪恶之花。

比传统"反共抗中"分子走得更远，"香港民族党"一现身，就不再像老派的"反共抗中"分子一样，挖一条隧道，偷偷摸摸地与"台独"勾结，而是大摇大摆地去台湾"朝拜前辈"。2018年，陈云、陈浩天等"港独师徒"分别先后三次赴台湾，表面是参加研讨会，实为到"台独"分子那里取经，并领取资助。假如该党举行大型游行集会，更会每次再额外获得5万至10万港元的资助。这些分裂中国的势力，还有更大的米饭班主，他们是真正的幕后黑手，有时干脆在香港，也会打着"言论自由"的旗号，正如这次香港外国记者协会与《金融时报》的编辑公开邀请和安排陈浩天在香港的国际舞台上演讲。这些不过是在演戏，他们想看一看中国政府与香港特区政府反独的决心与能力。

◆ 霜叶如剑

　　2018年7月17日，香港警方在香港回归祖国后首次引用《社团条例》第8条，建议保安局局长李家超禁止"香港民族党"运作！全国政协副主席、香港特别行政区前行政长官梁振英发文指出，世界各地包括号称最自由的国家都有禁止叛国、禁止分裂国家和禁止颠覆的法律，更有专职监视、侦查和反制的机关和手段。全国政协委员、香港立法会议员谢伟铨回应香港外国记者会邀请陈浩天演讲时称，《宪法》及《基本法》规定，香港是中国不可分离的一部分，任何企图将香港从中国分离或独立出去的主张，都是违法及违宪的。而"香港民族党"及陈浩天公然鼓吹、推动并煽动他人支持"港独"，违反《宪法》及《基本法》，超出言论自由的底线。他表示绝对支持保安局根据《社团条例》，以国家安全理由禁止"香港民族党"继续运作。国务院港澳办主任张晓明说："'香港民族党'和陈浩天本人是有预谋、有组织、有行动地从事意图分裂国家的活动，是要分裂国家。这已经严重违反香港《基本法》，而且涉嫌违反香港刑事法律，包括现行《刑事罪行条例》第9条规定的煽动罪。这种行为的法律性质是非常严重的。"全国港澳研究会副会长、香港中央政策研究室前主任刘兆佳表示："如果'香港民族党'可以成为首个被取消的社团，特区政府可借此展示维护国家安全的勇气与决心。此举同时亦是一种警告，显示港府将以强硬手段对待'港独'分子及社团。"

　　但"港独"分子变本加厉，愈加嚣张，"占中"发起人戴耀廷正在策划一个"港独夺权计划"；"香港民族阵线"扬言要与境外势力建立更紧密的"国际性联盟"，不怕动用武力，要将"中国分裂成几个大小差不多、人口中型的国家"；而香港外国记者协会甚至还暗示可以推翻中国政府。"港独"分子不仅要让香港"独立"了，还想要把香港当作推翻中华人民共和国的一个基地，但他们的图谋必将失败灭亡："港独"分子冲击立法会已被判非法集结罪；主张"港独"的、并在宣誓就任立法会议员时涉及辱国的人，已被取消议员资格；"香港民族党"已被特区政府考虑取缔。如果有人想分裂，搞独立，我们的回答坚定有力：绝不允许！

　　我们还要进一步看清，香港源于殖民地时期、在港英政制下的本地普通法法律，已经无法独立行使维护国家领土与主权的完整与安全，如果长期援引无牙老虎般的《社团条例》，法律漏洞将被内外敌对势力一再利用，并撕开更大裂隙，趁机乱港祸国。梁振英指出，作为最开放和最国际化的中国城市，香港没有情治机关，也没有国家安全或内部安全法律，"我们容易成为中国国家安全的软肋和负累，不能不提高警觉。"《基本法》第23条的订立，必须提到议事日程上来。更重要的是，港英遗留的法例，并不符合中国的国家利益与回归后的香港，中央的制宪权与特区政府的立法权长期受制于港英过时的旧法，甚至自缚手脚，是一个主权国家不可接受，不能接受，也不应该接受的。

纵观回归以来"港独"势力内外联手勾结的发展进程，"港独"已经严重危害到国家安全与统一。从香港与国家的长远利益着眼，禁止任何叛国、分裂国家、煽动叛乱、颠覆中央人民政府的《基本法》第23条必须订立。在香港的土地上必须铲除"港独"的土壤。习近平主席在十三届全国人大一次会议闭幕会上讲话掷地有声："我们伟大祖国的每一寸领土都绝对不能也绝对不可能从中国分割出去。"

（2018年8月31日）

（本文作者诸雄潮、刘晓虹、汪忠泽、赵婷婷）

61. 评选鲁迅文学奖不可缺少环节公正、学术良心和专业水准

继第五届鲁迅文学奖出现争议后，近来，第六届鲁迅文学奖又传出新闻。一位先学数学，后来改行，最后当了新闻系老师的周啸天教授得了奖，引起了不小的风波。

学数学的人写古体诗，以前也有不少，例子是现成的。复旦大学校长苏步青教授就颇擅长此道。苏校长是老前辈，出生在前清，受启蒙教育时，社会还没有提倡白话文，所以他受过若干年的旧学教育，有些功底。他发表过不少旧体诗，如《七月居舍萝屋吟》：

绿滋萝屋最妖娆，七月庭园似火烧。

夹竹桃遮红月季，鸡冠花映美人蕉。

雪泥无复留鸿爪，银汉空传渡鹊桥。

两袖清风双短鬓，退居二线自逍遥。

复旦大学校友、广电总局播出机构司副司长刘朝荣说："苏步青校长的诗，平心而论，质量不错，在大科学家当中大致可列上中等或是上下等。但是他的诗在复旦大学另一位前辈、中文系搞古代文学研究的教授朱东润眼里则属'干部诗'。这就是评论者不同，结果也不同吧。"

我们再看周啸天教授的诗，周教授的诗自然是诗，是不是好诗，可以讨论，是不是能得鲁迅文学奖，更可议论。周教授在接受媒体采访时说，"不敢说自己已经超越了唐人，但我拿出自己的诗词参评中国文学的最高奖之一，是因为我看到了当代诗词作品中已经有了不输于唐代诗歌的文采，更重要的是写出了当代人的风貌和精神价值。"诗可以见仁见智，但应在一个差不多的分寸内。但周教授自己的这个评价离事实相差实在太远了。如果周

教授只有这样的认识水平，那么，中国之所以可以称之为诗国最主要的支撑——唐诗，则价值全无。

清华大学哲学系教授肖鹰说："鲁迅说，诗在唐人那里已经被做完了，我认为是有相当的道理的。诗歌作为一种文学体裁，不仅有它的格式、韵律、意境。现代当代人也写古体诗，但是，唐人诗歌所呈现出的那种晶莹、空灵的境界，在宋以后逐渐的式微了。到了明清，更不用说到了现当代，我们见不到了，要么就是简单地附庸风雅，翻写唐人诗句，要么就是为赋新词强说愁，没有话说找话说。"

当然鲁迅先生的看法也并不一定完全正确。大文豪苏东坡在看到柳永《八声甘州》中的"渐霜风凄紧，关河冷落，残照当楼"时，赞叹"此语于诗句不减唐人高处"。而鲁迅先生自己的旧体诗其实也写得直追唐人，特别是他的七绝"岂有豪情似旧时，花开花落两由之"（《悼杨铨》），"无情未必真豪杰，怜子如何不丈夫"（《答客诮》），写得极为高妙，列于唐人诗中毫无愧色。但周教授的文采，莫说有唐代诗人中间，就是在明清诗人中，恐怕也难有一席之地，比比"冲冠一怒为红颜"的吴伟业，比比"一星如月看多时"的黄仲则，云泥之别。

我们且看网上议论较多的，并且是周啸天教授自己比较满意的《将进酒》：

世事总无常，吾人须识趣。

空持烦与恼，不如吃茶去。

世人对酒如对仇，莫能席间得自由。

不信能诗不能酒，予怀耿耿骨在喉。

有人说这是打油诗，"简直就是在侮辱诗歌！"这其实是不懂旧体诗的人的话语。实事求是地说，此诗质量还是不错的，颇有古诗形，兼具乐府味。但我们知道，汉朝诗作，远不能望盛唐之项背。此诗虽然还行，但到不了一流，到不了可以获鲁迅文学奖的地步，更绝对到不了如王蒙所说的那般"亦属绝唱，已属绝伦"的地步。王蒙先生是著名的小说家，旧体诗并非其所长。他的评论，只是一家之言，不是定论。

我们再看一下周教授的一些其他诗作，如写《超级女声》：

今宵荧幕富星光，五省共追超女狂。

歌曲一朝惊屈贾，粉丝十万下江湘。

于诗要高度凝练而言，这诗还有明显距离，含水量更大，屈原老先生恐怕也不乐意接受这样的评论。中山大学中文系教授谢有顺说：周啸天的诗"比较随意"，"周获奖是矮子里拔高个"。这一评价或许更加中肯。

大学者王国维《人间词话》云："有明一代，乐府道衰。《写情》《扣弦》，尚有宋元遗响。仁宣之后，兹事几绝。"这是王国维在一百年前写的文字，一百年后，长江后浪推前浪，也是正常的事情。仅就周教授的诗而言，这长江的后浪恐非周教授。周教授的诗，不要说推了，能否看到前人的项背恐怕还有极大的疑问。当然，这并不是说周教授的诗不堪一读。但可读与可以得中国最有声望的文学奖完全是两个不同概念的事情。至于他写邓稼先的诗，"炎黄子孙奔八亿，不蒸馒头争口气"，则流于"大跃进体"，只是近乎七个汉字的整齐排列而已，实在不足一论。

如果是一个普通作者的诗，周教授的诗可以读读。如果从"鲁迅文学奖"这个中国最高文学奖的要求看，周教授的诗离得奖确有太大的距离。以王国维《人间词话》的标准看，周教授的诗毛病甚多，大致有以下几点：

无句无篇。既无名篇，也无名句。这样的诗一般不能称之上佳，离得奖距离很远。

不工且拙。周教授格律诗常常连基本的平仄也不对。平仄确是可破的，但要破得必要。另外，破后也是可以补救的。补不了，那是功力不足的表现。功力不足，又何以得获？

颇是粗浅。像"炎黄子孙奔八亿，不蒸馒头争口气"这样的句子，就是典型的粗浅的例子。

局促辕下。如"大腕签单既得趣，小姐收入颇不俗"，很是不入高手法眼。绝大多数诗评家都不会对此有好评。

至于我们论诗的"气格境界"，更不沾边了。相信擅长旧体诗写作并对此稍有研究的人，看后大多数人会得出这个结论。

周教授喜欢旧体诗，自然很好，目下传统文化之传承有断裂感，有继承者自是十分可贵，也应褒扬。周教授还有《周啸天自选诗词》，一些写得也可以，但距离鲁迅文学奖还是有不小的距离。

周教授写旧体诗是他的喜欢。他自以为写得不错，自以为可比肩唐人，也是他的自我评价。他申报评奖，也是他的或是出版社的权力。问题是，评委们给了他这么高的一个评价，让他得了奖，这就是问题了。

虽然有其他参赛者质疑评委的公证，我们没有证据，姑且相信评委的公正。但从结果看，我们怀疑评委是否有评定旧体诗的水平。查一下各位评委的百度，写诗者有若干，评论者有若干，做官者也有若干，但擅长古典文学及古诗者并无几位。在其他奖项的评选中，还出现了质疑被打招呼的事情，这更凸显了评奖中的几个问题：

一是环节公正。在遴选评委时，在本专业中真正有造诣、有声望的人数比例应该超过评委的半数。他们的声音应该超过非本专业官员的声音。这一环节尽量公正，才有更多的可能避免问题的产生。

二是学术良心。如果没有政治导向问题，评奖机构不应左右评选过程。各位评委应该从自己的学术良心出发，不受干扰。当年，中国最伟大的作家鲁迅和俄罗斯最伟大的作家托尔斯泰受各种原因影响没有获得诺贝尔文学奖，使诺贝尔文学奖至今成色不足。

三是专业水准。评委应该在所评项目中具有极高的水准，如果有的人连旧体诗都不会写，就不要请这些人当这个奖项的评委了。没有专业水准，必定人云亦云。颁奖给一个只有玩票水平的人，只会砸了机构的牌子。

我们对评奖的诗集确是不要求它篇篇都好，但无法容忍篇篇中等，甚至是大多极为一般的诗集获奖。

中国记协书记处原书记、中国新闻奖评委李存厚说："中国新闻奖它有一个最高的标准，一定是代表我们新闻界最好的作品，有太大争议不可能获中国新闻奖，因为它是佳作，是大家学习的范文，代表我们新闻记者、我们编辑的最高水平。"

如果以这个标准衡量,周啸天教授的作品离鲁迅文学奖还相差甚远。

鲁迅文学奖,要更多地体现鲁迅先生傲岸的精神、深刻的思想、如炬的目光、不朽的诗文。缺乏这些特质,就应该把它拿下。完全没有这些特质,初评都不应入围。

62. 美舰在中国领海"自由航行"只会让它不得自由

美国"拉森"号军舰最近驶入南海,它放着宽阔的海域不走,偏偏从中国岛礁12海里以内的区域里驶过,其"挑战"中国的目的明眼人都看得一清二楚。

美国在国际上一贯的做法我们十分了解,它做出准备升级在南海对华施压的姿态不会收到任何效果。面对自信的中国,美舰在中国领海"自由航行"只会让它不得自由。

我们很清楚美国军舰此行的真实目的。

一、美国要争夺它永远追逐的利益,并不惜以损害他国利益为代价

中美两国有相同的经济利益,也有不同的理念观点,所以中国和美国的关系,好,好不到哪里去;坏,坏不到哪里去。美国所作所为的指向,美国自然知道,我们也洞若观火。

在东欧,它搞"颜色革命",其结果现在的乌克兰还在炮火中;在阿拉伯,它搞"阿拉伯之春",导致现在叙利亚的难民队伍如蚁族搬迁。在西边,美国搞得俄罗斯元气大伤。它认为西边没有一个大国可以抗衡美国了,已经达到了目的,就跑到东边来,搞"亚太再平衡",而切入点就是中国的南海。其实它在南海找不到任何的理由,最后笨拙地以"人工岛礁"说事,让中国不安宁,让世界不安宁。岛礁是中国的,吹填岛礁国际法也认可,中国的事轮不到美国来管,中国也多次表示不会妨碍南海航行自由。美国以岛礁说事根本站不住脚。美国在中国"擦身而过"的举动,既鲁莽,又危险,无非是想强调它在全球的霸权地位,哪里利益大,它就在哪里。为此,它不惜以损伤中国的利益为代价,求得它所谓的"航行自由",实质的霸权。但中国并没有被它吓着。

二、美国对中国倡导的"新型大国关系"还不适应，寻找借口打乱我们的发展步伐

中国提出的解决中美战略稳定的方案是建立"新型大国关系"。但华盛顿认为，接受"新型大国关系"将造成有利于中国崛起的国际环境，这将事实上允许中国成为亚洲首屈一指的国家，不符合美国利益。在美国看来，接受一个战略对手提出的地缘政治框架，意味着要牺牲一些权力和影响力。建立这个关系，也等于承认它的经济江河日下。所以，美国不是南海问题的当事国，它也要出来搅局，以示它的存在，但它无力阻止中国的崛起并成为世界第二大经济体。当惯世界老大的美国即使实力经济下滑、政府停摆、军力不足，也会努力弄出一些动静来，影响中国的发展。美国的这种挑衅非常危险，但它动摇不了我们维护国家主权的决心，也阻止不了我们的发展。如果美国一意孤行，它不会捞到任何好事。我们有捍卫维护南海利益的力量和决心，这一点，我们有新中国成立以来与美国交往的历史可以作证。

三、美国国内经济下滑，国际影响式微，它急需军事动作来维持影响力

习近平主席指出，"宽广的太平洋两岸有足够空间容纳中美两个大国"，但美国似乎只想容纳一个美国。事实上它已经没有了这样的力量。它在南海弄出点动静，既可服务于美国"亚太再平衡"战略实施，因为加强地区军事存在是美国地区战略的重要内容，又可借南海紧张的局势能让美国政府伸手向国会要钱增加军事投入。它现在已经到了要靠一些肢体动作来维持影响力了。虽然美国可借此举拉近与地区盟友和伙伴的关系，也收到了一些如菲律宾这般国家的叫好，但它的国际影响力下降也是有目共睹的。虽然美国一再叫它的欧洲盟友不要加入亚投行，但它最铁的盟友英国首先不理会它，并且开放了一些以前从不向中国开放的合作领域。要知道，三十年前，美英两国几乎是汪洋中坐在一条船上的生死朋友。其实，美国也明白，在相当多的国际事务中，没有中国的参与，凭它一己之力解决不了什么问题。所以，闯入南海，它达不到什么目的。

中国人民热爱和平，但也不惧怕任何强加在我们头上的战争。我国有实

力保卫自己的土地，新中国成立以来的每一次冲突都证明了这一点。即使是海战，在中国的近海，我们也有实力战胜任何对手。我们不开第一枪。但如果别人开了第一枪，我们也有力量决不让它开第二枪。

我们不会让抱有不轨图谋进入我国领域的外国舰船有什么"自由"。我们将警告它们，也会派船阻止他们出入航线。我们的决心不会动摇，也会有最坏的打算。何况，美国没有向中国进行战略摊牌的资本。它在阿富汗、叙利亚，尚且无法全身而退，而中国的力量又岂是这两个国家可比的？美国也要记得前车之鉴。当年，它的舰船进入黑海俄罗斯领域，结果被俄罗斯人的船撞了出去。以中国的军力和综合实力，把美国舰船撞出中国领海还是富富有余的。

我们会看清自己要走的和平崛起的道路，任何干扰都不能影响我们中国梦的实现。我们要以平常心来对待美国军舰的企图。说到底，它干扰不了我们的发展，阻止不了我们的崛起。而它的军舰在我国领海"自由航行"，面对中国力量，也得不到什么自由。

63. 先共识，再共赢

共识之于国际关系，犹如水之于鱼，须臾不可或缺。

近现代国际关系的形成，历史并不久远。第一次世界大战后，几个战胜国建立了所谓的"战后和平制度"。但是，这一制度实际是帝国主义列强重新瓜分世界后操纵世界的制度，与二战后联合国的建立不可同日而语。

联合国何以建立？它是基于这样的共识：单靠几个国家建立不了真正的和平体制，要建立这样的体制，必须有一个由主权国家组成的国际组织。基于此，联合国对所有接受《联合国宪章》的义务以及履行这些义务的"热爱和平的国家"开放。联合国创建时，会员国只有51个，目前的数量已超过190个。

人类赖以生存的地球，除了陆地，便是海洋。正是基于为海洋建立一种法律秩序的共识，以便利国际交通和促进海洋资源和平公平有效利用，海洋生物资源养护以及研究、保护和保全海洋环境，联合国《海洋法公约》才得以产生，并获得150多个国家批准。

诸如此类，无须枚举。事实证明，有共识，能共赢；共识愈多，共赢愈多。反之亦然。

习近平主席2015年在联合国大会演讲中指出，当今世界，各国相互依存、休戚与共。这深刻提示了当今国际关系的本质内涵，道出了国际交往应循的基本准则，蕴含着深厚的东方文化底蕴。

今天所言的求共识，求的是哪些共识？

比如，规约的共识。国际法从过去仅仅作为欧洲列强之间的法律，发展到今天，已经成为与国际社会全体成员密切相关的法律体系，扩展到国际社会的政治、经济、文化等各个领域，上至太空，下至深海洋底，堪称包罗万象。

再比如，合作的共识。合则两利，斗则俱伤。无论是中美之间，还是美俄之间、俄欧之间；无论经济、文化，还是打击恐怖主义、防止核扩散；无论历史，还是现实，这个共识都是适用的。

第三，互利的共识。国家间交往，只有遵行互惠互利原则，才能做成事，常做事。对大国来说，对解决全球性问题来说，境界应更高一些，"计利当计天下利"。对天下都有利了，对自己自然也有利。

第四，分担的共识。世界进入21世纪，"地球村"的概念更加深入人心。既为一村之居民，责任分担，风险分担，理所当然。当然，国情不同，发展阶段不同，所承担的分量也应当有所不同。发达国家有发达国家的责任，发展中国家有发展中国家的义务。这一点，在应对全球气候变化问题上体现得最为明显。

第五，发展的共识。发展是所有国家和政府的时代命题。也正是因为各国都谋求发展，才有了上面所说的合作、互利等共识。为什么世人现在更看好"北京共识"，而"华盛顿共识"渐入窘境？原因可能在于中国的快速发展、中国展现出的活力，给世界提供了一个新的好的样式。以中国、印度、墨西哥等为代表的"E11"全球新兴经济体继续行进在中速增长的轨道上，这对于整体低迷的世界经济的稳定和发展，真可谓是"压舱石""信心轴"。

时移世易。今天，国际关系日趋民主化、制度化，国际关系格局日趋多元化、多极化，国家关系日趋伙伴化，基于"人类命运共同体"的国际新型秩序正待建立。值此之际，求共识，求共赢，是时代的呼声，发展的大势。故此，顺之者昌，逆之者衰。

（2017年1月13日）

64. 正确认识当今世界发展大势

进入21世纪以来，国际政治发生深刻变革，特别是2008年国际金融危机以来，伴随着世界新兴市场国家的快速崛起和西方的相对衰落，国际格局出现了结构性变化。美国学者约瑟夫·奈认为，当今的世界政治正在经历两个重大的权力转移：第一个是权力的水平转移，即权力从西方国家转移到东方国家，世界经济的中心也从大西洋国家转移到太平洋国家。第二个是权力的垂直转移，即权力从国家到非国家行为体的扩散，这一扩散主要是基于以互联网的兴起为代表的信息技术变革。有的学者则认为，近年来世界政治的确出现了一些新动向，如全球力量对比进一步趋向扁平化，大国间的地缘战略竞争更加激烈，民粹主义、民族主义思潮的上升加剧了国家间合作的困难等。学者的共识是，当今世界的大变革是深刻的，维护世界稳定面临诸多挑战。对此应正确看待变革中的发展趋势，冷静观察、沉着应对。

当今世界的一个发展趋势是，安全挑战具有前所未有的深度和广度。传统安全的核心是军事安全，主要表现为战争及与之相关的军事活动和政治、外交斗争。非传统安全威胁远远超出了军事领域的范畴。通常情况下，非传统安全问题不仅是某个国家存在的个别问题，而且是关系到其他国家甚至全人类利益的问题；不仅对某个国家构成安全威胁，而且可能对一些国家的安全不同程度地造成危害。从表现形式上看，非传统安全问题比传统安全问题具有更强的社会性、跨国性和全球性。为了获得自己的最大利益而不择手段对付他国的事，业已拓展到贸易、金融、技术、货币等领域。"火药味"甚浓的美国与包括其盟国在内的世界各国的贸易战正打得不可开交，即是一例。今天，政治安全、经济安全、社会安全、文化安全等，被提到空前的高度。传统战争边界的消失，意味着国际关系更加复杂多变，国家安全面临的风险挑战更加多样，国际斗争更需讲究策略和艺术。

第二个发展趋势是，中国作为负责任大国的国际担当更加突显。习近平主席指出，当今世界正处于大发展大变革大调整时期，我们要具备战略眼光，树立全球视野，既要有风险忧患意识，又要有历史机遇意识，努力在这场百年未有之大变局中把握航向。中国向世界提出了"各国人民同心协力、构建人类命运共同体"的构想。这一构想的目标是建设持久和平、普遍安全、共同繁荣、开放包容、清洁美丽的世界。这是一个涵盖政治、安全、经济、社会、文化、生态等多领域的综合性系统工程，将对改善全球治理体系产生重大而深远的影响。提出这个理念和构想，标志着中国同外部世界关系和中国国际战略思想的重大转变，充分体现了中国作为一个负责任大国的国际担当。

第三个发展趋势是，经济全球化潮流不可逆转。虽然近年来出现了一股"逆全球化"的怪象，但正如有识之士和各国民众所看到和认识到的，经济全球化有利于促进各国合理分工，提高劳动效率，扩大市场规模，给消费者带来实实在在的多样化的消费选择，完全符合各国人民的长远利益和根本利益。世界发展到今天，各国经济联系日益密切，相互依赖、相互渗透，彼此取长补短的程度在不断加深，对于促进全球共同发展繁荣发挥着不可替代的重要作用，"逆全球化"是少数发达国家利己主义膨胀的表现。有识之士深刻指出，在全球化进程中，所谓的"发达国家受害论"完全是个伪命题，是根本站不住脚的。经济全球化依然是当代世界经济的重要特征之一，这一发展趋势不可逆转。

（2018年9月19日）

65. 读不懂中国原因何在？

现如今，每一周甚至每一天，要想在世界各大媒体上找不到有关中国的新闻，可能是一件相当困难的事。事情是明摆着的：随着中国的发展和国际影响力的提升，有关"中国话题""中国案例""中国模式"的报道早已充斥于世界传媒，甚至可以说，"言必谈中国"是时下国际政治生活中的一种常态。

一个莎士比亚，不知养活了多少人。现在又有多少人靠着"中国话题"来"养活"自己？这个问题还真回答不上来。

世界对中国的复兴心理准备不足，这已成为人们的共识。客观地说，世界在不断地调整观察中国的视角。但同时也应看到，对一些自诩为"谔谔之士"的人来说，"读懂中国"太简单，"读不懂中国"才显出自家的高明。

于是，我们时常看到这样一些带有"标志性意义"的"阅读方式"——

"帝国思维"式阅读。世界历史上出现过不少帝国。帝国的兴衰，有一定的规律性，给人的启示是深刻的。在当代国际关系中，帝国模式显得陈腐而全然不合时宜。但有人却偏爱这一模式，并时常戴着这副有色眼镜看问题。比如说，美国的新保守派就喜欢将今天的中国与19世纪末的德意志第二帝国相提并论，并称没有什么舞台比海洋更适合中国显示其军事实力。这种"帝国思维"式阅读必然贻笑于有识之士。在有识之士看来，中国既不想扩张意识形态，也不寻求帝国扩张。在中国的构想中，随着越来越多的国家发展海军力量，未来中国将成为多极世界中的海军力量之一。这，难道有什么不适当吗？

"冷战思维"式阅读。战后长达数十年的东西方冷战，在上个世纪行将结束时，终因其逆于世界发展的潮流而寿终正寝。但思维也有遗传性，一些西方人在看待和处理中国事务时，常常让"冷战思维"占了上风。又是"遏制"，又是"防范"，又是"搞垮"，又是"必有一战"，总之，他们总在寻找敌人，而中国，时不时地"被敌人"，时不时地成为某国国内政治博弈的筹码。

"零和思维"式阅读。零和思维反映在国际关系上，就是"非敌即友"，彼此没有合作的机会。如果是朋友，它所做的一切都是有利于己方的；反之，如果是敌人，那它所做的一切都是有损于己方的。在零和博弈中，各博弈方决策时都以自己的最大利益为目标，结果是既无法实现集体的最大利益，也无法实现个体的最大利益。新世纪之初，美国就曾将中国定位为"战略竞争对手"。现在虽然奥巴马政府呼吁摒弃零和博弈思维，但有些人在"灵魂深处"依旧迷恋把中国当"对手""敌人"的"非此即彼"式的思维方式。各轮次、各种版本的"中国威胁论"就是在这种思维的烘托下出笼的。

"以己度人"式阅读。拿自己的心思来衡量或揣度别人，也是一些人在观察中国事务时惯用的方法。面对当今国际关系生态，中国决心走一条全新的道路——和平发展之路。但是，有些人却习惯性地仅以自己的文化透镜为参照，怀疑、妄议"中国策"的现实可行性。他们只相信千百年来一个大国的崛起和强盛，往往是和征战与杀戮紧密相连的所谓"铁律"，而罔顾中国的和平发展开创了通过维护和利用国际和平环境来实现自身的发展，这种"以小人之心度君子之腹"，在看扁看低别人的同时，暴露的是自己的短视与狭隘。

南宋词人辛弃疾曾有这样的名句："我见青山多妩媚，料青山见我应如是。"对心胸开阔的词人而言，人与青山互观互赏则可；对戴着有色眼镜看问题的人来说，国与国互观互赏则难。发展中的中国，不仅面貌日新月异，而且在用行动诠释自己的国际政治理念，外人老用陈旧的思维来观察中国，只能是南辕北辙，于己无补，于人无益，不若早早弃之，创新思维。

（2010年6月10日）

66. 战略误判须避免

当今世界，热点问题层出不穷，国际形势常波诡云谲、错综复杂，给人以雾里看花之感。

普通人的看法若出现偏差，一般不至于有太大的影响。但对于决策者来说，情形就完全不同了。尤其是重大历史关头，如若对战略形势做了误判，导致决策失误，那将带来不可挽回的损失，甚至给国家和民族带来"不能承受之重"。

在这方面，苏美两国都是有过沉痛教训的。

1941年6月22日，法西斯德国出动550万兵力，在3000多架飞机、4000多辆坦克、17000多门火炮的掩护下，兵分三路进攻苏联。这之前，由于战略判断上的失误，苏联军队一直处于二级战备状态，应战准备极不充分。结果，半年之内，苏联就损失了400万军队。

令美国人记忆犹新的是，1941年12月7日，日本偷袭了美国太平洋舰队最重要的基地——珍珠港。这一次，则是由于美军战略上的误判而使自己损失惨重：8艘战列舰中，4艘被击沉，1艘搁浅，其余均受重创；6艘巡洋舰和3艘驱逐舰被击伤……

毋庸置疑，重大战略误判的后果，即使能够承受得起，也必须付出沉重的代价。

二战结束后，美苏打了40多年冷战。这期间，美苏大搞军备竞赛，以维持"相互确保摧毁'恐怖平衡'"。不难想象，在这样的背景下，任何一方的战略误判将会招致怎样可怕的结果。最令人感到后怕的，要数1962年10月的古巴导弹危机。那场危机虽说只持续了13天，一位美国前政要的话却说，"这不仅是美苏冷战年代最危险的时刻，而且是人类有史以来最危险的时刻"。当时由于联系不畅，核导弹的发射机制，实际上由每座导弹发射器的指挥官自行控制。如果美军空袭和入侵古巴，将极有可能触发核战争。据说，几十年之后，原肯尼迪政府国防部长麦克纳马拉得知这段内幕时，感到"极度震惊"，"险些从办公室的椅子上跌下来"。

冷战结束以后，国际形势发生了极为深刻的变化，世界多极化、经济全球化、国际关系民主化的趋势已然明晰。但正如有识之士所指出的，只要世界在政治上还是由国家所构成的，那么国际政治中的矛盾与冲突从根本上讲就是围绕权力展开的，"最后的语言就只能是国家利益"。而利益再分配的过程，往往也是新的冲突形成的过程。如何在错综复杂的国际形势中避免做出战略误判，对每个国家来说都是至关重要的。

其一，各方要始终保持战略清醒。简而言之，就是要做到知己知彼。所谓知己，就是要厘清自己的战略目标和战略方向。所谓知彼，就是要看清天下发展大势，顺势而为，做到茶壶里煮饺子——心中有数。

其二，各方要倚重谈判桌解决问题。客观地说，今天的国际沟通平台很多，任何问题都可以拿到谈判桌上谈，一次不行就多次，两方不行就多方，"一揽子"不行就专项。伊核问题谈判进行了十多年，于2015年7月才达成全面协议。战争是保底手段，不到万不得已，不可任性而为。如果动辄以战争相威胁或在自家里磨刀霍霍，凡事总想拼个你死我活，结局可能就是双输、多输。

（2017年5月3日）

67. 世界"变脸"的四个观察点

世界总以不同面目示人，这是历史规律。

在华尔街金融危机演变成全球性金融危机、美国新政府开始理政以后，世人明显感到，世界"变脸"的进程加速了。当然，人们在谈论这一话题时的心情不尽相同，沉重者多于轻松者。

世界是如何"变脸"的？笔者认为，以下四个观察点值得留意。

美国：以巧实力面目出现

美国的强大始于二战结束以后：美国在资本主义世界工业总产量中所占的比重，由1937年的46.4%增加到1947年的62%，贸易出口额则由14.2%上升到32.5%，集中了资本主义世界全部黄金的70%，成为资本主义世界经济实力最强大的国家。在军事方面，美国的武装力量由1939年的33.5万人增加到1945年的1200万人，建立了当时世界上最强大的海军和空军。美国自此迈上了称霸世界的不归路。著名历史学家尼尔·弗格森指出，美国跟维多利亚时代的英国以及历史上其他帝国有着同样的扩张和殖民的想法，不过，美国在世界上虽然充当了帝国主义的角色，但历史原因令它排斥用"帝国"来定义自己，它更喜欢谈及自己的全球领导能力，甚至是霸权。

冷战结束以后，美国以世界唯一超级大国自居，毫不隐讳地推行"新干涉主义"，表现出强烈的单边主义色彩。国际舆论普遍认为，进入新世纪以来，美国的全球战略更具进攻性和强权性。

《水浒传》中有一句俗语：刚强是惹祸之胎。八年前，布什入主白宫时，克林顿政府留给他1280亿美元的财政盈余；八年后，奥巴马入主白宫时，布什留给他的是一屁股债。布什执政八年，打了两场战争，给美国增加了4万亿美元的负债。所以，布什有两个绰号："战争总统""赤字总统"。

对奥巴马来说，应对战争遗留问题和金融危机这两道考题的难度，不亚于打两场战争。军事凯恩斯主义难以为继，单边主义也已行不通，那么，美国的出路何在？奥巴马认为，答案只有两个字：变革。

奥巴马团队特别看重"巧实力"。什么是"巧实力"？它所针对的是布什的新保守主义的外交政策，即反对片面强调硬实力的先发制人、单边主义战略，主张通过灵巧运用外交、经济、军事、政治、文化等各种手段，恢复美国的国际形象和影响力。简单一点说，就是试图找到一种军事与外交的最佳结合方式。

舆论认为，借助"巧实力"的美国可能会以一个颇具柔性和弹性的面目出现，而非凶相毕露、咄咄逼人。奥巴马执政后的一些外交举动已经揭示了这一走向。不论是与伊朗、俄罗斯、欧洲的关系，还是中东问题，美国所释放出的均是积极的信息。有军事专家认为，从军事角度看，美国军事政策的变化将主要表现在"强硬"做派将"变脸"为"柔韧"风格，"用兵"的方略可能"变脸"为侧重于"养兵"的方略。

当然，"变脸"不等于"转身"。分析人士指出，美国所要改变的并非战略目标，而是实现目标的方式。

西方：衰落感进一步增强

法国前总理德维尔潘最近撰文指出，由于中国和印度等新兴国家的崛起，统治世界长达五个世纪的欧美权力秩序正在发生根本变化，世界已进入文明"转换期"。

法国《外交季刊》最近也载文说，16世纪上半期确立的西方霸权已宣告终结。当前全球金融体系的削弱只能加速西方的衰落。

自1918年斯宾格勒《西方的衰落》一书出版以来，有关"西方的衰落"的话题不绝于耳，甚至被人称为"20世纪历史的主题"。但"反方"也振振有词。比如，20世纪50年代初，学者哈乔·霍尔本就说，"西方世界如今是人类命运的主宰者。似乎十分有悖常理但又千真万确的是，对西方实际统治的反抗已大大有助于完成西方文化对世界的征服。"他宣称，"为了确保自己的生存，世界其余地区不得不模仿西方。西方的方式、信仰和目标已为人们所接受，并被用来同西方的控制做斗争。"这种乐观情绪在冷战结束以后曾再度显现。

国际金融危机爆发以后，国际社会普遍有一种无力感。2008年11月中旬，20国集团峰会在华盛顿召开。英国媒体报道说，G20峰会取得的成果表明，"富国俱乐部"走向终结。美国学者则写了一篇《更大的俱乐部》的文章说，G20峰会召开前的众多迹象表明，二战后诞生的国际秩序将让位给一个植根于新世纪客观现实的国际秩序。G20峰会本身就是这股趋势的一个标志。这次峰会证明，如果没有已经成为关键伙伴的新生潜在竞争对手的合作，世界列强的领袖无法再应对世界经济提出的挑战。

法国经济学家尼古拉·巴韦雷认为，进入21世纪以后，新兴大国崛起、美国领导地位衰落的趋势进一步明朗。面对南方国家的经济追赶，西方相对衰落孕育出种种贸易保护主义压力。金融危机触及全球化的资本主义中心，今天的世界出现了一种自16世纪以来从未有过的格局，其突出特点就是展现出一个十分混杂和不稳定的世界，它充满了对西方垄断人类历史和价值观的质疑。他说，21世纪初的现实标志着始于16世纪由西方绝对主宰的历史周期的终结；围绕某个中心的统治而建立起来的资本主义经济周期的终结。人类进入世界史时代。

欧洲观察家指出，从今往后，随着多种发展道路被认可，随着多极化的确立，受到质疑的不仅是西方的经济统治地位，还有西方定性善与恶的权利，制定国际法则的权利，以及以道德或人道名义干预世界事务的权利。总之，西方已经失去了"对历史的垄断"。

资本主义：反思发展模式

金融危机爆发后，法国总统萨科齐发出了这样的感叹："自由放任的不干涉政策已然结束，一贯正确的全能市场终结了。"

奥巴马在就职演说中也提到，没有严格的监督，市场就会失控。

英国媒体报道说，西方国家已目睹了另一种模式——"非自由资本主义"的崛起。

二战后，由于实行国家干预主义政策等因素的影响，资本主义经济经历了持续20多年的经济繁荣，被称作经济增长的黄金时期。20世纪70年代中后期，西方国家出现失业和通货膨胀并存的"滞胀"局面，在资产阶级古典自由主义经济思想和理论基础上发展起来的新自由主义经济学随之兴起，并逐步成为美英两国的主流经济学。以"华盛顿共识"的出笼为标志，新自由主义由经济学理论嬗变为美国的国家意识形态和主流价值观念。美国不仅是新自由主义的大本营，而且利用各种手段和条件，着力向外推行"华盛顿共识"。

新自由主义经济思想，表现在政府和市场的关系问题上，就是反对凯恩斯主义的国家干预政策，相信不受干扰的市场机制是最有效率的资源配置方式，主张实行"私有化""自由化"和国家干预的最小化。

在新自由主义经济政策的影响下，一方面，美国实现了经济增长和繁荣，但另一方面，社会分配关系严重失衡，超前消费、疯狂消费使美国政府和民众背上了极其沉重的债务包袱。所以，人们说要解决目前这场金融危机，仅靠数千亿美元救市是解决不了问题的，需要对以美国为代表的新自由主义经济体制进行全面反思和改革。

观察家指出，"华盛顿共识"的源头是世界银行，它已经放弃了对"小政府"的认可。它已经承认，没有有效的现代国家，就不可能有可持续的经济发展。

基于对发展模式的反思，一些西方国家开始采用国家干预理论作为自由市场经济理论的补充，即运用"有形之手"对国民经济的各部门和社会生产、再生产的各环节进行广泛调节和干预。人们注意到，早在2008年9月金融危机爆发前，奥巴马就在提醒美国公众，"政府干预"并不总是一个贬义词。金融危机发生后，就连最坚定的自由市场国家也开始进行国家干预以帮助私营公司。美联储仿效20世纪30年代的做法为美国公司提供紧急贷款援助，英国政府则拿出巨资，对银行业实行部分国有化。欧洲媒体评论说，尽管欧洲各国政府与市场的融合度与融合形式不尽相同，但大多数行动都朝着加强政府"有形之手"的目标努力。

全球化：脚步有所放缓

"世界是平的"——经济学家弗里德曼的这句话被认为是对全球化现象的经典描述。

全球化现象不是今天才有的，但始于冷战结束之时的新一轮全球化，在深度和广度上均有别于以往。1914年以前的全球化，世界范围内的日外贸交易额以100万美元计算，而到了1992年，每日交易额达8200亿美元。据国际货币基金组织的统计，仅1997年从发达国家流向新兴市场的私人资金总数就达2150亿美元。

以美国为代表的发达国家是新一轮全球化的"发动机"。美国是全球化的受益者，但随着时间的推移和形势的变化，美国国内也出现了不同声音。贸易保护主义思潮在金融危机爆发后有所抬头。美国国会众议院于2009年1月28日表决通过了一个经济刺激计划，规定凡计划涉及工程、建筑用钢铁必须为美国出产。这一规定被称为"购买美国货"条款，引起欧盟、加拿大等美国主要贸易伙伴的不满。为"购买美国货"辩解的美国钢铁公司纽克公司首席执行官丹尼尔·迪米科说："哪有什么自由贸易。所有的贸易都是人控制的。"面对国际社会的批评，奥巴马总统表示，美国不能发出保护主义信号。美国经济学家也敦促国会删除相关条款。2月4日，美国国会参议院以口头表决方式对这一条款进行了修正，规定当不违背美国在各项国际协定中的义务时，"购买美国货"条款可以被使用。但批评人士认为，修正后的条款仍具有保护主义色彩。

美国"买国货"条款引起全球一片哗然，与此同时，欧洲也出现保护主义阴云。在2月10日召开的欧盟财长月度例会上，欧盟轮值主席国捷克财长米罗斯拉夫·卡劳谢克坦言，欧盟内部的保护主义倾向是阻碍经济复苏的最大威胁。

在金融危机使经济形势急剧恶化的情况下，贸易保护主义呈现更加多样化和隐蔽性的特点，而且，其触角已伸向金融领域。发达国家主导的跨国垄断日趋严重，垄断与反垄断矛盾激化。一项研究显示，反倾销措施在很大程度上正成为关税壁垒等传统贸易保护措施的替代品，而新兴经济体已经成为重点打击对象。人们注意到，新一轮贸易保护主义正从发达国家蔓延到发展中国家，中国出口遭遇越来越多的贸易壁垒。世界银行预测，2009年全球贸易将缩减2.1%，这将是自1982年以来的第一次下降。

世界银行行长罗伯特·佐利克最近在新加坡说："我特别担心的是日益加剧的保护主义危险。"他说，"金融、经济和失业问题已经够严重的了，如果我们再引出一轮保护主义，那就可能加重（这场全球危机）。"英国财政大臣达林说，当下与保护主义做斗争比过去任何时候都显得更有必要。

有学者指出，经济繁荣时，"世界是平的"流行一时，大家都在分享"全球化"的盛宴。金融海啸来了以后，几乎就在一夜之间，"全球化"这个词再也没人提了，各家都在忙着自救，在失业率飙升的压力下，所谓的WTO规则，却成了必须践踏之物。

理性告诉我们，保证未来的繁荣发展并非来自保护主义，而是开放、贸易自由以及灵活的全球化进程，而这一进程必须是广泛的、持续的。所以，不论是去年年底的APEC峰会、华盛顿G20峰会，还是今年的达沃斯论坛、西方七国集团财长和央行行长会议，都强调反对和抵制贸易保护主义。

（2009年2月26日）

68. 从地图看地球

2003年10月15日，在343公里的高度上，中国人第一次在自己的航天器上看到了人类美丽的地球家园；2008年9月27日16点34分，"太空之门"——神舟七号载人飞船轨道舱舱门被打开，蔚蓝色的地球出现在航天员翟志刚的眼前，他跃出舱门，迈出了中国人首次太空行走的第一步……

这样的际遇，除了航天员，一般人是很难得到的。不过，我们尚有弥补之策——通过地图看地球。

零散的陆地挺立于浩瀚的海洋之中，这大概是我们看地图时的第一闪念。由此，我们联想到大陆漂移说。这一假说始于对"地球僵硬"及"大陆和海洋固定不变"说的怀疑和批判，而世界地图则是激发这一假说的触媒。真正令世人担心的，并不是大陆漂移说能否成立，而是人类对地球环境的破坏能控制在什么程度。著名物理学家史蒂芬·霍金最近警告说，由于人类对地球掠夺日盛，资源正在一点点耗尽，地球将在200年内毁灭。霍金的警世之言可能不久就被世人忘掉，但在地球人向其他星球转移之前，他提出的问题将永远是悬在人类头顶上的达摩克利斯之剑。

历史如烟，可能被人遗忘，但刻在地图上的印记却是无法抹掉的。打开今天的世界地图，沿着地图上标出的国界线，一些刻意为之的痕迹便会跳入你的眼帘，最典型的莫过于非洲的版图。那一条条直通通的国界线，是欧洲殖民主义者留下的爪印。在20世纪70年代之前，非洲的版图上尽是些欧洲王公贵族的名字。非洲人民不得不开展一场殖民主义地名大扫除运动，这才使地名非洲化。细看地图，人们还会发现，太平洋、印度洋、大西洋上的诸多岛屿，都留有欧洲国家的印记。在这些印记中，"发现"往往是扩张的代名词。它提醒人们，欧美的占有欲曾经何等强烈。

一个叫杰文斯的大英帝国经济学家1865年这样标榜:"北美和俄国的平原是我们的玉米田;芝加哥和敖德萨是我们的粮仓;加拿大和波罗的海是我们的林场……秘鲁送来白银,南非和澳大利亚的黄金源源流进伦敦;印度人和中国人为我们种茶,我们的咖啡、糖和调料的种植园遍布东印度群岛;西班牙和法国是我们的葡萄园,地中海沿岸是我们的果园……"

难怪欧美政治学者坦言,整个世界地图都以欧洲的色彩标识过:红的表示英国;蓝的表示法国;绿的表示葡萄牙,等等。

西方列强是这样走过来的,所以,有些人习惯以这种传统的思维和"谱系学"来看待今天的新兴大国,而不愿认同今天的新兴大国可能走另一条与之不同的和平发展道路。这种"以己之心,度人之腹"式的思维,导致偏激和无端猜疑。从这个角度上说,一些人对中国"威胁""傲慢""扩张"之类的妄议,根本不值一驳。

如果忽略陆地海洋,再去掉疆界,世界地图还剩下什么?结论可能只有一个字:网。

今天的世界地图上标明了打破时空阻隔的各类交通网,但它没有标明含互联网在内的信息网,以及遍布全球的金融网、物流网等。甚至于,它无法标明全球化时代的地缘线——一位俄罗斯学者最近撰文指出,在前几个世纪,一些国家通过发动战争占有土地,现在,全球土地流转在以更加"文明"的方式进行。据国际粮食政策研究所统计,老挝、柬埔寨、阿根廷、乌拉圭等国已出售或出租了约2000万公顷耕地。该学者说,如果土地重新划分继续下去,那么过不了多久,地球上的实际地区分布将与世界地图大相径庭。

"坐地日行八万里,巡天遥看一千河。"在互联网时代,"小小寰球"任你游,乐,亦在其中矣。但每一个地球人都不应忘记身上的职责,那就是:维护自己的利益,莫损坏他人的家园,恪守共赢的游戏规则,尊重多样化、多元化,如此等等。

"己所不欲,勿施于人。"——愿夫子之言,成为人类的共同理性。

(2010年8月31日)

69. 和平崛起：中国的国际战略抉择

"人人都说中国将称霸亚洲，但是，这种情况并没有发生，而是产生了相反的效果：亚洲呈现出欣欣向荣的景象。"——亚洲开发银行副首席经济学家让－皮埃尔·韦尔比耶斯特如是说。

中国和平崛起发展道路的要义何在？对此，中国领导人说得明明白白，那就是：中国不应当也不可能依赖外国，只能依靠自己的力量来发展自己。从本质上说，和平崛起发展道路乃中国的国际战略抉择。这是一种明智的抉择，也是为周边国家普遍能够接受的国际战略抉择。

前些年，国际上有少数人精心炮制、散布各种"版本"的所谓"中国威胁论"。这种错误的论调对中国与周边国家的关系产生了种种负面的影响。为了消除这种影响，近年来，中国在坚持传统睦邻友好政策的基础上，针对周边国家进一步提出了"与邻为善、以邻为伴"和"睦邻、富邻、安邻"的政策方针。不难看出，这样的睦邻政策不仅体现了中国的道义价值取向，而且也被赋予更加现实的共同利益因素。因此，这一政策在国际上日益获得广泛的认同和赞赏。

事实胜于雄辩。说得到不如做得到。

美国《洛杉矶时报》的文章说，有人曾预测，随着中国变成世界上廉价商品的主要生产国，它将挤垮它的邻国。但出乎这些人预料的是，中国的繁荣眼下也给亚洲带来了意想不到的好处。日本《每日新闻》载文指出，"在全球化的市场经济中，中国是在世界舞台上展开竞争的企业共有的消减成本的机器"，"不能利用中国经济的日本企业，在市场上将会败北"。英国的《金融时报》则指出，"新的东亚经济正在形成，它主要依赖地区贸易的大幅增长并以中国而不是日本为基础"，"中国取代日本和美国成为该地区的经济核心促进了这一地区的经济一体化并提高了它的威信"。

国际舆论对中国实现新的宏伟目标不是通过军事力量，而是通过外交与经济手段给予积极评价。国际舆论还注意到，中国融入世界经济之中，不仅提高了中国的国际地位，而且提供了施加影响力的新渠道。

人们还注意到，在过去两个世纪里经常爆发战争和内战的亚洲地区已经进入稳定、安全、经济不断增长、生活水平持续提高这样一个前所未有的阶段。中国在其中所发挥的作用是无人可以忽视的：

——去年10月，中国与东南亚国家联盟就建立面向和平与繁荣的战略伙伴关系签署一项联合宣言。中国还成为第一个加入《东南亚友好合作条约》的非东盟国家，该条约主张加强经济合作、文化交流以及和平解决争端。中国与东盟就创建中国—东盟自由贸易区达成协议，决定在2005年将双边全年贸易额从2002年的550亿美元增加到1000亿美元。

——中国同俄罗斯及中亚国家之间在上海合作组织框架内展开了全面合作。今年1月，上海合作组织秘书处在北京成立，标志着该组织的发展进入了一个新的阶段。

——中印关系明显改善。去年，中印两国签署了双边关系原则和全面合作的宣言，外电评论说这是"一项里程碑式的宣言"。去年11月，中国与印度两国海军首次举行联合军事演习，外电评论说，这种举动在五年前还是"不可想象的"。印度官方认为，印中关系"已经相当成熟"，而且"这种关系的影响是全球性的"。

——在东北亚，中国设法继续与朝鲜保持友好关系，决定采取更加积极的行动，并加强与日本、韩国和美国的合作以解决朝鲜核问题。

美国《基督教科学箴言报》引用中国问题专家爱德华·弗里德曼的话说，到2004年，中国是达沃斯经济论坛上提到的次数最多的一个词，中国更是亚洲关注和羡慕的焦点。无论是发挥在亚洲的作用，还是在它的边界上促成更大的稳定，中国在亚洲棋盘上的几乎每一部分都巧妙地移动，以改善关系。

俄罗斯总统办公厅副主任谢·普里霍季科最近撰文指出，持"中国威胁论"者不是对现代中国知之甚少，就是抱有历史偏见。有充分的理由推断，到21世纪中期，中国将成为世界主要强国。世界上没有一个国家的领导人不在考虑本世纪如何处理同中国的关系。答案是肯定的，就是发展全面的规模宏大的合作。俄罗斯做出的就是这样的选择。

一些美国学者认为，中国在亚洲的战略主导地位已经确立。与其他国家合作符合中国的长远利益，而这对于西方来说也是好事。

（2004年4月5日）

（此文获第十五届中国新闻奖三等奖）

70. 历史是最好的清醒剂

历史，可以从书本上翻过去，也能长存在人们的心中。

习近平主席在纪念全民族抗战爆发77周年仪式上的讲话中这样评说：历史是最好的教科书，历史是最好的清醒剂。

这两个"最好"，发人深省，予人启迪。

抹去77年历史的烟尘，日本侵略者的丑恶行径和险恶用心早已昭然若揭。战后以来，国际社会的主流认知和历史文本压制了日本一些人的"翻案野心"，今日国际关系的全新格局也使得日本右翼"足将进而趑趄，口将言而嗫嚅"。正所谓"过街老鼠，人人喊打"——有正义感的人，包括有见识的日本国民，都对复活日本军国主义的企图说"不"。

曾有人把日本比作中国的警钟。从这个意义上说，现今日本右翼倒是干了一件"正事"，它提醒我们：东邻有鬼，其魂乖戾。

有历史的观照和镜鉴，我们正身直行，众邪自息。

检视历史，看穿东瀛。1931年，访日归来的北大校长蒋梦麟说，60年来，中国人对日本人的认识和心理，是"轻日""师日""亲日""仇日"，但就是缺少"知日"。很多时候，我们吃亏就吃在这方面。

东瀛是中国一衣带水的邻邦。自古以来，两国关系就"剪不断"。隋唐时期，日本着意学习中国，尊崇中国；明清"鼎革"之际，日本开始看不起中国，由"尊"向"贬"转化；清朝末期，日本开始欺侮中国，将中国当作其扩张的对象；20世纪30年代，日本发动大规模侵华战争，欲全面灭亡中国；今天，日本嫉妒中国，刻意围堵牵制中国。从历史中不难看出，东瀛是一个"以怨报德的恶邻"。

战后迄今，日俄仍未签订和平协议，日朝仍未建交。自1972年以来，中国政府以"把历史问题当作历史"为工作核心，但目前中日关系的主题仍是历史问题，所以人们说，从狭义上讲，日本侵略中国的历史并未结束。一些日本政要在错误的道路上渐行渐远。安倍政权可谓一个典型。他只想日本"荣耀"，不愿中国辉煌。

检视历史，看清战争。尽管人们对战争的谴责由来已久，但战争在历史的长河中总是"雄赳赳"地走进人类的生活；尽管人们不希望"丛林法则"应用到社会生活中，但国际关系迄今没有摆脱这一法则。

近代中国有太多痛苦的记忆。这痛苦，主要是由西方列强的枪炮强加的，而日本则是"主要黑手"。

120年前的甲午战争是日本近代发动的第一场大规模对外战争，也是"明治神话"背景下的产物。这场战争让日本误以为战争和侵略可以带来富强，由此使日本社会普遍产生了"大国意识"。急剧膨胀的优越感，为军国主义思想的疯狂滋长埋下了毒种。

日本军国主义的凶狠、残忍、无人性等，都通过侵略者的屠刀表现出来了。在侵华战争中，日本一心盘算着如何征服中国，因此，不仅想在物质上消灭中国，更想在精神上制服中国。反过来看，一个国家若陷入被侵略被奴役的境地，就必然会生灵涂炭、家破人亡、民不聊生。国破、家破、人亡连带而出，心伤、心忧、心碎也将随之而生。鉴于此，重武、备战、应战、能战、胜战，是一个国家的基本功、必修课。我们不走"武力崛起"之路，但西哲早就说过，"渴望和平，就得准备好战争"。

检视历史，保持定力。近代以来，中国有过三次复兴进程，但前两次（1865~1894年间，1914~1937年间）都被日本打断了（甲午战争，全面侵华战争）。现在，我们比历史上任何时期都更接近中华民族伟大复兴的目标，日本又想与他人合谋，掣肘中国。

今天，中华民族复兴进程到了"关键一跃"的历史阶段。面对这一结构性事实，习主席及时告诫全党，"要高度警惕国家被侵略、被颠覆、被分裂的危险，高度警惕改革发展大局被破坏的危险，高度警惕中国特色社会主义进程被打断的危险"！

布热津斯基研究发现,处于上升期和衰落期的国家和人民的心理认同感是完全不同的,处于上升期的国家和人民往往充满活力、激情和创造力。中国为此论提供了"活板"。

越是这个时候,越要保持定力——千磨万击还坚劲,咬定青山不放松。须知,"世界掌握在那些有勇气凭借自己的才能去实现自己梦想的人手中"。

(2014年6月20日)

71. 从"狼来了"到"墙来了"

让世人吃惊的事,每天都在发生。但德国总理默克尔着实未曾想到,令自己吃惊的事竟发生在自己身上。不少媒体注意到,与特朗普在白宫椭圆形办公室接受拍照时,默克尔建议两人握手,结果却吃了闭门羹。

从这一外交礼仪"微澜"中,世人不难感受到,昔日"狼来了"如今已转换成"墙来了"。

二战结束以后,美国渐成"巨无霸"。作为西方发达国家的领头羊,它至少高喊过两次"狼来了"。一次是冷战期间,美国把苏联视为死磕的敌手,不仅向自己的盟国惊呼"狼来了",而且据前几年解密的文件透露,北美防空司令部曾多次发出苏联向美国发动导弹袭击的错误警报,险些引发美苏大战;另一次是"9·11"事件之后,它向世界叫喊恐怖主义"狼来了",并以是否支持美国反恐来作为划分敌友的标准。

这两次喊叫"狼来了",盟国都信了,并且跟着"出手"了。但是现在,再喊"狼来了",恐怕没几个人跟了。于是,山姆大叔变着花样玩了:修墙。

德国原本是有墙的。当年,美国起劲儿鼓动乃至参与策划德国拆墙。两德统一前,柏林墙拆了,现在只剩一小截供人参观,以铭记历史。吊诡的是,美国本届政府移情于墙,让美国从"拆墙派"变成了"建墙派"。特朗普竞选总统期间就承诺,上台后马上在美墨边境修筑隔离墙。入主白宫之后,一周之内就签署了关于修墙的总统行政令。目前这项工作已进入招标阶段。柏林墙受害者曾呼吁美国勿建隔离墙,但山姆大叔根本听不进去。而且,美国的隔离墙将高达9米,不可攀爬、无法凿穿或从下方穿过,面向美国境内的一侧"颜色美观",这都远远超过了当年的柏林墙。

特朗普修墙的宗旨很明确——"墙内开花墙外拦"。口头上，是将国民安全放在首位。实际上，这也是一种孤立主义的表现。他所顾及的，只是美国的边境安全和移民政策。这与德国的移民政策形成巨大反差。自2015年起，德国已接纳了超过100万移民。默克尔认为，在保障边境安全的同时，也应该考虑给予难民重塑生活的机会。

"墙来了"。对此，美国盟国的感受应该是最深的。美国既在美墨边境修筑有形的隔离墙，又在美欧之间修筑多堵无形之墙。

比如，北约内部之墙。据说，特朗普之所以不理会默克尔的握手提议，是因为他在生德国人的气：在他看来，美国向德国"提供了强有力的、非常昂贵的防务"，但"德国却欠北约一大笔钱"。这种识见，德国人当然不会接受。在德国人看来，今天的欧洲需要建立"现代安全概念"，不仅要建立一个现代化的北约，还应建立一个靠得住的欧洲防务联盟。用默克尔的话说，"欧洲人的命运掌握在欧洲人自己的手中"。由此可见，北约内部横亘着一堵墙。

再比如，全球贸易之墙。特朗普的执政理念是"美国优先""美国第一"。美国在全球化立场上的大幅退缩，令欧洲盟友感到担心和不快。法国舆论就指出，特朗普认为国际政治是零和游戏，而事实上，得到良好治理的全球化可以让所有人受惠：如果美国的盟友变得强大，那么美国也会因此成为赢家。

默克尔访美期间，有美国学者撰文指出，德美领导人的会晤很重要，因为它将决定西方是否能够渡过今后四年的难关，他们需要达成协议以拯救西方。可欧洲人应该想到，如今毕竟是"墙来了"，德美在欧盟、北约、移民、贸易、俄罗斯、伊朗核问题和气候变化等一系列问题上都存在不小的分歧，如果美国只建墙而不拆墙，西方的前景怎么可能美妙呢？

（2017年3月27日）

72. 间谍何以能"飞一会儿"

去年美国大选结束后，时任总统奥巴马宣布，因俄涉嫌通过网络袭击干预美国总统选举而对俄进行制裁。那一次，美将矛头直接指向俄驻美外交官，不但一次性驱逐了其中的35名，而且称他们为"间谍"。

只有俄罗斯会玩此类游戏吗？非也。时光拉回到2010年，两国之间也因间谍案起过纷争。只不过，彼此的角色正好反了过来，美国成了受指责者——被指用间谍案阻止普京再度竞选俄总统。

这种"间谍门"游戏，玩得有点过火了。个中三昧，当事方自有体察。

间谍是一门相当古老的职业，主要从事情报搜集和破坏工作。随着时代的发展，特别是科技的发达，情报搜集手段的花样翻新令人目眩。德国《明镜》周刊曾报道说，美国特别情报部门开发出一种名为"爱因斯坦"的监听设备，该设备不仅能监听手机、无线LAN、卫星电话的通信，还能掌握被监视对象身在何处。而据避难于俄罗斯的美国前中情局雇员斯诺登透露，中情局监控过包括德国总理默克尔在内的120多名外国领导人。此消息一出，默克尔大为光火：中情局搞监听，怎么连盟国领导人都不放过呢？俄总统普京则语带调侃地说，我羡慕美国总统，因为他可以"监听全球"，却不会因此而怎么样。

当今世界，是一个间谍横飞的世界。各式间谍何以能旁若无人地"飞一会儿"？

其一是利益竞争使然。随着世界多极化趋势的不断加强和国际竞争的日益加剧，但凡一国的经济、军事、政治、文化、科技、社会、宗教动态，各个领域的重要情报，都是感兴趣的另一国所觊觎的。这一点，在相互竞争或有矛盾冲突的对手之间，以及作为潜在对手的对象国之间，尤其明显。为搜集情报，一些国家不惜投入重金。2010年，美国首次公布情报部门预算，当年投入的经费预算高达800亿美元。日本的工业间谍活动向来无孔不入，据专家说，日本搜集的情报中有85%～90%是工业和经济情报，经过多年发展，目前已形成遍布世界各地的"商社情报网"。

其二是国家安全使然。有人说，当今之世，有实力求和平易，无实力求安全难。此话有一定道理。恐怖主义是全人类的公敌。自2001年以来，恐怖主义威胁消耗了人类的大量精力财力，不仅发达国家，很多发展中国家的反恐成本也急剧增加，这其中就包括情报搜集成本。经济安全、网络安全、环境安全等，都是间谍希望打进楔子的领域。2005年，美国五角大楼军事情报局将手下工作人员（包括专门负责招募间谍的特工）总数从6500人增加到7500人以上。为加强对互联网的监控，德国联邦情报局在近五年内投入了15亿欧元。

其三是政治权力使然。人们注意到，在现代国际关系中，间谍作为一门"斗争的艺术"，不仅承载着维护国家安全的原有含义，而且经常成为打击、抹黑对手的政治工具。近年来，美俄间谍门事件之所以屡掀波澜，概源于此。其背后，则是国际政治权力的激烈竞争——国际事务主导权、地区事务主导权、重要领域主导权，诸如此类。

在谍战中，一方之得必是一方之失。据专家分析，冷战期间，苏联雷达工程师托卡乔夫为美国中央情报局充当间谍，使苏联国防蒙受的损失超过20亿美元。在现实主义仍居主流的国际社会中，谍战风云一时难以打上休止符。

"谍谍不休"的事实警示人们，防谍反谍之心断不可无。

（2017年2月17日）

73. 国有疑难问智库

"我最欣赏的是东方人那种妙不可言的谋略，这在我为美国政府工作期间，给我帮了大忙。"说这话的，是美国前国务卿亨利·基辛格博士。

基辛格是中国人民的老朋友，他的名字可谓高山打鼓——名声在外。就是在美国国内，他也是一位依然当红的智叟——特朗普当选美国第45任总统后不久，就与这位年逾九旬的谋士见了面，与他谈论了中国、俄罗斯和欧盟等重要话题，寻求他对美国外交政策的建议。

说到基辛格，我们很容易联想起中国历史上"长使英雄泪满襟"的一个政治人物，他的名字叫诸葛亮。史载，公元207年冬至208年春，当时驻军新野的刘备在徐庶的建议下，三次到隆中拜访诸葛亮，但直到第三次方得一见。这一历史性的会面，让刘备的复兴汉室之梦长上了翅膀：诸葛亮为他分析了天下形势，提出先取荆州再取益州成鼎足之势，继而图取中原的战略构想。《隆中对》堪称智库之宝典。

古今中外，治国平天下无不倚智用智。汉刘向在其《新序》中感言："智士者国之器；国有智士，则无诸侯之忧。"

先有智士，而后有智库。这个数字是惊人的：据美国宾夕法尼亚大学智库研究项目研究编写的《全球智库报告2015》发布的报告，2015年，全球共有智库6846家。其中，北美洲拥有1931家，欧洲其次，拥有1770家，亚洲排行老三，拥有1262家。中国是世界第二智库大国。

智库者，公共研究机构之别名也。它之所以如雨后春笋般涌现，乃是因为它的功用受到普遍重视。有人形象地说，如果把政府比作国家决策的大脑，那么智库则可称为政府的"外脑"。在美国，有人甚至将其视为继立法、行政和司法之后的"第四部门"。

在21世纪的今天，世界政治、经济、科技、文化、军事格局都在发生深刻变化，洲与洲、地区与地区、国与国，彼此间的联系在加强，同时，又充满着矛盾和斗争。各国内部，政治、经济、文化、社会等，无不面临着需求与供给的矛盾。因此，治国理政、发展经济社会文化、振兴科技，任何公共决策都必须科学、合理、精准。这其中，自然少不了智库的作用。"万人操弓，共射一招，招无不中。"有学者将智库的重要作用归纳如下：为国家和各级政府科学决策提供重要的资讯参考；担当党和国家路线方针政策的增效器；担当人才蓄水池；促进决策民主化、科学化；促进国际交流与合作等。大而言之，智库的思想创新会影响一个国家和民族的未来。

智库的价值不可估量。首先，智库要有大智。即生产思想、设计政策之智。智者，识也。也就是说，智士的智最终要体现在识上。这个识，是系统性的识，是前瞻性的识，是专业性的识。没有深入的研究，不入专业的堂奥，不能对复杂的事物进行综合、辩证分析和抓住主要矛盾，那样的识终究是肤浅的。

其次，智库要有实策。提到"策"，我们自然会想到中国历史学名著《战国策》。战国时期，七国风云际会，合纵连横，战争绵延，政权更迭，都与谋士献策、智士论辩有关。最新的例子，是党的十八届三中全会召开前夕，国务院发展研究中心公开了其为本次全会提交的"383"改革方案总报告全文，该报告勾勒出一幅详尽的改革"路线图"，受到社会各界的广泛关注。

第三，智库要能致用。经世致用是智库努力的方向，甚至可以说是终极意义。当下，我们面临着破解改革发展稳定难题和应对全球性问题复杂而艰巨的任务，迫切需要大力加强中国特色新型智库建设。各国智库间的协调与合作也是致用的方向之一。近几年，中国举办了20国智库论坛、全球智库峰会、全球智库论坛，讨论的主题包括"共享人类智慧、共谋全球发展""建设命运共同体：合作、创新与展望"等。人们期待，全球智库将能真正汇聚全人类的智慧、思想，以扎实推进各国政府的战略、规划、政策对接，造福于各国人民。

（2017年1月25日）

74. 研战需要"无定"思维

据外电报道,美国军方最近使出这样一招:用科幻作品"备战未来"。报道中说,海军陆战队未来评估部和大西洋理事会,协调组织专业科幻作家进行军事领域的创造性科幻写作,描述未来战术作战环境,以凸显习惯性思维存在的空白。陆军也启动了"疯狂科学家科幻写作比赛",呼吁军人就"2030-2050年的战争"进行创意写作。

美军很早就发现了电影作为宣传工具的强大劝服效果,如今又把创意写作的招法引向军事领域,这的确给人以启示。

爱因斯坦说过:"严格地说,想象力是科学研究中的实在因素。"笔者曾听一位领导谈及装备研制时说,最先用到的是物理学家,继而是数学家,最后可能是哲学家。现在看来,这还不够完全。还应该加上幻想家。

二战时,日本偷袭珍珠港的消息传到美国后,举国震惊。在经历初期的震惊之余,美国公民纷纷向国家最高机构献计献策。民间"金点子"涉及的范围从国家政策到士兵装备,无所不包,充满了奇思妙想。"点子"数量最多的,当属各种充满幻想色彩的武器,其中一个有关"蝙蝠燃烧弹"的设想最终引起了军方的关注。对于用"蝙蝠燃烧弹"空袭日本这一看似奇幻的想法,美国时任总统罗斯福和美国战略情报办公室(CIA的前身)曾十分认真地予以对待。

古人云:"'周虽旧邦,其命维新',是故君子无所不用其极。"若将这句话挪到战争研究上,是否可以说,战神善变,研战维新,应无所不用其极。也就是说,战争手段不能无所不用其极,但研究战争的方法思路则可以如此。

缘何?

战争介乎"有定"与"无定"之间。这里所谓"有定",指的是战争是有自己的逻辑的，战争是有它自身的规律可循的，战争是有其独有的"形"和"态"的；这里所说的"无定"，指的是战争常常又是"无形"的、诡异的、不确定的。用孙子的话来说，兵无常势，水无常形。

"兵者，诡道也。"这也是兵圣之名言。"故能而示之不能，用而示之不用，近而示之远，远而示之近。利而诱之，乱而取之，实而备之，强而避之，怒而挠之，卑而骄之，佚而劳之，亲而离之。攻其不备，出其不意。"这些皆是随机应变、用兵取胜之道。实际上就是一种无定思维。

古人尚且善用无定思维，今人理当往前一步，以"无定"应"无定"。

有学者认为，在工业化之前，战争演变的诸因素相对固定并为人所知，所以，彼时的军事统帅们确信，从过去的战争中得出的经验，对将来的战争同样起着指导作用。但是，随着工业化时代的到来，技术化战争成为战争演变的主要推动因素，战争演变周期的间隔缩小而跨度增大。在这种情况下，战争经验的通用性大打折扣。美军近30年打的几场战争，每一场都是花样翻新，未曾相互复制。人们早已看出，随着非接触战争的滥觞，传统陆军诸兵种合成作战的光环黯淡下来了。

从接触战争到非接触战争，从对称性战争到非对称性战争，从机械化半机械化战争到信息化战争，从以冷兵器热兵器为代表的钢铁战争到以光武器为代表的光战争，从真实战争到虚拟战争，从应对传统安全威胁到应对非传统安全威胁，从有限战到超限战，战争机理无不隐藏于战争之中，欲得其中堂奥，需要拓展无定思维空间。

如果说，在虚拟战场上，上一代战争军事学的主要内容已丧失其意义，那么，我们研究战争机理，则应将虚拟战场一网打尽，让未来战争军事学的主要内容一一显现出来。

克劳塞维茨曾说："所谓兵法，实不过是对于一个战役史中，可能遭遇的一切境况，做合理思索的结果而已。"我们研战析理，实需多下一些"法无定法"和"定静安虑"的功夫。

（2017年2月20日）

75. 无信无省无理
——评小泉第三次参拜靖国神社

1月14日,日本首相小泉纯一郎又一次急匆匆地跑到靖国神社参拜。这是小泉担任首相之后第三次参拜靖国神社。这一错误举动随即遭到包括中国和日本人民在内的亚洲国家人民的强烈谴责。

靖国神社是一个什么所在,小泉心里比谁都清楚。靖国神社是日本祭祀明治维新以来历次战争(多为侵略战争)中死亡军人的场所,里面供奉着二战期间曾经屠杀无数中国和亚洲人民的甲级战犯的牌位。这样一个飘散着军国主义阴魂的地方,作为日本政府领导人的小泉却一而再、再而三地跑去参拜,其错误举动实在令人愤慨。中国已向日本提出严正交涉,并郑重指出,小泉的错误行动严重伤害了中国和亚洲人民的感情,损害了中日关系的政治基础,违背了日本政府愿正视和反省侵略历史的承诺。

以首相的身份参拜靖国神社,小泉不是第一个。1985年8月15日和1996年7月29日,当时的日本首相中曾根康弘和桥本龙太郎分别参拜过。但以首相的身份三次参拜靖国神社,小泉却是开了一个恶例。在今年参拜之前,他已于2001年8月13日和2002年4月21日两次参拜。虽然在参拜时间上玩了些小把戏,但这丝毫也不能改变参拜的错误性质。

小泉三次参拜靖国神社反映出什么?谓之曰:无信、无省、无理。

小泉首次参拜靖国神社后,曾表示愿承认侵略战争,反省历史,向中国人民道歉。但是,他一边信誓旦旦,说是要"认真反省""祈祷和平",一边却背信弃义,一再参拜飘散着军国主义阴魂的靖国神社,如此行事,实可谓无信。

靖国神社问题的实质是日本政府和领导人能否正确对待日本军国主义对

外侵略的历史。亚洲受害国人民一直希望日本政府和领导人正视历史，强烈要求日本政要不要到靖国神社为军国主义扬幡招魂。但小泉根本听不进去，连年参拜靖国神社，这充分暴露了日本政府主要领导人在历史认识问题上只是停留在口头上的假反省，而没有小泉表白的所谓"发自内心的反省"。

小泉前两次参拜均受到包括日本人民在内的亚洲各国人民的强烈谴责。明知第三次参拜会引起同样反应，但小泉仍然一意孤行还去参拜，这无疑是对侵略战争受害国人民的感情极其无理的蔑视和挑衅。

国之相交，诚信为本。表里不一，行不及言，何以取信于人？小泉的错误举动只能损害亚太地区的和平与发展，阻碍日本与亚洲各国建立互信互利的关系，伤害日本广大国民对过去的侵略战争进行反省的决心；只能迎合和助长日本右翼思潮，为日本社会右倾化逆流推波助澜。

事实一再证明，只有正确认识历史，才能避免历史悲剧重演；只有正确对待历史，才能确保亚太地区的和平与发展。日本有识之士早就指出，日本要摆脱历史阴影，实现政治、外交的大转型，必须在历史认识问题上对亚洲邻国做出切实的交代。企图绕过或者模糊历史认识问题的方法极不明智，事实上也是根本行不通的。

中国领导人多次强调，要"以史为鉴，面向未来"，这对保持中日关系的健康发展至关重要。日本政府主要领导人应当认真听取中国政府和人民以及亚洲各国人民的正义呼声，采取实际行动切实纠正错误，消除多次参拜造成的恶劣影响。只有这样才能取信于亚洲广大受害国人民，也才能取信于爱好和平的广大日本人民。

（2003年1月16日）

（此文获第14届中国新闻奖二等奖）

76. 法国人眼中的海

法国作家儒勒·凡尔纳早在19世纪就写出了著名科幻小说《海底两万里》，当代作家让—克劳德·穆勒法创作的《大海的孩子》深受青少年喜爱，在法国本土销量达50万册。这些都不奇怪。为什么？因为法国是一个海洋大国，人们知海、爱海、用海。

本月初，我随团赴法国参加中法高级军官防务与安全研讨班活动。在为期一周的研讨考察活动中，我耳闻目睹了法国人对大海探知、依赖和敬畏的复杂心情，以及大海之于法兰西的厚爱和挑战。

这次研讨的主题就紧贴着海洋安全。与会者不仅在巴黎的法国高等国防研究院里深入探讨相关问题，还有机会到土伦军港参观考察，与美丽的地中海做了一次零距离接触。

一位中国诗人曾这样咏叹："面朝大海，春暖花开。"在法国人眼里，海究竟是什么，其意义何在？

——海是主干道。法国人早就有经略海洋的意识，拿破仑时代就设立了海区行政长官一职。法国人深知，在全球化时代，海洋运输作用凸显，海洋的地位更加重要。今天，在国际贸易总运量中，三分之二以上的货物要经过海运，在有些国家，海运甚至占到货运总量的90%。从这个意义上说，海洋作为货物大通道的重要性远胜于陆地，关乎经济大国和海洋大国的经济命脉。金融海啸拖累了全球经济，但海洋运输却蒸蒸日上。据法国海运咨询公司预测，今明两年全球班轮运力平均增幅将达8.7%。据介绍，在亚丁湾海域，每天就有3~4艘法国商船经过。目前从事海洋工作的法国人不下300万。

——海是聚宝盆。法国总计拥有5500公里海岸线，其专属经济区面积达1100万平方公里，世界排名第二。谈及海洋开发，法国国家海洋开发研究院的专家如数家珍：海底砂石、海上风力发电、潮汐能源、海水净化、海洋油气、海洋金属矿产、渔业资源……"向海洋进军！"这是1960年法国率先提出的口号。海洋开发作为一个新经济领域，从内涵到外延都呈扩张趋势，法国在这方面可谓捷足先登。2006年之前，法国拥有1020万平方公里的专属经济区，但法国仍嫌不够用，便向联合国大陆架委员会申请扩大其专属经济区范围近100万平方公里。2009年，法国决定在地中海设立专属经济区。从这些举动不难看出，法国人执意从海中掏宝。

——海是风险区。从法国专家学者的介绍中得知，海上毒品走私、海上非法移民、海洋环境污染……一系列让人忧虑苦恼的问题摆在法国人面前。尽管有海关、海事局、海洋宪兵等职能部门担负起国家责任，但要对1100万平方公里的海域进行监控谈何容易。据介绍，法国海上力量有时需要48～96小时才能赶到任务区。从这个意义上说，海洋又是麻烦的温床。在土伦，我们了解到，法国在处理海洋事务时注重军地统筹。比如说，地中海海区司令兼海区行政长官，一个人两顶帽子，既负责海上安全事务，又应对海洋环境保护等问题。这样做，避免了"九龙治水"的机构重叠，提高了办事效率。但海上的问题很多，处理起来断非易事，不仅成本在增高，而且有些时候有力所不能及之感。海盗、非法捕鱼等成堆问题的处理都让法国人很挠头。

——海是黏合剂。海洋把陆地分割开，但又把各国各地区紧密地联系在一起。中国古人说，"海内存知己，天涯若比邻。"国与国之间要成为知己不是易事，但在全球化时代，相互之间的合作协调却是必不可少的。法国人对此极为谙熟。他们深切地感到，海洋事务需要国际合作，在打击海盗等诸多方面，有关国家之间应建立信息共享机制。法国不仅要与欧盟国家合作，也极需加强与其他地区国家的合作。

"海洋带来财富，也带来风险，加强海洋安全管控乃当务之急。"这是法国对话者挂在嘴边上的话。处理国际海洋事务，开发海洋资源，依国际法行事是大前提。照顾彼此关切，维护各自主权权益和各国共同利益，促进人类共同繁荣，更是题中应有之义。

（2011年4月17日）

77. 如何"照镜子"?

前不久,日本成立了一个由自民党当选5次以下议员为主组成的"思考日本前途和历史教育年轻议员会"。据报道,与会者一致认为,今后将通过听取有识之士介绍和举办研讨会等多种形式,就历史教育状况和方式进行广泛讨论,使之发展成为一项国民运动。

谈到日本的历史教育,天下有识之士无不感慨系之。感慨什么?感慨日本一些人不会"照镜子"。

每个国家和民族都有自己的历史,每一代人都在创造历史。但如何面对历史却是大有区别的,特别是对日本这样一个曾经发动过侵略战争、给亚洲各国人民带来深重灾难的国家来说,如何对待历史自然更受世人关注。令人遗憾的是,日本在战后五十多年来,始终没有在全体国民中树立起正确的历史观、战争观。自40年代末以来,日本就有一些人企图在历史教科书中做文章,欲掩饰日本发动侵略战争的罪行。80年代以后,文部省更是多次篡改学生教科书。非但如此,近些年来,日本政界要人还一个接一个地公开发表否定战争罪行、甚至否定日本曾经发动侵略战争这一历史事实的荒唐言论。若加探究便不难发现,其源盖出于他们错误的历史观。

历史是一面镜子,每个有理性、有良知的人都应以史为鉴。现在看来,日本要树立正确的历史观,光靠亚洲各国的批评和提醒还不够,还需要日本当局拿出实际行动,以对历史真正负责任的态度向年青一代进行历史教育。"年轻议员会"在这方面能发挥什么样的作用还不得而知,但人们希望,文部省也罢,国会也罢,其他日本政要也罢,都应正视历史这面镜子,不要再做误导国民、伤害亚洲人民感情的蠢事。历史早已昭示,谁为军国主义招魂,谁必将受到历史的唾弃。

(1997年3月25日)

78. 体恤动物

姜子牙直竿钓鱼，故有"愿者上钩"之说。这种今天看起来有些离奇的行为方式，其实在古代是很常见的。"渔而不网""弋不射栖"，说的都是同一个意思。

人类的"文明"生活已有数千年。与"文明"关系密切的"圈养"这个词，所表达的是人类与动物关系的一次革命。被"圈养"的动物从此彻底改变了其生活方式，其命运亦由隶属自然，变为隶属人类。鸡、犬、牛、羊、马，悉数被人类所驯服，所豢养。据说狗是公元前8000年时被驯服的。"一人得道，鸡犬升天"，人犬关系非同一般。罗伯特·路威说："初民比我们着了先鞭，凡是能驯养的物种全都给驯养了。结果，尽管我们有高深的知识，但我们并没有在他们的成就之上再增加些什么。"

人类自诩为自然界的"精神领袖"，因为只有人类是自然界中有思想的动物。然而，思想毕竟是后天得来的，从先天的角度来看，人是自然界的一分子，这是如何也摆脱不了的事实。具有调侃意味的是，正当人类处在"文明巅峰"之时，人与自然，特别是人与动物的关系却发生了十分深刻的危机。

1878年首次报道意大利鸡群暴发一种严重的病，当时称为鸡瘟，1955年才证实这种鸡瘟实际上是一种A型禽流感病毒。禽流感病毒广布于世界各地的许多家禽，包括鸡、火鸡、珍珠鸡、石鸡、鹧鸪、鸵鸟、鸭、雉、鹌鹑、鸽、鹅和野禽。众所周知，现在流行的病毒是H5N1型，它变化多端，比A型"聪明"多了。

这些年，因为有疯牛病，因为有艾滋病，因为SARS，因为有禽流感，人类大肆扑杀牛和禽鸟等动物。去年在亚洲多国发生的禽流感，导致近2亿只家禽被扑杀。今年的形势也十分严峻，全球范围内已有1.5亿只鸡因为感染禽流感而被宰杀。

由于长期圈养，人类对家禽家畜的感情与对野生动物的感情是不一样的。家禽家畜早已是刀俎之物，而野生的禽鸟却不同，它们多被人类视为朋友。所幸的是，现在扑杀的基本上都是家禽家畜，对野生动物并没有开杀戒。据说候鸟的迁徙路线有八条，其中有三条经过中国，这三条就足以覆盖全中国。人们担心的是，如果人感染禽流感一发而不可收，人类是否会向迁徙的鸟儿发动攻势？

杀"疯牛"、杀禽鸟显然是一种不得已而为之的做法。这种做法不仅经济上要背负很重的压力（今年已有100亿美元的损失），在情感上也对人与动物造成无形的伤害。

人类如何构筑与自然的和谐？难道动物真如有的人所说的那样具有"恐怖主义"的特征了吗？人类与他在地球上的朋友真的走到了对立面了吗？人类的恐惧究竟是来自外界还是来自他们的内心？

这些问题真的要好好想一想。

人类只是自然界各个链条中的一链而已。在人与自然的关系上，过于强调以人为本大概是行不通的。这和社会政治生活中强调以人为本绝对是两个不同的概念。从这个意义上说，禽流感是人与动物关系史上的一次"9·11"，它所考验的并不仅仅是人与动物的免疫系统，更将考验人如何处理与动物朋友的情感联系，使之不在人类自身以及动物身上留下难以愈合的伤痕和鸿沟。

（2005年11月28日）

79. 幸运"太子兵"

英国是当今世界为数不多的保留君主制的国家之一。因此，王室成员的一举一动总是格外引人关注。可以说，当年戴安娜王妃就是死于这种过分的关注之中。在新闻资源不断被挖掘的今天，王子与百姓"同袍"的故事肯定要被炒作一番。

去年5月，素有"花花公子"之称的英国哈里王子进入号称"英国西点"的桑赫斯特皇家军事学院深造。入校后，哈里王子暂时失去"尊贵的王子身份"，与其他学员平起平坐。今年1月，哈里的哥哥、23岁的威廉王子也进入这所军事学院，接受44周培训，而且，毕业后还将继续在军中服役。

在别人身上发生的事被当作很"正常"的情况而难入公众的眼球——正所谓"狗咬人不是新闻"，但同样的事发生在王子身上，其价值就不同了——正所谓"人咬狗才是新闻"。

其实，威廉很清楚，作为未来的英国国王和三军统帅，参军是他的必由之路，也是英国王室非常看重的优良传统。他的父亲查尔斯、叔叔约克公爵即安德鲁王子、祖父菲利浦亲王、曾祖父和曾曾祖父都参过军。他不过是在乘坐"传统之车"往前行罢了。

新闻报道中大多提到军事学院并没有对王子"法外施恩"，而是让这两位"王子兵"与其他人一样吃苦受累。

其实，英国王子今天的待遇较之中国古代的王子要幸运不知多少倍。在中国古代，王子多半是要被送往邻国做人质的。这是因为那时候各国之间没有形成现在的国际体系结构，没有通行于世的国际法和国际仲裁机构，国与国之间少有诚信，万不得已，只好用苦肉计，用国王的亲生骨肉到对方去做信用的代理品。《战国策》中有一篇著名文章《触龙说赵太后》，说的就是公元前266年，赵惠文王去世，其子孝成王继位，因年纪小，所以由赵太后（即赵威后）执政。此时，秦见赵新旧交替，国内动荡不安，以为有机可乘，便发兵攻赵。赵向齐求救，而齐开出的清单是要赵让孝成王之弟（赵太后最小的儿子）长安君为人质。赵太后溺爱小儿子，坚决不肯让长安君去做人质。于是，老臣触龙冒着风险出面劝说赵太后，终于使她同意让长安君去做人质，齐国这才出兵救赵。

实际上，王子做人质的待遇还算好的，公主的处境往往更糟。中国历史上，有不少以公主或宗室女下嫁番邦国王和亲的事例。为什么要这样做？大体上有两种情况：一种是国力不如人，以和亲委曲求全，以结好番邦；另一种则是国力强盛，威震四海，以和亲（有赐婚的意味）安抚边远之邦。

时代不同，国别不同，政治制度不同，国家观念不同，以古论今没有说服力。不过，有一点是相同的：中国人早就讲"王子犯法，与庶民同罪"。而在一个公民社会里，王子不仅在犯法时与庶民同罪，在履行公民义务时也要与民同当。要不然，王室就难以得到公民的支持。

（2006年1月16日）

80. 时不利兮骓不逝

当年楚汉之争,西楚霸王项羽在垓下之战中败绩,英雄末路,四面楚歌,他写下了"力拔山兮气盖世,时不利兮骓不逝"这样的诗句,哀叹时势不利,连他的骏马也奔跑不起来了。

在世人对新世纪到来的亢奋之情刚刚消退之时,第一个10年已悄然而逝。回首这10年风雨路,人们听见,山姆大叔频频发出类似西楚霸王的哀叹。美国《华尔街日报》撰文说,在21世纪头十年里,"美国迅速从资本主义的灯塔沦为展示资本主义制度某些缺陷的橱窗"。对美国经济而言,这10年可称为"失去的十年",人均资本净值下降了13%,人年均收入的增长是60年来速度最慢的,如此等等。

"失去的十年",这话源于日本。20世纪90年代初,日本泡沫经济崩溃,由此引发的经济衰退期限之长、程度之深,皆令世人瞠目,日本"失去的十年"之说由是而起。有人甚至极而言之,称这次经济衰退是"二战后日本的又一次战败"。

日本好不容易爬出了泥淖,想不到,美国紧跟着就陷了进去。难怪人们会想起马克·吐温那句名言:历史不会重演,但会惊人的相似。

习惯于以"力拔山兮气盖世"的形象示人的山姆大叔,怎会落到今天"时不利兮骓不逝"的境地?

个中苦涩,外人约略窥其一二。

一曰战争拖累太重。人们注意到,新世纪的头十年往往被战争缠绕:上个世纪是布尔战争,本世纪是阿富汗战争和伊拉克战争。古人早就警告,"大军之后,必有凶年"。奥巴马前不久在西点军校发表讲话时坦承,伊拉克战争占用了美国的主要兵力、资源、外交努力和全国的注意力——在伊拉克开战的决定还在美国与世界上许多国家之间造成了严重的裂痕,美国为此"付出了巨大代价"。这两场战争的开支总额已超过9000亿美元。由于增兵阿富汗,从今年起,阿富汗战争开支将首超伊拉克战争。美国人为战争埋单的日子,看来还没有尽头。

二曰危机来得太猛。当代美国人对"大萧条"这个词记忆犹新,想不到,一场凶猛的金融危机骤然而至,第二次"大萧条"迅速席卷了所有的发达国家。英国《卫报》发出这样的感慨:这个十年以萧条开始,又以更大的萧条结束,其实是一个利用借贷来掩盖现代全球资本主义深层次结构问题的过程。美国人对新10年的现实反应是,疯狂购买,用他们住房的膨胀价格为他们的肆意挥霍提供资金。种瓜得瓜,种豆得豆。"非理性繁荣"一旦崩溃,元气大伤在所难免。美国要想找到经济繁荣的新"引擎",让"驸"重新奔驰起来,并非一件容易的事。

三曰世界变得太快。从近些年的美国舆论看,山姆大叔的内心焦虑越来越多,"四面楚歌"之感越来越强烈。且听,美国人正在喊"狼来了"!美国人不愿看见的"狼"是一匹什么样的"狼"?是逼着美国走出单边主义的国际新兴力量。英国《金融时报》说,我们正在目睹美国梦幻般的"单极时刻"走向终结,西方霸权,特别是英美霸权开始没落,西方(特别是美国)的权威严重受损。世人看得分明,新兴力量的出现,使G20取代了G8。哥本哈根气候变化大会上,在富国与穷国、责任与义务、历史与未来等复杂关系的背景下,各方之间的博弈,被称为21世纪全球政治的"戏剧"样本,美国非但不能颐指气使,甚至近乎无计可施。

面对此情此势,山姆大叔可谓愁肠百结。英国媒体甚至说,21世纪头十年是美国由盛转衰的开始。山姆大叔兴许早有这样的内心独白:不是我不明白,这世界变化快。

(2010年1月8日)

81. 有趣的"快乐原则"

衡量一个国家宏观经济实力所采用的指标，最常用的就是GDP——国内生产总值。最近，美国普林斯顿等三所大学的经济学家和心理学家共同就有关项目进行研究后提出了一个新的统计方法：国民快乐总值（GNH）。这项研究的领头人物是2002年诺贝尔经济学奖得主丹尼尔·卡内曼。

卡内曼认为，"对健康或财富的衡量不能全面地体现整个社会或某个人群的状况"。研究者设想，将来有朝一日，国与国之间进行比较可能不是以它们生产的货物或提供的服务为依据，而是考虑其国民的快乐程度。

"快乐原则"新颖而且有趣。这一原则能否被真正采用有待时间做出回答，但正如一位学者所说的，"国民快乐程度是对国民生产总值的一种补充，它是一种革命性的新理念"。

GDP是指既定时期中，一国生产的所有最终产品和服务的价值。正常情况下，GDP增长意味着经济实力的壮大和社会财富的增加。但GDP指标也有其局限性，如不能全面反映增长的质量、产业结构、社会人文发展和环保状况等。一些产品计量也不充分，如你在家里包了三斤饺子，但你的劳动价值并不计入正式的GDP中。

GDP只是数目字统计，与国民快乐与否并无直接的关联。不过，经济学家们认为，在人均GDP达到1000美元后，人们的需求将不仅仅集中在物质上，还会有更多的精神需求。按照国际发展的经验，当人均GDP从1000美元向5000美元迈进时，往往是产业结构剧烈变化、社会格局剧烈调整、利益矛盾不断增加的时期。"拉美陷阱"说的就是一些拉美国家人均GDP超过3000美元，城市化率达到70%，但由于贫富差距过大，频发经济社会危机，发展严重受挫。

问题远不止如此。当人们过于强调GDP的绝对值时，往往只看重经济总量的增长而忽视了发展。实际上，增长与发展有着不同的内涵。增长只是GDP的增长、物质财富的增加，发展的内涵则要丰富得多，它是指包括经济增长在内的，教育、科技、文化、政治等多种因素的经济社会的综合进步过程。

1998年诺贝尔经济学奖得主阿马蒂亚·森对发展问题做了相当深入的研究。他认为，"发展可以看作是扩展人们享有的真实自由的一个过程"。在他看来，财富、收入、技术进步、社会现代化等固然可以是人们追求的目标，但它们最终只属于工具性的范畴，是为人的发展、人的福利服务的。

人是自然属性和社会属性的结合体。马克思主义认为，人的需要即人的本性。人的自然需要主要体现在人的生存、安全、健康等方面；人的社会需要不仅包括经济、政治的需要，还包括归属的需要、认同的需要、自尊的需要，等等。"以人为本"就要创造公平公正的社会环境，尊重人的民主权利，维护人的尊严，关心人的感情需要，满足人的自我实现需要，等等。这当中，似乎包含着快乐元素。

"国民快乐原则"是一个全新的概念，它提醒人们，增长和发展都要以人的福祉、生活的品质为依归。

（2005年1月17日）

82. 树木与森林之别

美国国防部不久前出台了《四年防务评估报告》。这份酝酿了四年的防务报告反映了五角大楼的新思想，引起外界的高度关注。但是，这份报告在美国国内并没有获得多少好评。美国国会众议院军事委员会就对这一报告感到不满意。该委员会主席邓肯·亨特批评防务评估报告"限制资源"，"对部队结构得出了某些自相矛盾的结论：它要求我们的武装部队比现在更能承担远征的使命，可是，它得出的结论是我们现在拥有足够的战略空运能力来完成这一使命，尽管我们目前的空运能力并不是为远征军设计的。"他还批评五角大楼强调"纵深平台的价值，但同时又建议削减轰炸机部队"。

据报道，亨特主持起草的众议院军事委员会的防务评估报告将对五角大楼的《四年防务评估报告》提出异议。其"异议"之一是要求美国大幅增加军队。

众议院军事委员会是美国国防政策和军事战略的决策机构之一。它对政府部门的报告提出异议倒也没什么新奇。不过，这个委员会的动向还是值得世人关注的。比如，他们对中国就格外"重视"。2002年5月，众议院军事委员会通过了加强"防卫"台湾条文，允许美国国防部向台湾提供援助，帮助其改善防御能力；2005年5月，五角大楼将《中国军力报告》送达国会后，邓肯·亨特批评该报告在评估中国的未来战略时语言"太过温和"；同月，该委员会声称中国的军事现代化已经"超过了合理的安全需要"，可能改变在亚太地区多年不变的军事平衡，并可能影响到美国在亚太地区的军事威慑力，因此建议在5年内禁止五角大楼从那些向中国出售先进武器的外国公司购买产品或服务；2005年6月，美国众议院正式成立"中国连线"小组，该跨党派小组以"关注中国军事"为要务。

据报道，拉姆斯菲尔德领导五角大楼制定《四年防务评估报告》时，原来只提及朝鲜、伊朗以及恐怖主义的威胁等，并没有直接提及中国的"威胁"。布什政府的多数官员认为，中国在这次《四年防务评估报告》所涵盖的4年期间，不会对美国构成重大威胁。但众议院军事委员会"及时"提醒他们要"注意"中国的军事动向。在此情况下，拉氏下令把中国的"军事威胁"纳入评估范围。在今年2月提交的《四年防务评估报告》中，果然再次渲染"中国军事威胁论"。邓肯·亨特向记者辩解说，报告中有关中国军力的描述"只是五角大楼对当今以及未来安全局势做全面评估的一部分"。亨特说："这不是一份政治性报告，而是一份描述现实状况的报告。事实上，中国正在大大提高自己的军力。"该报告对中国的指责遭到中国的坚决反对。

邓肯·亨特和众议院国际关系委员会主席亨利·海德、众议院小企业委员会主席唐纳德·曼祖罗，都是美国国会中举足轻重的人物，连布什政府都得罪不起他们。

在国会的要求下，美国国防部从1997年起每四年出台一份《四年防务评估报告》，去年的报告是在"9·11"恐怖袭击事件之后出笼的第一份全面反映美国国防和军队建设的规划，对美国近中期军事调整以及反恐战争起到了直接的指导作用。亨特批评五角大楼的报告"只见树木不见森林"，认为该报告只能作为加强美国防务的参考信息而不是最后的结论。

据报道，国会的防务评估报告将于今年4月初公布，其基调是"威胁"，而不是五角大楼的报告所强调的"能力"。世人倒想看看这份号称与《四年防务评估报告》大相径庭的报告到底是一个什么样的"森林"。

（2006年3月20日）

83. 有国籍与无国界

今年是世界范围的"爱因斯坦年"。英国皇家学会为纪念爱因斯坦的成就在网上举行了一次世界最伟大科学家选举活动，有趣的是，逾六成人把票投给了牛顿而不是爱因斯坦。他们的理由是：牛顿带领人们从迷信的年代过渡到现代科学模式，他的伟大著作《数学原理》更是现代科学的重要基石。

看到这则新闻，我问儿子：英国人为什么更喜欢牛顿？儿子回答说：这不简单——牛顿是英国人，而爱因斯坦是美国人。

想一想，这话有几分道理。科学无国界，但科学家是有国籍的。钱学森就说过："我在美国是学自然科学工程技术的，一心想用自己学到的科学技术救国，不懂得政治。""回到祖国以后，我通过学习才慢慢懂得马克思主义，懂得点政治，感到科学与政治一定要结合。"

牛顿被喻为英国人的典范。他去世后，被安葬在专供名人安息的威斯敏斯特大教堂的地下室。安葬在这个地下室的，有20多位英国国王，可见，英国人对科学家有多厚爱。英国一位历史科学家指出，如果没有牛顿提出万有引力定律，太空科技发展或人造卫星技术将难以达到今天的成就。

爱因斯坦是物理史上与牛顿并列的巨人。爱因斯坦分别于1905年和1915年提出了狭义相对论和广义相对论，重新诠释物理学的基本概念，修正了牛顿力学，取代了传统的万有引力理论，使物理理论的预测更为精确。毫不夸张地说，他们都是改变人类看世界方式的人。人们很难想象，如果没有他们两位，今天的世界会是什么样子。

中国人早就有这样的见识："天不生仲尼，万古长如夜。"孔子不是科学家，当年，当两个小儿向他请教太阳何时离地球近的问题时，他回答不上来，贻笑大方。但是，实际上，他对于人类的贡献并不亚于任何一位科学家。与科学家相类似的是,孔子也是一位有国籍无国界的知识分子。尽管他在中国的命运多舛,但经过改革开放二十余年的大发展,当中国以崭新的面貌矗立于世界,并正在成为一个举世瞩目的新兴大国,人们发现,不仅中国需要孔子,世界也需要孔子。中国人讲道,讲礼,讲和,讲仁,与儒家文化的熏陶是绝对分不开的。孔子对于今天东亚的文化整合依然起着极重要的作用。甚至在世界范围内,他的影响力也呈上升趋势。

但我们仅有孔子还是远远不够的。当今世界,科学技术是综合国力竞争的决定性因素。中国人的诺贝尔奖情结越来越浓,希望出现像牛顿、爱因斯坦一样的伟大科学家的情结也很浓。大科学家代表的是自主创新。当今中国早已脱离短缺经济时代,但我们却面临着短缺创新的困境。

最近,20余种中外著名科学家的传记图书《世界大人物丛书》赠送给北京的部分小学。主办者希望孩子们"读科学家传记,学科学家精神"。这样的事情多做一些,我们离出大科学家的距离可能就会近一些。

(2005年12月5日)

84. 预测陷阱

"计算机"现代流行的说法叫"电脑"。为什么不再习惯于叫"机"而多叫"脑"呢？我想，原因可能就是它发展迅猛，与人脑越来越接近。

近日有报道说，美国某所大学的科学家在一名瘫痪者脑部植入名为"大脑之门"的芯片，使患者能通过思维完成移动鼠标、更换电视频道和控制机械手臂。行家认为，随着大脑研究的深入和电子技术的进步，可以读懂人类思维并根据思维来控制电脑或机器的装置将日臻完善。

前不久我听了一场学术讲座，内容是关于计算机技术的发展趋势。开讲者是清华大学知名的计算机系教授凌瑞骥。

按理说，大学里的计算机系教授是电脑通，预测一下电脑的未来发展是"本分"的事。但是，凌教授却非常谦逊，明白无误地告诉大家："我无法预测今后五十年电脑的未来发展趋势。"他提到，十年前，为庆祝世界上第一台通用电子数字计算机ENIAC问世五十周年，美国计算机学会(ACM)主持编著了一本书，书名就叫《无法预计》，副标题是："今后五十年的计算技术"。

为什么会出现这样的预测困境呢？专业的说法是：现代电子计算技术在短短的几十年内实现了性能价格比数百万倍的增长，也就是在技术性能和功能极其迅速提高的同时，制造成本急剧下降（有人打了一个比方：如果汽车工业能像半导体同样快的进步，我们大家现在都应该驾驶着时速100万英里，价格只有25美分的世界顶级豪华轿车——劳斯莱斯）。这在人类文明史和科技发展史上是罕见的。正因为如此，要想精确地预测计算机技术发展的未来，几乎不可能。

凌教授举了几个例子，说明预测要冒多大风险。

1943年，IBM的创始人汤玛斯·沃森预言：整个美国只需要五台计算机；

1977年，美国DEC公司的CEO肯·奥森预言：家用计算机毫无用途；

1982年，比尔·盖茨说，在相当长的时间内，操作系统只需留出640K的内存空间给用户就足够了。

上述三大预言都失灵了。现在，美国拥有2亿多台计算机；美国80%的人在使用计算机，95%的中小学和72%的教室联上了互联网，平均每5名学生就拥有一台计算机；计算机的内存空间更是高达数百兆。他们都掉进了"预测陷阱"。

尽管如此，凌教授还是做了一个"大胆预测"：今后五十年电脑有两大发展趋势，一是高性能计算，二是无所不在的计算。

人类对高性能计算的需求是没有止境的，然而，计算机芯片的发展在物理上是受限的。正因为如此，有人早已开动脑筋，打别的主意了。生物计算机、光计算机和量子计算机均已进入人们的选项。这情形有点像人类开始寻找替代能源。

传统计算机用电位高低表示0和1以进行运算，量子计算机则用粒子的量子力学状态如原子的自旋等表示0和1，称为"量子比特"，不仅运算速度快，存储量大、功耗低，而且体积会大大缩小，一个超高速计算机可以放在口袋里，人造卫星的直径可以从数米减小到数十厘米。据报道，美国科学家新近研制出一种"平面离子陷阱"，该技术有望用于大规模制造量子计算机的基本元件——量子比特，加快量子计算机的研制过程。

这样说来，十年内研制出量子计算机的愿望又朝前迈出了一大步。

（2006年7月24日）

85. 只缘妖雾又重来

2005年是中日关系没有走出低谷的一年。中国驻日大使王毅感叹这一年"充满了曲折和波澜，面对前所未有的困难"。今年开年之后的情形也并不令人乐观。

为什么会出现这样的局面？一个沉甸甸的诱因是："妖雾"重来。

这里所说的"妖雾"指的是什么，明眼人一看便知。这"妖雾"不是来自中国，而是来自日本。不是来自日本的民间，而是来自日本的官府。不是来自日本一般的政治人物，而是来自重权在握的"两相"，一个是首相，一个是外相。

小泉近日指称，中韩反对他参拜靖国神社的立场"不正常"。他对日本舆论引导者及知识分子不同意他在靖国神社问题上的立场表示"不理解"。"不理解""不正常"还是"不反省"？"不反省"是因，"不理解"是果。作为日本首相，小泉罔顾中韩等国的反对，竟一连五次跑去参拜供有二战甲级战犯牌位的靖国神社。他声称："参拜是内心的问题，不是能受别人指使的问题。"可事实上，据媒体最近披露，无论是在青年时期还是在从政之后，小泉都从未对靖国神社表示出一点兴趣。只是在2001年参加自民党总裁选举时，他才开始保证每年参拜靖国神社。由此可见，他所谓的"内心"是故意"秀"出来的，国际舆论就说"他的表演是为了争取国内的观众，以提高自己的支持率"。

麻生太郎就任日本外相的时间并不长，说他一张口就生出麻烦是过分了，但他的狂言谬论给中日关系带来的麻烦实在不少。替小泉参拜靖国神社狡辩，为日本殖民统治涂脂抹粉，对中国和平发展乱扣帽子，这些乖张之举与一国的外相本来是不应该沾边的，但麻生太郎却乐此不疲，很有些"语不惊人死不休"的架势。

  国际舆论指出,小泉等人的"玩火"之举已在亚洲产生严重后果。现在,不仅亚洲国家对麻生等人的谬论"表示强烈愤慨",连欧美国家也早就看不下去了。日本所仰仗的美国已开始批评小泉等人的错误言行,二战后彻底反省从而赢得称赞的德国在责问小泉为什么要搞"参拜文化"。国际舆论还指出,小泉的接班人如果继续参拜靖国神社,那么,世界对日本的批评将会更加严厉,甚至存在日本陷入十分孤立境地的危险性。

  中日关系的发展来之不易。历史早就表明:东瀛"妖雾"一来,两国关系必然倒退;什么时候拨云见日,则中日关系就能顺顺利利地发展。中日两国人民对两国关系的良性发展充满期待,因为中日关系不仅对两国本身,而且对东北亚乃至整个亚洲来说都至关重要。但愿障碍早克,症结早解,"妖雾"早除。这里的关键是日方要把对侵略战争的反省切实落到行动上,不要再做伤害战争受害国人民感情的事。

(2006年2月10日)

86. 有一种战争叫演习

战争不常有，演习时常见。

就拿9月份来说吧：3日，有英法德等14个国家参加的"2004公开精神"国际扫雷联合军事演习在立陶宛近海拉开序幕；4日至16日，北约16个成员国的空军在土耳其举行代号为"北约空会"的空战演习；6日至17日，捷克与英国举行联合军事演习（代号为"飞翔的犀牛2004"）；新加坡、澳大利亚、马来西亚等五国联防组织成员国10日开始举行为期15天的联合军事演习……

枪林弹雨，硝烟弥漫。如此频繁的军事演习，似乎应验了托洛茨基的一句名言："也许，你对战争毫无兴趣；但是，战争对你却兴趣甚浓。"

军事演习是军事训练的最高阶段，也是一种最直接的战争准备。没有哪个国家的军队不重视作战预案的试验场——军事演习。

美军每年在全球范围内要举行数百场演习，其陆军要求旅每12~18个月进行一次诸军种联合或多国部队联合演习，师每年必须组织2~3次指挥所演习和1次野外联合演习。

伊拉克战争后，俄军实兵演习次数明显增加。2003年，俄军师、旅、团级规模的实兵战术演习和首长司令部演习达到537次，创俄军组建以来的历史新高。

美国将军林克有这样一个观点：如果你要模拟未来战争，就必须是自由推演，武力对武力。军事演习不是挠痒痒，而是要打弹发炮，动真格的。如2002年7月美军举行代号为"千年挑战2002"的美国历史上规模最大的一场联合军事演习，就包括野战部队的实战演习。

大多数军演都是秘而不宣的，因为它具有较强的针对性；但也有些演习却恰恰相反，唯恐他人不知情，其宣示性和吓阻性昭然若揭。除此之外，今天的军事演习越来越具有联合的性质。冷战结束以后，俄罗斯参与了北约和平伙伴关系计划，成员国之间要定期举行联合演习。如2001年9月，俄法空降兵联合演习；次年8月，俄德空降兵首次联合演习；今年7月，俄美英三国军舰首次在远东地区举行联合演习。这在过去是不可想象的。

基于非传统安全因素的挑战，越来越多的军事演习具有一定的开放性。如俄罗斯今年8月举行的"事故—2004"反恐军事演习就首次邀请了北约观察员观看演习。根据协议，明年俄罗斯也将派观察员观看北约一个成员国举行的此类演习。

"今天的演习，明天的战争"是时下的一句"口头禅"。军事演习常显示其超前性。如1997年美国"未来陆军"就进行了一系列有关未来战争的模拟演习，以研究2020年可能影响与主要军事对手作战的战略战术问题。

在信息化时代，军事演习的虚拟性更是自不待言。美国"千年挑战2002"演习实际上分为两个部分，其中一个重要内容就是计算机模拟作战演习。今年3月，日美以朝鲜为假想敌进行了一次联合计算机模拟军事演习。

（2004年9月20日）

87. 足球　政治　战争

足球与政治、战争不是一条道上跑的车，奇怪的是，它们竟能"粘贴"到一起。

眼下，德国世界杯赛得正酣，32支球队谁也不让谁。毕竟，能打进世界杯的，都不是等闲之队。

足球与政治如何结合？我们可以说，每一支球队和它的支持者们都代表着一种政治，足球与政治的结合是永久的。因为世界杯是以地区和国别来划分界别的。但我们又可以说，足球与政治的结合是相当短暂的。

在本届世界杯上，将足球与政治真正联系在一起的，只有一支球队，那就是塞尔维亚和黑山足球队（塞黑队）。由于黑山前不久刚刚通过全民公决，要从塞黑共和国中独立出来，因此，这场球赛一结束，塞黑队就要画上历史的句号。他们第一次也是最后一次参加世界杯比赛。塞黑队为谁而战？为政治而战，还是为足球而战？答案只能是后者。

世界杯开赛前，联合国秘书长安南在德国《图片报》上发表文章，他写道：我非常嫉妒世界杯和足球所带来的魅力，它是世界上唯一一项备受各国欢迎，不论种族和宗教都能参与的运动。足球运动是减贫、促进和解、团结人民的催化剂，没有哪一项体育运动能与足球相比。世界上最有权势的体育组织国际足联也是唯一一个能与联合国媲美的机构。

安南将拥有205个成员国的国际足联与联合国191个成员国相比，但不同的是，前者讨论的都是世界杯。他还希望人们能够像讨论他们所钟爱的球队在世界杯上的表现一样，认真地对待发展问题。看来，安南想将足球与国际政治"粘贴"到一起。

有人说得好，足球的魅力就在于它是圆的。因为它是圆的，所以，什么事情都可能发生。

　　2000年5月，打了十来年内战的塞拉利昂终于迎来了和平。战火虽熄，伤痕犹存。如何使这个国家尽快走向团结？联合国维和部队想出了一个主意：用足球来泯怨仇。于是，他们组织了多场足球比赛，维和部队还有意与由原反政府武装人员组成的球队打了一场比赛，这场比赛使"踢足球，不打仗！"这句俗语成为风靡一时的和平标语。

　　在本届世界杯上，科特迪瓦足球队把足球与战争联系了起来。

　　在战乱频仍的科特迪瓦，许多人相信，足球是拯救国家的"最好药品"，他们国家的足球队可以帮助结束该国的内战。参加本届世界杯的该国的足球队员们也认识到，他们肩负的不仅是比赛，而且还有和平使命。联合国秘书长安南也说，对科特迪瓦这样曾遭受内战导致分裂的国家而言，世界杯是民族团结的象征和新希望的开始。

　　小小的足球竟有如此魅力，这超乎人们的想象，但又在情理之中。

　　我们可以说，足球离战争最近。为什么？人们常说，足球是和平年代的战争。球场如战场，排兵布阵，攻城略地，或力战或智胜，均需运用战略战术。战争的诸多元素，足球场上都用得着、看得见。

　　但我们也可以说，足球离战争最远。为什么？战争是暴力冲突的最高形式，而足球场上仅仅是力量的比拼、智慧的展示，或者说是人类交流的一种方式。人们曾形象地将围棋比赛喻为"手谈"，如此说来，足球比赛不是可以称之为"足谈"吗？一个"谈"传递着友谊和相互尊重，它打破了"敌人"的概念樊篱，将厮杀转化为审美观照。

　　足球，政治，战争，这些不同元素混合在一起，构成了今天的世界。我们似乎可以说：世界杯的影响力越大，世界和平就多了一份"安全系数"。

（2006年6月19日）

88. 修行也流行

什么是时尚？这个问题真不好回答。因为，时尚这东西变来变去，把握不定。

比如说，谁知道今天的日本，"短暂出家"竟成了时尚？有报道说，修行、朝圣、坐禅，是时下日本人着迷的东西。日本四国地区流行参加88所寺庙巡回朝觐，人气急升，出现了许多短暂的朝圣之旅，除标准的八宿九天日程，可供选择的还有只用一两天时间参拜某一县圣地的项目，或者在不同时间，分两三次参拜完所有的圣地。

无独有偶。前不久，笔者的一位亲戚对他的家人说，常年跑市场太辛苦、太累了，想找个寺庙"修行"一段时间。

修行也流行，这真是一个奇观。

诚如哲学家所言，但凡存在的总有其合理性。

从表象上说，日本人工作时间过长，工作压力太大，是"修行"的诱因。但是，他们为什么要去朝圣、苦修呢？不是有各种各样的排遣方式吗？可以去旅游，或者开展体育锻炼啊。但是，这些似乎已经不能满足他们的精神需求。传统的冥想、瑜伽、朝圣、坐禅、苦修等方式更能吸引这些精神疲惫的人。

据报道，日本人平均每周工作43.5个小时，每周加班时间超过12小时，一年平均休假不到法定时间的一半，这使得60%的日本人感到身心疲惫。

日本是一个极端，但不是一个特例。我们也在不知不觉地加入到这一行列中来了。

据北京安贞医院前年的统计，每周会有2~3名45岁以下的中青年人，因心梗或脑卒中急性发作住进重症监护室。安贞医院历时10年在70万人群中进行的调查显示，10年间，脑梗死、脑出血等急性脑卒中在35岁年龄组男女发病率分别增加了136%和220%；而急性冠心病男性在45岁至49岁年龄组增加了50%，女性55岁至59岁年龄组增加了32%。一些疾病的发病年龄大大前移，痛风、肿瘤等多发于老年人身上的病，现在中青年群体中屡见不鲜，尤其是高血压、冠心病等心血管疾病，已经成为青壮年群体最常见的疾病之一。

现代社会生活节奏的不断加快，导致人们的体力负荷和精神压力不断上升。20世纪六七十年代，日本学者提出了"过劳死"理论。据当时统计，死于心脏病的21万日本人中，至少有20%以上死于"过劳"，且多半是年轻力壮的中年人。我国家体改委近年的一项调查显示，我国知识分子的平均寿命只有58岁，低于全国平均寿命10岁左右。"亚健康"在相当一部分人群中存在。

除了体力和精神的双重压力外，生活富裕也会带来一些问题。英国学者奥弗教授在其《富裕带来的挑战》一书中就指出，英国和美国的生活水平不断提高，人们变得浮躁，从而削弱了人们的幸福感。社会变得越富裕，那些支撑人们信念的传统和机制以及有远见的行动越在消失。20世纪20年代，有一位德国哲学家就曾跑到东方，苦修六年，体会禅心。

短暂修行的人多半不是去信教，而是想给心找一个家，使疲惫的身心得到暂时的纾缓，在宗教仪式中找到精神的"解脱"。寻找精神的避风港可能是当下不少人的追求。有的日本人干脆把现在流行的朝圣、苦行叫作"重生"。他们礼佛、唱经，目的并不是"出世"，而是重新"入世"。

有学者指出，现代人只有把心理——生理——人生哲理连在一起，注重心性的修养，才能在"社会/市场竞争"的架构中确定自己的位置，从而展开新的人生。

（2006年7月3日）

89. 吓唬人

据在美国生活过的中国人说，美国人从来不吓唬孩子，不给孩子讲什么鬼故事，但是他们会教育孩子如何认识大自然的规律。从小就独自在一个房间里睡觉，是所有美国孩子的生活方式。

美国人不吓唬自己的孩子，却把吓唬人的功夫用到国外去了。

就拿最近发生的一件事来说吧——本来，在法德两国的积极推动下，欧盟明确表示有意在今年6月前解除已实施了16年之久的对华武器禁售令。但是，自2003年12月欧盟首脑会议做出重新审议对华军售禁令的决定以来，美日两国却不断从中作梗。美国更是不停地吓唬欧盟，要它改口。

美国拿什么来吓唬欧盟呢？它看清了欧盟的最大软肋是在军事和安全上有求于美国，于是，就放出话来：如果欧盟坚持在今年6月底前解除对华武器禁运，美国将中断多项美欧军事合作项目。这还不够，它还以贸易制裁向欧盟施威。

美国的理由是什么？布什说：欧盟解除对华军售禁令将改变台湾海峡的实力均衡。国务卿赖斯则声称：欧盟是否解禁对华军售是美欧之间"真正的分歧"。

在美国的压力下，欧洲议会4月13日以绝对多数票通过了不要对华解禁的决议。这也就是说，欧盟原定今年6月考虑解禁的政策变得不确定了。

美国爱吓唬人，渊源有自。

2003年10月，美国俄亥俄小报《刀刃报》曝光美军越战恶行，在美国引起轩然大波。报道说，越南战争期间，美军士兵从越南死者头上切下耳朵在当时是很普遍的现象。美军"老虎部队"曾戴着用人的耳朵穿成的项链吓唬越南平民。

冷战年代，苏美以吓唬对方为乐。苏联曾将核导弹运进美国的后院古巴，当时，美国真的被吓得够呛。若干年之后，它也使出了吓唬苏联人的招数："星球大战"计划。苏联外交部发言人格拉西莫夫曾坦言："星球大战"计划的确是非常成功的吓唬手段。苏联想跟美国搞军备竞赛，但经济实力不够。

今天的欧盟真的被美国吓唬住了吗？欧盟理事会秘书长兼欧盟共同外交与安全政策高级代表索拉纳指出："在缺乏军事能力的情况下，欧洲将永远是只纸老虎。"

然而，美国何尝不是纸老虎？

1964年1月30日，毛泽东对法国议员代表团说，"在我们之间有两个根本的共同点：第一，反对大国欺侮我们。就是说，不许世界上有哪个大国在我们头上拉屎拉尿；第二，使两国间在商业上、在文化上互相往来。希望你们把什么禁运战略物资也反掉。现在卖给我们的只是些民用物资，战略物资还不卖，美国不让卖。我说，总有一天会突破这个缺口。"

"美国吓唬一些国家，不让它们跟我们做生意。美国是只纸老虎，你们不要相信它，一戳就穿了的。……大国来控制我们国家，那不行。"

不论美国是纸老虎还是真老虎，吓唬人的事总是不能长久的。

不论是对中国，还是对欧盟，毛泽东当年说的话今天依然响亮："大国来控制我们国家，那不行"。

（2005年4月25日）

90. 唯一的英雄

今年1月19日，美国全球公民协会在联合国总部向俄罗斯预备役中校斯坦尼斯拉夫·彼得罗夫颁发了特殊的奖项——"拯救全球的英雄行为奖"。

这一荣誉从何而来？要说清楚这个问题，就必须把时光拉回到20多年前的冷战背景。那是1983年9月26日，在苏联导弹袭击预警系统指挥所担任执勤任务的彼得罗夫，接到电脑发出的美国向苏联发动导弹进攻的错误警告后，冷静做出判断，没有将这一信息向上级领导汇报，从而避免了可能因错误信息引发的一场核战浩劫。

这个故事今天听来似乎很平常，但在那个特定的年代，意义绝非寻常。在冷战吃紧的1983年9月1日，苏联在远东击落了一架载有269人的韩国飞机，引起世界震惊，美国强烈谴责苏联的行为，北约则酝酿在欧洲发动大规模军事行动。

实际上，自核武器问世以后，核战争的威胁就一直存在。据解密的美国政府文件披露，除了二战期间向日本扔下两颗原子弹，在长达39年的冷战中，美国政府先后16次试图动用核武器，并数次把人类的文明推向毁灭的边缘。战后美国首次试图动用核武器是在1946年第一次伊朗危机期间。此后，美国在朝鲜战争、柏林危机、苏伊士运河战争、第二次柏林危机、第三次柏林危机、古巴导弹危机、约旦以色列危机等多个危机期间都曾试图发动全面核战争。

当然，绝对意义上的核战争只存在于美苏两个超级大国之间。它们各自拥有的核武器数量惊人，以至于不得不以"相互确保摧毁"来制衡对方。

在这样一个大背景下来看彼得罗夫的英雄行为，人们无不为他的沉着、冷静、理性、睿智、胆识而击节叫好。在拯救人类的历史进程中，他是一位令人心存感激的真正的英雄。所以，尽管时间过去了二十多个春秋，但美国人民并没有忘记这位前敌国的英雄。与此同时，彼得罗夫也是一位迄今为止用"反战争"来"拯救全球"的唯一的英雄。

当世人把目光投向今天的世界时，人们尚没有理由对人类的前途感到乐观，因为，彼得罗夫曾面临的危险，今天依然存在。目前，美俄逾4000枚战略核弹头仍处于高度战备状态，在极短的时间内就能发射，并迅速摧毁这两个国家。对此，人们又怎能不忧虑重重？核大国之间会不会因错误信息而擦枪走火？从理论上说，这个危险是存在的。近年来，一些国家又提出了必要时对恐怖主义势力进行先发制人的核打击。问题是，有没有第二个、第三个彼得罗夫，能够在最关键的时候挺身而出，以自己的智慧做出正确的判断，担当错误战争的灭火队员？

从一定意义上说，彼得罗夫的行为也是一种"慎独"。因为，"慎独"的前提是坚定的内心信念和良知。从现实生活的角度来说，不可能人人都能成为彼得罗夫式的英雄，但时常会需要当事者像彼得罗夫那样做出正确判断，以自我的小的行为来实现拯救世界的大目标。因此，如果能抓住机会，人皆可以为尧舜。

（2006年2月6日）

91. "第一网国"也疏而有漏

俄军最近击毙了车臣非法武装头目马斯哈多夫，除心头之大患。可是，美国搜捕本·拉登已四年有余，却竹篮打水，心患、隐患犹存。《纽约时报》最近援引一份政府机密报告说，"9·11"事件后，美国花费了120多亿美元用于加强航空安全，但其航空安全仍存在不少漏洞，容易遭到"基地"组织和其他恐怖组织的袭击。

这不能不使世人对美国的"织网"能力产生怀疑。

多年来，美国就像一个蜘蛛巨无霸，不停地编织着"天罗地网"，甚至称得上是世界"第一网国"。

二战结束后，美国开始编织遏制共产主义的军事网，先是与西欧国家建立北大西洋公约组织，后来又起首搞什么东南亚集体防务条约组织和巴格达条约组织。一直以来，美国是与他国订立军事条约最多的国家。冷战结束以后，它也没有停止此种织网的工作，反而借海湾战争、苏联解体、阿富汗战争、伊拉克战争之机，大肆向前东方阵营营盘进军，将军事网越织越密，越织越大。美国通过编织强大的军事网，不仅要将世界战略要地掌控在手——这方面总是屡屡得手，其全球军事部署的调整，正是为了适应新形势的需要；而且要掌控世界军事的高边疆，不惜血本搞战略防御系统，就是具体体现。

TMD（战略防御系统）、NMD（国家导弹防御系统）是人类迄今代价最为昂贵、层次最高的两张"天网"。提到它们，人们就会联想起好莱坞大片《蜘蛛侠》。科幻、冒险、惊悚，是本片的特点，从一定意义上说，这也是美国的特点。至少是美国所追求的目标：以超人的力量来征服世界。以美元为织物的经济网，以好莱坞大片为织物的文化网，人皆熟知，无须赘言。

当今最时髦的网——互联网——也是美国人率先织出来的。美国专栏作家尼葛洛庞帝说，互联网完全可以"一网打尽全世界"。而这个叫作NET的东西，借着全球化的威力，一夜之间变成了INTERNET（国际互联网）。微软为什么那么牛？还不是因为它拥有核心技术。当其他国家也纷纷加盟"信息高速公路"时，美国早已在设计打信息战了——美国撒网的速度总要比别人快。

从网的功能上讲，无非是两个，一个是将物什网进来，二是将物什挡在网外。说白了，美国编织军事网、文化网、经济网，目的是为了维护自己的利益，保障自己的安全。

然而，正如《红楼梦》里王熙凤所说的："大有大的难处。"尽管美国编织了无数的网，但"天网恢恢"，疏而有漏。且不说TMD、NMD之类的天网不可能将来袭导弹百分百拒于国门之外，就是在一般的安全问题上，美国也不能高枕无忧——"9·11"事件令美国痛心疾首到如今，抓不到拉登不说，要真正解决航空安全隐患问题，就够"山姆大叔"费一番心思的了。

（2005年3月21日）

92. 透过三个关键词看国际关系

从叙利亚危机到朝核问题，从去年美国总统大选到今年法国总统大选，围绕如何看待当今国际关系的讨论纷繁复杂。虽然各国政府、智库、媒体甚至普通民众都可以表达自己的观点，但要真正理解国际关系，并不是一件容易的事。

关系千万重，镜像时时新。随着世界多极化、经济全球化、文化多样化和社会信息化的深入发展，透析国际关系新格局，有三个关键词需要加深理解。

关键词之一：全球化。当前，全球化与反全球化力量进入一个"深度博弈期"。不论是美国大选还是法国大选中，都有不少人极力排斥全球化，要"去全球化"。从现实情况看，贸易保护主义正呈上升趋势：仅2016年上半年，20国集团成员就对它们的贸易伙伴采取了近350项歧视性措施，这一数字是2009年的4倍。毫无疑问，全球化发展走到了一个十字路口，贸易保护主义者面对全球化，看到的是"零和博弈"的镜像。有道是"业可进不可退、气可鼓不可泄"，在各国忧虑情绪加剧、贸易保护主义重新抬头、恐袭事件此起彼伏的情势下，摒弃"零和博弈"思维，携手构建人类命运共同体，当是各国对于世界发展应有的责任与担当。

关键词之二：亚太崛起。理解当今世界最好的一把钥匙，就是透彻理解亚太。去年，美国负责东亚与太平洋事务的前助理国务卿库尔特·坎贝尔出版了他的新著《重返亚太》。在书中，他将大中东称为"不稳定之弧"，而将从日本经中国和东南亚延伸到印度的这一地区称为"崛起之弧"。在他看来，21世纪的大部分历史将在这一地区书写，而他担心的则是美国高层"没有真正承认和感受到"，从而对一个如此生机勃勃、对其未来影响巨大的地区"绕道走"。而事实上，亚洲"在几乎每一个参与向量上都希望美国贡献更多"。如果美国"久久不重申对这一地区的重要承诺"，"久久不说明亚洲和美国繁荣之间的重要关联"，那么今后美国在"亚洲世纪"发挥持久和稳定作用的前景将十分黯淡。这只是坎贝尔从美国战略出发看到的镜像，对其他国家和地区来说，与亚洲合作才是实现共赢的正确路径，抓住诸如"一带一路"这样将世界互联互通、寻求共同繁荣的历史性机遇，才能赢得自身的未来。

关键词之三：大国关系。天上有恒星，地上却没有恒定的大国关系。当今时代，处理大国关系的一个基本前提，是不要挑战彼此的核心利益。以中美关系而论，坚持"一个中国"原则是发展中美关系的政治基础，这一基础如果受到干扰和破坏，中美关系健康稳定发展就无从谈起。也有人一度乐观地认为，随着特朗普的当选，美俄关系将步入一个"蜜月期"，但现在看来，美俄之间的所谓"蜜月"更像镜中花、水中月，基于平等、相互尊重和互不干涉内政原则的"伙伴对话"尚未开启，两国关系改善的契机还需要继续"酿造"。历经英国脱欧、法国大选等重大事件，人们不难发现，大国关系，需要以更加客观审慎的眼光去理解看待。

（2017年7月18日）

93. 同舟共济的现实意义

古希腊哲学家苏格拉底要求人们对自我进行反思,他说:"未经思考的生活不值得去过。"人类学家提出了一个与其相关的问题:我们如何生活在一起?

汉语词典里有一个词:同舟共济。它的意思是说,人类原本同在一条船上,彼此同呼吸共命运。这个词的含义是耐人寻味的。

2004年年底发生的印度洋大地震和海啸夺走了十几万人的生命,是人类心灵上永远的痛。这场空前的灾难发生以后,世界各国向受灾国提供的援助达到了空前的水平。据联合国有关机构统计,国际社会提供的援助资金已经高达近40亿美元。联合国负责人道事务协调工作的副秘书长埃格兰日前表示:"这是联合国有史以来,第一次在这么短时间内收到这么多援助捐款,也是联合国在最短时间内最大规模的协调援助。"

国际救援行动较好地诠释了"同舟共济"的现实意义。

人是自然界的物种之一。从一定意义上说,尽管人类在大自然面前显得非常渺小,但不可否认的是,人类成长和发展的历史,就是一部如何与自然相依共存的历史。与此同时,人类社会又不同于其他社会。人类不仅要学会如何与自然共存,还必须学会如何处理人与人之间的关系。国际社会是建立在人类社会关系之上的。一个十分浅显的道理是:只有互相尊重、互相帮助、互相学习,才能创建一个和谐的国际社会。

我们今天所处的时代有一个显著的特点:全球化。全球化使地球变成了一个小小的"村落"。它至少蕴含着这样几层意思:国际社会是一个整体;人类的共同发展、共同富裕是至上的目标;各国各地区各民族是相互联系和依存的关系。尤其在国际互动与相互依存日益深化的今日,灾难也不可避免地具有全球化的特点：交通的便利，旅游和贸易的需求，使人们很容易走到一起。印度洋海啸已不是某一国或几国的灾祸，而是完全意义上的全人类浩劫。因此有人说，这是全球化时代的"泰坦尼克号"悲剧。

全球化的主要表现形式是经济，但并不限于经济。在这样的时代背景下，人类命运共同体的特征表露无遗。拿自然灾害来说，"天灾无国界"已成为今天人们的一个常识：天灾发生的范围无国界——此次印度洋海啸就波及十几个国家；天灾所造成的损失、破坏无国界；人道主义救援无国界。

一位美国学者最近撰文指出：从20世纪60年代到21世纪初，全球所经历的自然灾害已从平均每年大约100起增加到高达500起。问题的根本不在于海啸和地震及其他灾难趋于强烈或频繁，真正重要的是人类的生活区域及生活方式发生了变化。由于技术进步和发展需求，人类不断向洪泛区或沙漠区推进。50多年前，世界多数海岸线上并没有多少大的城市、大的旅游设施，但如今海岸线上宾馆林立，人群浮动，近海浅水处则到处都是满足食客用的海鲜养殖场，本来可以防御海啸的许多海洋树木和植物、珊瑚礁石，随着人类活动的加剧而逐步退化或消失。还有一个问题也令人忧虑：当灾难来临的时候，富国与穷国所承受的结果往往是不一样的。前者有预防灾难的技术和相应的机制，有救灾的物质实力，而后者却没有。贫困国家每发生一次大的自然灾害，则意味着其发展将倒退数年甚至更多。

这次海啸灾难对世界有多个警示：首先，人类不能再盲目"征服"和开发自然了，而必须善待自然，重建天人关系。其次，国际社会的关注点除了传统安全与非传统安全因素外，还应该关注全球性的其他安全问题。最后，除了在经济上给予海啸受灾国以援助，国际社会还要帮助印度洋国家建立海啸预警系统以及相对应的国际救援机制。

在地球悠远的50亿年历史中，人类文明只是沧海一粟。在自然界的巨大灾患面前，通过国际协作，团结及动员人类最大能量是极其重要的，也是人类文明进步的题中应有之义。

（2005年1月10日）

94. 四年之痒　20年之累

本月初，美国国防部向国会提交了《四年防务评估报告》。这份报告一出炉就受到国际社会的关注。中国外交部发言人对这份报告涉华部分对中国正常的国防建设无理指责表示坚决反对。发言人指出：该报告干涉中国内政，染指"中国军事威胁论"，误导舆论。为此，中国方面向美方提出严正交涉。

当今世界并没有世界政府，但美国的防务报告却像一个"世界防务报告"。美国媒体说，这是一份受到广泛期待的报告，拉姆斯菲尔德是有了4年任职经验以后主持四年防务评估的第一位国防部部长。这份报告提出了今后20年的新防务战略，拉氏称之为"在从过去几年到未来几年的连续变化之路上的一个路标"。就此而论，"四年之痒"联结着"20年之累"——该报告一开始就说，美国是一个"正处于一场长期战争"的国家。虽没有再度强调"先发制人"战略，却把全球当作美国的反恐战场。美军四面出击，"皮肉之累"和"精神之累"都是少不了的。

目前，各大国都在解读这份带着"腥味"的报告，美国媒体也不例外。这里且择出美国媒体对报告进行评析时的几个关键词，看看美国人自己是怎么解读的：

重大转变。称这份报告是美国为未来制定军事战略、发展军事力量的里程碑。与以往强调"快速打击"敌人不同的是，美国现在重视使军事力量适应未来挑战：与伊斯兰极端分子长期作战和与正在崛起的中国长期竞争。从总体上说，应对全球各类非对称和非常规威胁，是美军的主攻方向。

路线图。这份长达92页的新战略是分配防务资源的路线图。特种作战部队人数将增加15%，目前该部队有5.2万人。心理战和民政事务部队的数量也将增加33%。据称，现役陆军将在2011年以前恢复到2001年之前的兵力（48.24万人），而空军将减少约4万人。

取消假设。原先提出的武装力量必须做好同时打两场常规战争的准备的假设已被取消。现在，美国只是必须做好只打一场常规战争的准备。前一个防务报告要求美军能够在国外的四个地区（欧洲、中东、"亚洲沿海"和东北亚）作战，但新战略指出，过去四年的经验表明，美军需要"在全球各地作战，而不仅仅是在或者从这四个地区作战"。

比较"谦虚"。国防部不确定在今后5年、10年或20年里世界会怎样，同时认识到美军不可能独自取得胜利。报告总结说，在出现重大危机，例如发生恐怖袭击或爆发战争，需要军力激增时，美军将计划"让国际盟友和伙伴，以及其他联邦机构增加投入"。

阻力不小。报告中称"本报告不是实用主义的为了预算而制定的文件，而是反映了国防部领导者们的思想"。但2月6日与此报告一同提交国会的是高达4393亿美元的下一年度的国防预算草案。舆论认为，美国军费上涨空间已日益缩小，美军转型目标的实现可能遇到不小的阻力。

（2006年2月20日）

95. 是老鹰还是鹧鹏

4月底，北约26个成员国的外长在保加利亚首都索菲亚召开会议，讨论北约的发展问题。美国在这次会议上提出了一个令欧洲盟国敬而远之的建议：北约给予澳大利亚、新西兰，以及日本和韩国，北欧的瑞典、芬兰等国特殊地位，最终构建"全球伙伴关系"。法国媒体看透了美国的用心，直白地指出："北约的抱负不再有边界。继东欧、地中海和波斯湾后，北约又希望涉足太平洋。"

北约是一只老鹰，还是一只鹧鹏？这是一个新的问题。

不应扩大，因为扩大会破坏欧洲的稳定；另一些人则持相反的主张，认为扩大化才能使北约获得新生。在这场辩论中，反对扩大的那些人输了分。20世纪90年代中期，克林顿政府得出这样的结论，即扩大北约等于扩大欧洲的稳定区域。有几个欧洲国家站到了美国一边。于是，北约张开它的手臂，分两个阶段迎接了10名新成员。但扩大的欲望并没有止步，"9·11"事件给北约打开的豁口又重重地撞击了一下。

欧美专家将北约的发展划分为三个阶段：第一阶段是20世纪40年代末，北约成立，接着发生冷战；第二阶段是在冷战结束后，90年代，北约实现了扩大和重组；目前进入第三阶段，北约目前有26个成员国，20个和平伙伴关系国，7个地中海对话国。一个凸显的问题是：北约是否应该在其传统"辖区"以外发挥作用？

如果北约按美国的建议，走出传统的辖区，转而面向世界各主要地区，那么，这个北约就将不再是一只老鹰，而真的变成一只鹧鹏了。主张北约变鹧鹏的人（如现任秘书长夏侯亚伯）认为，北约现在比以往任何时候都受欢迎，"北约并非国际警察，但我们的全球伙伴越来越多"，一个全球化的北约是大势所趋。美国驻北约大使说得较为委婉:"谈不上要使北约全球化的问题,但要与全球一些伙伴建立关系。"今年11月,北约将在拉脱维亚首都里加举行首脑峰会,就这一问题做出决定。

世界各国能接受这样一只巨鸟吗?

北约东扩曾经引起俄罗斯强烈反弹。但"9·11"事件后,双方的关系发生了较大的变化:在2002年5月的北约罗马峰会上,成立了俄罗斯—北约理事会。在该机构里,俄罗斯与北约成员国作为平等的伙伴就双方共同感兴趣的问题开展工作。不过,俄罗斯人并不相信北约东扩会加强俄罗斯的安全。俄《俄罗斯报》的文章写道:"总有一天北约军队会打着幌子进入乌克兰,从而兵临圣彼得堡。"

北约发言人最近说,北约与中国的关系现在"非常热络"。但中国并不在北约打算建立更密切关系的亚太国家的名单上。

一些欧洲人士注意到,北约如果按美国的主张进入太平洋,"可能使中国和俄罗斯感到不安"。北约进入太平洋后的新组合"将对俄罗斯和中国构成弧形包围圈"。人们的担忧是有道理的:北约插足亚太并非只是如此前在阿富汗、伊拉克、巴基斯坦、苏丹所担负的维和或救灾使命,它所要捍卫的是西方,首先是美国的核心利益。与此同时,欧洲国家可能被美国拖进本不愿卷入的战场,替美国人扫清道路,或承担其他责任。

(2006年5月8日)

96. 三大难题困尔曹
——写在美英发动伊拉克战争一周年之际

2003年3月20日，美英等国绕开联合国，单方面向伊拉克发动大规模军事进攻。这场"一边倒"的战争不仅一举推翻了伊拉克前政权，而且对中东政治格局乃至世界格局产生了重大影响。战争虽然早已结束，但是它所带来的诸多问题远未了结，战争发动者深陷这场"极具争议性"的战争而不能自拔。

"师出有名"难正名

当初，伊拉克战争的发动者试图使世人相信，伊拉克违反联合国决议，拥有和隐藏大规模杀伤性武器，萨达姆政权"为恐怖分子提供资助、训练和避难所"，因此，必须推翻萨达姆政权，解除伊拉克武装，找出违禁武器。但是，美英将伊拉克上下"掏"了个遍，至今也没有找到什么人证物证，水落而石未出，"师出有名"变成了师出无名。

是美英情报系统"失职"，还是决策者凭推论和臆断行事，将"先发制人"变成"先斩后奏"？一年来，围绕着伊战情报问题，美英朝野潮掀浪涌，波澜频生。尽管美英领导人一再为发动伊战辩解，但公众质疑不断，情报部门和国家领导人的政治信誉度锐减。据《今日美国报》、美国有线电视新闻网和盖洛普最近进行的民意调查，美国选民对布什总统工作表现的满意率仅为49%，是他就任总统以来的最低点。英国最新民意调查也显示，43%的英国人认为对伊动武是错误的决定，62%的英国人认为政府撒谎，要不就是夸大了对伊动武的证据。英国人对首相布莱尔的支持率也持续低迷，不满者的比例已高达57%。

国际社会对美英对伊动武的批评和质疑并未随着时间的推移而淡化。联合国大多数成员国对伊拉克战争的动机和合法性与美英政府有着不同的结论。联合国核查委员会前任主席布利克斯最近指出，事实证明，美英等国对于伊拉克的许多情报都是错误的，美英刻意夸张了萨达姆的威胁。

单边主义"路难行"

美国是伊拉克战争的"主导者"，其发动伊战的指导思想一是单边主义，二是先发制人战略。

美国绕开联合国单方面对伊开战，是典型的单边主义行动。这一行动的逻辑在伊战结束后召开的第五十八届联合国大会等诸多国际场合，均受到国际社会的普遍质疑和反对。

单边主义可能行于一时，但不可能行于一世。这从美国对联合国"先倨而后恭"的态度变化上亦可以看出。伊战前后，美国根本不把联合国和国际社会放在眼里。但是，随着伊拉克安全形势逆转，特别是自去年9月以后，美国在伊拉克重建等问题上不得不回过头来寻求联合国的支持与合作。

伊拉克战争是在美国新保守主义宣扬的"以武力输出民主"的指导思想下发动的"先发制人"之战。但世人清楚地看到，尽管美国在伊拉克实现了速战速决，但攻占伊拉克以后却陷入泥潭。自伊战结束以来，伊拉克治安形势日益恶化，驻伊美军遇袭身亡人数早已大大超过战时阵亡人数。布利克斯指出，伊拉克战争的主要教训是，企图以战争的方式解除他国武装，或希望借占领促进民主，都是难以达成目标的。美国地缘政治学教授艾肯贝理分析说，"美国公众开始相信通过枪杆子重塑世界是一项危险的事业，其危险远远超过解决我们自己国家的安全问题。""美国政治家终于发现，单边主义和不管是否有伙伴参加就急切地跳上战车，意味着美国纳税人要为此付出高昂的代价。"

联合国秘书长安南指出，美国的单边主义和先发制人战略是对联合国成立近60年来维护世界和平与稳定的原则基础提出的重大挑战。

反恐联盟难维系

"9·11"事件发生后，美国相继发动了阿富汗战争和伊拉克战争。从理念上说，美国显然是将伊拉克战争纳入反恐战争之列。美国总统布什今年3月

16日在一次记者招待会上说,"基地"组织已经认识到伊拉克是反恐战争的前线,他们不能忍受、也不愿看到中东出现自由社会。

如果说美国原本以为打垮伊拉克前政权、解除伊拉克武装可以为反恐树上一块新碑,那么,事实却是,伊拉克战争使伊拉克进入一个十分血腥的时期。在刚刚过去的2月,就有至少250人在各种暴力冲突中死亡。3月2日,巴格达和卡尔巴拉相继发生恶性恐怖爆炸,导致270多人死亡,近500人受伤。3月17日,巴格达一家饭店大楼被炸毁,70多人伤亡。难怪一位伊拉克大学教授说,美国在伊拉克取得的军事胜利早已被战后频繁的暴力袭击冲刷得毫无光彩。

"9·11"事件后,美国一度在反恐大旗下结成国际反恐联盟。虽说反恐是国际社会的共同目标,但并不等于说反恐联盟必然要置于美国的"领导"之下。国际观察家人士分析说,今年3月11日发生的西班牙恐怖袭击事件引发了一种正在全球蔓延的观念:面对如此血腥的恐怖袭击,曾坚定支持美国的欧洲盟友们已开始动摇,并被迫反思与美国的亲密关系是否明智。

另一方面,虽然美国执意反恐,但恐怖主义势力并没有被震慑,却有死灰复燃之势,西班牙"3·11"事件就是一个明证。这对于美国的反恐战略无疑是沉重的一击。

美国舆论认为,由于伊拉克战争,美国的"软国力"大大下降了。美国试图在阿拉伯国家和一些伊斯兰国家推行一系列政治、经济和社会改革,以服务于美国在中东地区的反恐和战略需要,但是,美国的"大中东民主计划"刚刚曝光就招致中东地区许多国家的强烈不满。在新的形势下,美国想在"一超独霸"的思维定式下维系全球反恐联盟是极其困难的,要达成反恐新成效更不是一件易事。美国目前之要务就是如何阻遏西班牙从伊拉克撤军事件产生"多米诺骨牌"效应,进而稳住盟友在反恐战争上的团结、力量和决心。

(2004年3月20日)

97. 萨达姆成了丑角

11月5日，伊拉克高等法庭宣布，伊拉克前总统萨达姆因杜贾尔村杀人被判处绞刑。有人推测，萨达姆可能于明年1月被行刑。但也有一种说法认为，如果萨达姆提出上诉，行刑很可能还要拖一两年。

萨达姆对于死亡表现得似乎很镇定。今年7月，他在绝食多日后重新出现在庭审现场时表示，如果自己被判处死刑，他要求法庭用枪决的方式行刑，而不是像对待普通罪犯那样使用绞刑。他说："我是一名军人，我应该被枪决。"

但是，正如有人早就预测的那样，萨达姆想死也死不成。当然，他想活得人模人样也是不可能的。今天的萨达姆成了一个什么样的人？可以说，他现在是一个丑角。

丑角将一些丑陋的人和事表演给人看。萨达姆每次出庭受审，都恰如其分地充当了一个丑角的角色。而这个角色，正是美国所需要的。

现在人们关注的焦点早已不是萨达姆研制了什么大规模杀伤性武器，或者与"基地"组织有什么勾结，而是他对自己执政期间对伊拉克人民所犯下的种种罪行是否承认的问题。换言之，美国已经巧妙地调换了主题，转移了视线，同时，也规避了风险。

而萨达姆却死无葬身之地，活无藏身之所。

自从伊拉克成立高等法庭审判萨达姆以来，萨达姆律师团几经变化，可谓波澜频起。而审判中出现的一些场景，着实让人哭笑不得。

比如，9月14日的庭审中，萨达姆质问一句控方的库尔德证人说："既然我是一名你所说的独裁者，为什么你那时还想见到我？"主审法官阿米里打断说："你不是独裁者，是周围的人让你看起来像一名独裁者。"萨达姆听后立即向阿米里表示感谢。

在审理萨达姆镇压库尔德人一案中,阿米里允许萨达姆发表与此案无关的政治性言论,因此,他被撤换掉了。

更换主审法官,让萨达姆的丑角本色又显露了一回。新任主审法官哈里法首次出庭,就在与萨达姆一番争吵后将其赶出法庭。而萨达姆在被拖着往庭外走时,嘴里竟不停地说:"有什么了不起,你父亲只是个站岗的,直到巴格达陷落,他都在安全部队里做警卫。"受此侮辱的哈里法连声说:"我要控告你,我要控告你!"

在10月10日的审判中,由于萨达姆再次"扰乱"公堂,主审法官下令将萨达姆驱逐出庭。

审判萨达姆显然是美国设置的一道政治议题。美国人的高明就在于尽可能地"榨取萨达姆身上的血液"。就是说,现在还不是杀死萨达姆的时候,因为中东的局势还很不稳定,尤其是伊拉克前政权被推翻后,新政权根基未稳,国内派系斗争依然十分激烈,只有不死不活的萨达姆才是一种平衡因素,利用他,可能抑制什叶派势力。

作为伊拉克总统的萨达姆早已消失了,作为囚犯的萨达姆则不时现身西方媒体,而萨达姆总在试图以他的肢体语言进行反抗。萨达姆谙熟政治是硬碰硬的"硬球"游戏。从早年开始,他就注定要成为"影视明星",但可悲的是,他也因此成为丑角。

(2006年11月13日)

98. 让欧洲颤抖

"发生什么了?"

"为什么发生?"

这两个问题是一本书的主要内容,这本书的书名叫《法国1968:终结的开始》。

1968年5月,法国巴黎发生了一场"革命",人称此场"革命"上演了"第二次法国大革命"的第一幕。事件表面的导火线,源于当时的大学生对整个高等教育制度的不满。除了大学生,参与抗议的人从中学生、年轻的工人、技术人员,到中层干部、学院人士、知识分子等,包括了社会各个阶层,他们对资本主义、陈规和价值观感到不满与不屑,事件导致整个国家出现权力真空与社会瘫痪将近一个月之久。

无独有偶。今年10月底,法国爆发了一场大规模的骚乱。事情的起因是巴黎郊区两名青少年为躲避警察追捕进入变电站而触电身亡。这一偶然事件竟引发长达十余天的全国性骚乱——报告发生骚乱的城镇多达226个。万般无奈之际,法国政府只好于11月8日宣布包括巴黎在内的38个城市正式进入紧急状态,授权地方政府行使宵禁权,同时启动了一系列辅助措施以应对骚乱。

法国这样一个高度文明的国家,怎么会在一夜之间风云突起,令国家社会到了危险的边缘?

乍看起来,根子出在经济上:法国移民因自身经济状况不好早就对社会感到不满了。据报道,今年年初以来,法国共有3万辆汽车被烧毁。此次骚乱期间,每天都有成百上千辆汽车毁于人为的大火。

能说此一事件的诱因只是经济原因吗?恐怕不能。因为,在经济原因的背后,还有政治原因(种族问题、移民问题),甚至还有宗教原因——英国

《金融时报》指出，欧美推行的反恐战争很难从意识形态上抑制极端主义，因为有的极端主义来自西方社会内部。

除此而外，还有一个重要原因：文化。法国是一个试图通过学校和其他机构对移民进行同化的国家，以期最终让移民接受法国的价值观。但不少移民生在法国，长在法国，却迟迟不能真正融入法国社会。文化融合真的很难很难吗？各国对这个问题显然有着不同的答案。

发生什么了？为什么发生？这两个问题长期困扰着法国。看一看法国的历史，人们很容易找到标志性事件：

1871年3月，巴黎公社的大火把整个巴黎城中心烧得精光，翌日在灰烬中耸立起来的是遍及欧洲几乎长达一个世纪的革命。鲍狄埃在《纪念1871年3月18日》一诗中这样歌颂巴黎公社："这样的事件历史上从未有过，我们会看见明天将要到来，而三月十八日就是明天的序曲。"

1968年5月，一场新的法国革命。人们说，这场革命标志着资本主义的抓攫之力已经在它的发源地开始出现疲态了。

2005年10月，一场罕见的全国性的骚乱。"一代人在欧洲迷失"的故事，首先在法国上演了惊悚剧。这场骚乱算不上什么革命，但它对欧洲的冲击却是前所未有的——法国存在的诸多问题，欧洲其他国家也都普遍存在。西班牙《先锋报》因而告诫说："谁也别想暗自庆幸，法国的秋季暴风雨也许是欧洲进入冬季的序曲。"

看来，法国这场骚乱让整个欧洲都颤抖了。

（2005年11月14日）

99. 且看今日之"不先生"

冷战时期，苏联官员常在联合国安理会会议等外交场合对美国的主张或建议说"不"，因此被西方外交官冠以"不先生"之雅号。在冷战结束多年之后的今天，苏式"不先生"早已挂冠而去，当年与苏联势不两立的"山姆大叔"却扮演起了新的"不先生"之角色。事实为证，近来即有二例：一是在反弹道导弹防御问题上，美国对俄罗斯的立场一再说"不"，一意孤行地发展NMD；二是在朝鲜半岛局势转向缓和的情况下，美国在从韩国撤军问题上的明确表态依然是"不"。

人们记得，当年东西方冷战正酣，苏美处于剑拔弩张甚至是"相互确保摧毁"的大对抗状态，"不先生"于是应运而生。时至今日，两极对抗已然消失，"山姆大叔"为什么还要死抱着冷战心态，在军备控制等问题上固执地对世界上绝大多数国家说"不"呢？明眼人一看便知，这是由美国自身的战略利益决定的。

冷战时期，西方称苏联是"邪恶的帝国"——既然对手是一个"邪恶的帝国"，那么，美国做什么都是理所当然的了。今天，这个"邪恶的帝国"不存在了，"山姆大叔"环顾世界无敌手，便把这一变化看作是自己独霸世界的最好机会。美国加紧扩展自己的实力和影响，将自己不喜欢或存有敌意的国家称为"无赖国家"，并大肆宣传"无赖国家"对美国构成了严重的"威胁"，正是为了给自己在一系列事关世界和平与安全的问题上强词夺理地说"不"寻找口实。

美国究竟面临着什么样的威胁，局外人看得一清二楚。俄总统普京在克林顿访俄后明确指出：美国所谓的威胁并不存在，建立国家导弹防御系统这一计划本身是"一个重大的战略错误，会导致美国、俄罗斯及其他国家所面临的威胁急剧增加"。他表示，如果美国做出部署NMD的决定，"将意味着核大国关系中的战略稳定的瓦解"，"俄将被迫考虑不仅退出削减进攻性战略武器方面的条约，还将退出关于中程导弹的条约"。

对于俄罗斯的警示，今日之"不先生"听不顺耳。它为建立导弹防御系统已经花费了800亿美元，据美国国会预算局说，大概还要投入600亿美元。在任总统为之四处游说，总统候选人更是语出惊人，提出要建立一个更大的系统，并声称要把反导技术提供给美国的欧洲盟国以及以色列。

"不先生"与世界潮流格格不入的言行，暴露了他的傲慢，也暴露了他的短视。中国有句老话：江山易改，本性难移。欲使今日霸气正盛的"不先生"改弦更张，看来是一件困难的事。但中国还有一句老话：失道寡助。"不先生"罔顾世界各国人民的意愿，一意孤行，终究难保它不会在"天网梦"中栽个大跟头。

（2000年6月28日）

100. 其囊非其智

"智囊"这个词中国人是很熟悉的。在中国古代,尤其是在春秋战国时期,天下群雄并起,各国君主、大臣们纷纷招贤纳士,"养士"制度由是而生。这些"士"(门客、食客)白吃白喝白住,唯一需要奉献的就是自己的大脑——替人家出主意、想办法。据说国外最早的咨询服务出现于17世纪30年代,以路易十四在法国军队中设立参谋长、负责军事咨询和参谋为标志,其后逐步进入政治、经济、科技等领域。进入20世纪后,"智囊团""思想库""头脑企业"雨后春笋般出现,由此拉开了运用软科学的理论和方法开展咨询研究和服务的大幕。

美国号称世界头号强国,其利益遍及全球几乎所有地区。这在客观上对美国政府的决策运作提出了更高的要求,这给美国智囊团提供了很大的空间,政府经常借这些智囊机构的"外脑"也就不足为奇了。比如,有名的兰德公司就给美国政府帮了不少的忙——曾帮助美国国防部长整顿国防部,发展和改善了美国的导弹系统等。

但是,并非所有的智囊都能拿出锦囊妙计,出馊点子、歪主意的也不少见。

最近,美国一家智囊机构就替政府出了一个歪主意。美国卡托研究所的两位专家宣称:美国应当允许日本拥有核武器,以此抗衡来自中国和朝鲜的威胁,同时减轻美国的负担。

这种论调出自美国的智囊机构,真有些令人吃惊。因为,一直以来,美国政府均主张日本不应发展核武器。据说,卡托研究所的人曾堂而皇之地在美国国会举办的研讨会上大放厥词,说什么最近中日关系十分紧张,因此日本发展核武器"是一件合情合理的事情"。

这件事给了我们两个重要的启示。其一，借外脑也需十分谨慎，弄得不好，很可能搬起石头砸自己的脚——须知，当年正是美国将原子弹扔到日本的国土上，虽说日本现在不敢在军事上对美国怎么样，谁能保证日本拥有核武器以后还将对美国俯首帖耳呢？

其二，中国的崛起可能会引起世界性的反应。这当中，有的属于正常反应，有的则另当别论。"中国威胁论"就属于后者。近些年来，这种论调时起时伏，但从来不乏拾牙慧者。拿日本来说，"中国威胁论"的"九级台风"已刮过好几次了，其中不乏日本的智囊机构——去年9月，日本首相小泉纯一郎的智囊团在一份国防评论报告书中指出，"应把中国视为日本的军事威胁"。看得出来，小泉的智囊团与美国卡托研究所穿的是同一条裤子。

对于我们来说，既要有心理上的准备，同时，也要有各种应对的策略和措施。我们当然不可能像有的国家那样，用钞票来收买人家的智囊团，让他们"吃人家的嘴短，拿人家的手短"，智而不慧，聪而不明，其囊是其囊，其智非其智。我们所要做的就是要使世人明白，中国走的的确是一条和平发展之路。

（2005年5月16日）

霜叶如剑

101. 欧洲的个性越多越好

据媒体报道，欧洲7个城市和地区正在尝试取消街上所有的红绿灯和指示牌，让司机和行人通过自我约束来维持交通秩序。

报道说，实际上早在三年前，荷兰北部的几个城镇就率先进行"无红绿灯"交通试点。到目前为止，荷兰、德国、英国、比利时等国已经有7个城镇和地区取消了红绿灯。令人不可思议的是，没有了红绿灯，这些城镇的交通事故反而减少了，而且，交通比以前更顺畅了。

世界上每天的公路交通事故有多少？11月19日，联合国举行活动，纪念世界道路交通事故受害者。据报道，交通事故平均每天在全球导致3000多人死亡，约10万人受伤。红绿灯是现代城市交通的安全阀。尽管事故并不全都出在十字路口，但红绿灯的不可替代作用是不言而喻的。

但是现在，欧洲人却反其道而行之。这不能不说是一种反叛，充分体现了欧洲的个性。

欧洲个性的另一个体现是欧洲人对转基因产品的态度。

欧洲是世界上唯一还没有生产和销售基因改造作物的大陆。最新欧盟民意调查报告显示，一半以上的欧洲人相信生物技术能改善他们的生活质量，尤其是当生物技术被用于医学和生物产业化的应用时，效果会更显著。但是，关于转基因食物的其他方面，大部分欧洲人仍然持反对意见。即使是最近，欧盟调整了对转基因作物认可和标签的管理框架工作，虽然人们对转基因食品的接受度在增加，但说到购买还是不大愿意。

自11月14日以来，欧洲空中客车公司生产的空客A380正在环球测试飞行。它是迄今世界上最大的客机，该机最高载客量为840人。这也是欧洲个性的一个体现。多年来，欧洲一直在谋求政治联合、经济联合，"用一个声音说话"，以便与美国分庭抗礼、平起平坐。现而今，欧洲一体化走向深入，欧盟的扩大，欧元的诞生，使其成为世界第二大经济体。规定工业化国家要减少温室气体的排放、减少全球气候变暖和海平面上升危险的《京都议定书》，正是在欧洲人的推动下搞出来的，尽管美国迄今还没有在议定书上签字，但美国因此而面临的政治压力越来越大。

欧洲人试着取消红绿灯的敢为天下先的举动，对世界其他地方的人，有一种借鉴作用——由于汽车的保有量不断增加，城市交通堵塞情况在不少城市越来越严重，取消红绿灯近乎天方夜谭，那么，差别究竟在哪里呢？

当我们的购车族为豪华、超大而沾沾自喜时，欧洲人的购车观念已转向经济、环保与"短小精悍"。欧洲小型轿车的市场份额已占欧洲轿车总销量的三分之一，而美国的比重仅为1%。

由此看来，欧洲的个性别具特色，越多越好。

（2006年11月27日）

霜 叶 如 剑

102. 美国有的媒体不懂围棋

美国总统奥巴马前不久首次访华时，送给中国国家主席胡锦涛的礼物，是他的家乡夏威夷生产的一副围棋。奥巴马为什么要送围棋？观察家认为，奥巴马选择饱含中国文化元素的围棋作为礼物，源于他对中国文化的尊重。

奥巴马总统的首次中国之行已成既往，但"新闻大战"非但没有结束，反倒有"一石激起千重浪"的势头。包括美国媒体在内的西方媒体，正连篇累牍地对奥巴马此行的意义进行解读和评说。客观、公允者有之，质疑、否定、焦虑者，亦大有人在。美国媒体如何评价其总统的外交政策是他们自己的事，但从一些媒体对中国的态度看，我们只能用"目光短浅"来评价。

奥巴马中国之行的要义，是与中国领导人共商如何推进中美两国关系发展之大计。透过中美元首会谈和中美联合声明，人们高兴地看到，历经30年风雨的中美关系，在21世纪世界处于大发展大变革大调整之时，被赋予更多的、适应时代要求的战略内涵。具体而言，就是有了新的定位——稳步建立共同应对挑战的伙伴关系，打造新的格局——中美共迎全球性挑战，走上新的旅程——战略互信开创未来。

如果拿围棋来说事，可以说，这与围棋思想是贯通的。为什么这样说呢？

围棋是中国人的发明，在中国古代，围棋也被叫作"博弈""手谈"。"博弈"这个词现在很流行，而实际上，"手谈"更接近真正的围棋思想。两个人或两群人促膝而坐，通过纹枰和黑白棋子，进行心智交流，这是一种很高的境界。

围棋内涵相当丰富，所包蕴的军事、经济、政治思想，给人很多启迪。

比如说，大局观、"中和"的思想，就很耐人寻味。

"善弈者谋势，不善弈者谋子。"这是弈坛常说的一句话。何谓"势"？势，是指宏观形势、全局或主要矛盾，是就战略层面而言的。通俗一点说，"谋势"就是指在处理问题和矛盾时要高瞻远瞩，着眼大局，不因小失大，不为一叶所障目。

美国是世界最大的发达国家，中国是世界最大的发展中国家，这两个大国要处理相互关系，要共同应对各种地区和全球性挑战，没有大局观，不谋适应时代发展要求的势，那就将有负两个大国的盛名和两国人民的期待。

围棋是竞技项目。下棋要争胜负，这是常人之见。但真正的围棋思想却超越了胜负。围棋大师吴清源说，我从来没有把围棋当成胜负去看待。他认为，围棋的理想是"中和"——只有发挥出棋盘上所有棋子的效率的那一手，才是最佳的一手；21世纪的围棋，应该更充分地体现从棋盘的整体去考虑问题的"中和"思想，每一手都必须考虑全盘整体的平衡去下。

这一围棋思想对我们看待中美关系很有启示。中美关系的发展必然要超越"零和"博弈思想之所限，代之以非零和的"合作共赢"思想。斗则两伤，和则两利。唯如此，双方才可能走得更近。

俗话说得好，世事如棋局局新。围棋的精妙在于，由于它极富变化，所以不会出现两盘完全相同的棋局，每一局棋都是新局。

面对中国的和平崛起和中美关系走近，西方世界有一些人感到很不适应。美国一些媒体对中美关系发展不理解，往大里说，是旧思维作怪；往小里说，是不懂围棋思想的奥义，没有看清世界发展的大局。

（2009年11月26日）

霜叶如剑

103. 恐怖主义是一种流行病

当今世界，对人类社会的稳定生存构成最大威胁的疾病，不是艾滋病，也不是癌症，更不是鼠疫或非典型肺炎，而是恐怖主义。

人类流行病史上，有过极可怕的记录。鼠疫（黑死病）、天花、霍乱都曾夺走无数人的生命。毁灭性的鼠疫于公元6世纪大流行的高峰期每天死亡上万人，五六十年间死亡者总数近亿人。你说恐怖不恐怖？

幸运的是，人类终于控制住了绝大部分流行病。前年"非典"作祟，但为时不过几个月就被人类"钳制"了。

但是，一种新的流行病——恐怖主义却没有那么容易对付。

恐怖主义不是今天才有的，但21世纪甫降，它的利爪便直扑美利坚，向这个号称当今世界最强的国家宣战，继而在世界各地疯狂"传染"，连妇女和幼童都不放过。"行到水穷处，坐看云起时"乃文人的雅兴，恐怖主义分子可不管这些，对他们来说，水无际涯，云无起落，想出手时就出手。

人们没有忘记，"非典"肆虐时，医学界一时竟找不到合适的名词来指称；别看恐怖主义人皆恨之，但国际社会对它却没有一个标准的界定。这似乎有些可笑：人类给多少事物做过界定，怎么今天面对恐怖主义这一怪物，却有些莫衷一是了呢？其实，说怪也不怪，它恰恰是这个世界的真实反应：价值观的多元化。在价值观的背后，则是利益的差异和话语权的竞争。

价值观不同也罢，利益不一、话语权竞争也罢，总之，人类显然不能任由恐怖主义一直作祟下去，这颗毒瘤必须从人类社会的"腹"中切除。正因为如此，联合国将国际恐怖主义列为人类社会在21世纪面临的最严峻的挑战之一，国际社会对反恐斗争需要全球合作的共识亦日渐形成。这可能是恐怖主义最不愿意听到的消息。

对付和消灭国际恐怖主义"流行病",单靠某几个国家是不可能完成任务的,因为反恐斗争不可能毕其功于一役。国际社会要建立牢固的反恐联盟,首先应该在对恐怖主义的定义上取得共识,如此方能展开良好的合作,对恐怖主义势力形成全球"合围"。

其实某些国家看得很清楚,恐怖主义组织并非"基地"一家。"基地"也不是一支穿着制服在特定的地理区域活动的军队,而是一个联系松散、权力分散的网络,在60个国家有分部和活动人员。除"基地"而外,还有多个旗号不一的恐怖主义组织。俄罗斯最近就要求联合国安理会确定一个新的涉嫌恐怖活动的个人和团体名单。这样,各国就可以"照单"打恐,而不必担心双重标准。

对付流行病,人类想过不少办法,有的奏效了,有的差强人意。对付恐怖主义呢?人们还在摸索。毕竟,恐怖主义是一种新的流行病,完全靠"抓"和"杀"并不能抑制其扩散,况且,在恐怖主义环境中,传统的军事理论有些失灵了,国家暴力机器往往发挥不了作用,甚至出现"零效能"现象。这是人类历史上罕见的值得深入研究的戏剧性现象。

(2004年10月18日)

104. "金规则"莫之能逾

擅长演讲的美国总统奥巴马，近日在埃及开罗大学发表了一场对他本人及听众而言均是期待已久的精彩演讲。外电报道说，奥巴马发表演讲时，拥有200万人口的开罗市内街道冷冷清清，因为人们都回家看电视转播了。据说一些阿拉伯评论家甚至将这一演讲的象征意义，与尼克松首次访华相比照。

奥巴马演讲的主旨是什么？用他的话说，是想阐明美国致力于寻求与伊斯兰国家关系的新开端。听众给了他积极回应，尤其是当他讲到"己所不欲，勿施于人"这一原则时，现场听众随即报以最热烈的掌声。

世人皆知，从一位美国总统的口中讲出"己所不欲，勿施于人"这句话，实属不易。可不是吗？昔我强霸，剑指天下，唯我独尊；今我困厄，遽然转身，始信此真谛。这，可能就是开罗听众掌声相报的原因吧。

如果将时间回溯，不难发现，此前曾有很多智者对"山姆大叔"说过这句至理名言。遗憾的是，"山姆大叔"的反应从来都是置若罔闻。言者谆谆，听者藐藐，奈之何？

"9·11"前夕，美国国内围绕着"美国是不是帝国"这个话题，展开了一场激烈的辩论。美国是不是一个帝国？美国当不当这个帝国？世界需要不需要这样一个帝国？倾向性的意见，是美国要成为帝国，不过，这个帝国应奉行"仁慈的霸权"。

与美国人的视野不同，欧洲人却不这么看。欧洲学者指出，在全球的尺度上，美国只是一个上中等规模的国家。而且，无论其霸权多么仁慈，都会招致憎恨与恐惧。

经过一场本来"可以不打的战争"（奥巴马语），以及进入新世纪之后国际政治力量结构的变化，特别是国际金融危机爆发所带来的巨大冲击，以

"变革"为旗号赢得大选的奥巴马总统，终于认识到"己所不欲，勿施于人"这一朴素的真理。

"己所不欲，勿施于人"，原本是国际社会应普遍遵循的"金规则"。"山姆大叔"兜了不少圈子，才回归国际大家庭，印证了这样一个道理：凡是规则、铁律，就理当遵守，想绕开它终究是行不通的。

人们注意到，奥巴马上台后，美国的"巧实力外交"在美国内外吹出了一些新风。但正如奥巴马本人在演讲中所说的，变化不会发生于一夜之间，一次讲话也不可能排除多年来的不信任。奥巴马告诫人们"永吐真言"，而人们对美国新政府的期待则是，不仅要有外交文化上的反省，更要有与之对应的、对外政策上的新举措。

（2009年6月11日）

105. 今天出什么牌？

俄罗斯人喜欢下棋，而美国人喜欢打牌。所以，在以苏美两超为标志的冷战年代，国际政治舞台凸显棋手与牌手的较量。今天，这种较量早已不复存在。但是，棋局还在，牌局还在，玩家还在。

今天，在大国"领衔"的国际政治"游戏场"上，面对着一张巨大的牌桌，所有的"游戏者"都要考虑怎么出牌的问题。

牌手是有等级区分的。有重量级的，也有轻量级的。重量级的牌手打牌的水平也许不怎么高明，但是，通常情况下，他总能摸到不少大牌，可选择的余地较大；而轻量级的，手里的大牌不可能很多，可选择的余地也不是很大，但是，如果是一个高明的牌手，出牌的技巧胜人一筹，也能在牌场上占先。

今天出什么牌？这个问题每天都考验着各国的政治家和外交家。国际政治牌桌"日日新"，一味地按旧的"游戏规则"出牌，往往要吃亏——萨达姆弄得国破家亡，被对手通吃掉，就是一例。

美国是当今的一霸，它总是按其认可的"牌理"出牌，就连德日这样的盟国也摸不清这位牌友的底细。联合国安理会扩大问题已讨论多时，改革小组提出的增加"四常"方案被不少国家认可，德、日、印、巴四国结成同盟，要一同加入安理会，还想与现在的"五常任"一样，拥有否决权。这四个国家想了不少办法，造了不少声势，拉了不少支持票。但是，现在美国出来说话了。你听它说什么：四个？太多了，只能是两个；安理会扩大的问题可以再等等，不必在三个月内就扩大问题展开辩论……难怪国际舆论说，美国这是在"搅局"。

美国不仅拿想入常的四国"开涮"，连联合国本身也不放在眼里。美国对联合国说话颇像上级教训下属——让你改革，你就得改革；你若不照着我的要求改，我就"治"你，就不给你钱花——美国国会众议院先是在6月14日通过议案，决定将明年美国应向联合国支付的会费减少2200万美元，三天后又通过了关于联合国如不按美国要求改革则将美国应缴纳的联合国会费减半的议案。

美国有没有为"今天出什么牌"伤脑筋的时候？有。美国将防止核武器扩散作为解决当今国际问题的重要课题来对待，在利比亚问题上得了分，但是，面对伊朗和朝鲜，它能够打出来的好牌也没几张。六方会谈的牌桌已空了好些时日了，美国至今不能确定朝鲜什么时候能回到"牌桌"上。它要是有好牌，现在不出，更待何时？

面对美国这样一个重量级的牌手，你如何出牌？这是各国政治家们常思考的问题。

在"大三角关系"年代，中国打出了不少令人印象深刻的好牌。今天，进到中国手里的好牌在增加。这不仅令美国垂涎，日本和欧洲同样眼热。你手里的好牌多了，别人当然会嫉妒。在这样的时候，我们更要运用兵家的韬略，打好手里的每一张牌。

诸葛亮说过："荣者自安安，辱者定碌碌。"我们求的是"安安"，但我们要切记美国让"辱者定碌碌"的教训。创造一个最有利于中国和平发展的国际环境，大概就是我们今天出牌的战略方针。

（2006年6月27日）

106. 记性与惯性

2004年就要画上句号了。在人类记忆的长河里，这一年将会留下些什么？

尽管这一年中有过许多美好的事物，但我还是要说，真正让人记住的，可能并不是美好的东西，更可能是它的反面——毕竟，在这一年里，人类所见到的丑恶的东西太多了。比如说，马德里"3·11"爆炸，俄罗斯飞机爆炸，别斯兰劫持人质事件，还有阿布格莱卜监狱丑闻……真的是数不过来了。

人们本不愿意看到血腥的场面，但人们也无法回避无情的事实。那一幕幕惨景，谁能看过听过之后就置之脑后，权当没这些事发生一样呢？有人曾这样说：若干年之后，人们也许想不起伊拉克战争，但阿布格莱卜监狱里美军虐俘的情景是无论如何也忘不掉的。别斯兰人质事件中那些无辜的孩子同样让人无法释怀——从某种意义上说，这正是恐怖主义分子想达到的心理效果。

20世纪曾发生两次世界大战。这两次世界大战深深地印在人类记忆的深处，特别是对曾经历过战争的人来说，他们终生难忘的是那些惨绝人寰的大屠杀。21世纪才刚刚开始，未来的事还不可预知，所幸的是，头几年没有发生世界大战。但情形也并不乐观："9·11"以来，恐怖主义活动以及反恐战争名下的暴力对抗给人类的心灵造成了相当程度的震撼。它们以不同的方式给今天人们的生活蒙上了一层阴影——中国人本以为恐怖主义离自己尚远，但发生在伊拉克和阿富汗等地的绑架活动，已使多名同胞付出了生命的代价。多少年来，人类都在期盼着玉宇澄清，但究竟要到什么时候，玉宇才真的能够澄清呢？

2004年让人长记性，同时，它也表现出多种惯性，比如说"战争惯性"、大国关系调整走合的惯性、各国寻求发展的惯性,等等。不过,留给人们印象较深的还是以"巨无霸"自居的美国所操纵的"战争惯性"。

从一定意义上说,"战争惯性"影响着大国关系的调整乃至世界的发展。对美国来说,"战争惯性"有多重意味:首先是美国不得不在伊拉克硬撑着,尽管遭遇的抵抗越来越顽强;其次是付出的代价越来越大(包括伤亡的士兵和损失的武器装备),"战争账单"越拉越长;第三是先前的承诺面临着严峻的考验——今年6月底,美军迫于形势不得不提前"移交权力",虽说完成了第一步,但第二步,即明年1月的大选能否顺利进行,还是一个未知数;第四是这种"惯性"出了美军的"丑"——虐俘事件不仅伊拉克人不能接受,世界各国人民包括美国人民都不能接受;第五是直接影响了美国的国内政治,因为今年是美国的大选之年,共和、民主两党争论的一个重要话题就是伊拉克问题。大选的结果,直接影响着"战争惯性"的走向。现在看来,由于布什连任成功,"战争惯性"还将在2005年延续下去。未来将指向何方,现在还难以断定。

(2004年12月20日)

107. 回望原苏联，有几分怀念

怀旧之心人皆有之。12月8日是苏联"消亡"、独联体诞生15周年的日子。据媒体报道，原苏联地区的人们又一次流露出怀旧的情感。一些国际媒体也把关注的目光再一次聚向这个地区。

1991年12月8日，俄罗斯、白俄罗斯和乌克兰三国领导人就建立"独立国家联合体"达成协议，同时宣称，苏维埃社会主义共和国联盟（CCCP）"已不存在"。在那个瞬间整个世界都停滞了：一个显赫的超级大国，没有战争，没有国乱，怎会在一夜之间就从世界地图上彻底消失？似乎每个人都睁大了眼睛，伸长了耳朵，生怕所看到听到的新闻不是事实。17天之后，CCCP正式终结。

15年弹指一挥间。回眸苏联消失的15年，有几个情结总是在人们的视线中若隐若现，而且，这几个情结并不局限于原苏联地区，而是漫溢到世界的各个角落。

首先是怀念情结。毕竟，苏联国旗飘扬了70余年，今天原苏联地区的大多数人都是在这个旗帜下成长起来的，很多人更是与苏联荣辱与共，他们对它总有一种割舍不掉的情怀。有报道说，苏联解体的"导演者"叶利钦最近在回答记者提问时坦承，他本人对苏联也有几分怀念呢。

复国情结。要说这种情结在原苏联地区的人们心中出现，并不奇怪，奇怪在于原苏联的敌国之人也有这种情结。在前者，是基于对现实矛盾和问题的不满，于是，有的人便想念过去，甚至想念20世纪三四十年代、七八十年代。在后者，则是一种担心，一种顾虑，或者说是一种策略运用。实际上，苏联是不可能复国的。俄罗斯一位政治学家说，恢复苏联不大可能，但过几十年后，必然会形成一个新型联盟，尤其是有共同文化和历史渊源的俄罗斯、白俄罗斯和乌克兰。俄罗斯总统普京则明确表示，他不支持重建苏联，但是赞成独联体国家进行经济联合。

制衡情结。自苏联解体以来，体统的对抗概念已不存在了，但新的抗衡还是出现了。美国想方设法抑俄、弱俄、围俄；俄罗斯曾经"倒向西方"，但不久之后又调转了方向，因为俄发现西方对俄仍存戒心和敌意。美国副总统切尼今年曾发表言论攻击俄罗斯，被俄罗斯视为俄美"开启第二次冷战"的信号。美国想把大部分原苏联地区拉到"自己这边儿"，连苏联时期著名的持不同政见者索尔仁尼琴最近都说，北约"准备彻底包围俄罗斯并使其丧失主权"。俄罗斯国内也有一种情结：一旦俄罗斯真正强大起来，它就要尽快打破过时的现在由美国管理的国际秩序，并根据自己的需要重建国际秩序。

反省情结。一个存在了70余年的超级大国为何会在一夜之间土崩瓦解？这个问题引起全世界学者的兴趣。原苏联总统戈尔巴乔夫说，现在评价苏联解体的得失还为时尚早。他认为，历史要过很长一段时间才能看得更清楚。

（2006年12月11日）

108. 话说"未病先治"

据英国媒体报道，看起来身体健康的美国斯坦福大学医学院生物工程学教授斯蒂芬·夸克，近日成为全世界第一个依据对其基因组的分析而被提示用药的人。报道说，此举意味着医药学上升到了一个全新的境界——研究人员首次可以根据对患者基因组的研究，向其提供个人风险分析结果，预测他们未来患病的可能性，以及他们对不同药物的反应。

基因预测疾病成为现实，这的确是一件具有"革命意义"的最新案例。然而，说夸克教授是根据基因分析而未病先治的第一人则可，说他是世上未病先治的第一人则不可。为何？不是说中国的月亮比外国的圆，而是中医理论中，确乎早就有"治未病"之论及其实践。

据考，中医"治未病"思想最早见于《黄帝内经》。其后，历代医学家不断加以发挥，汉代医圣张仲景被公认为阐述翔实、具体之大家，其论述涉及的范围包括未病先防、有病早治、已病防传、病盛防危、新愈防复五个方面。这些思想于古于今都大有裨益。去年5月，海峡两岸的中医师曾一同探讨"未病先治"理论及其应用，并认为2010年中国大陆将形成中医药"治未病"预防保健体系，且此举为两岸大力发展"治未病"提供了新的契机。

在常人看来，中医与西医是两条道上跑的车，难以相通。但中西医真的是"两种医学"，绝对不能整合吗？几年前，香港医学博士区结成就此问题写过一本专著：《当中医遇上西医》。观察家说，此书若改为《当西医遇上中医》，可能亦属适当。这里暂且不辩中医西医孰高孰低，单说"治未病"的殊途同归。

从传统看，中西医曾经"零距离"，西医也有草药、冶金术的传统，解剖学的出现，特别是随着生理学和病理学的发展，才使西医完全改观。重思辨和整体的中医，"治未病"理念源远流长；以"实证精神"及"实验精神"为本的西医，今天也走上了"治未病"之路，这不能不说是殊途同归，耐人寻味。

人类的思想具有相通性。如果我们放宽自己的视野，便会发现，其实，"上工治未病"的理念不仅在医学领域被奉为圭臬，在其他领域也具有普适性。

春秋战国时期，齐桓公一再拒绝扁鹊为其治病而至病入膏肓的故事广为人知。这个故事的当代版发生在金融界。这一次，扁鹊换成了美国经济学家保罗·克鲁格曼，齐桓公则换成了亚洲和美国经济体。早在20世纪90年代初，克鲁格曼就准确预言亚洲将爆发金融危机，90年代末又预言美国将发生次贷危机。这两次预言都灵验了。但当代的"齐桓公"就是听不进去，虽然保住了一条命，但身体所遭受的重创，亦近乎半死。而且，在全球化时代，疾病更具传染性，常常是一病俱病：受美国金融危机拖累的欧洲，至今还苦不堪言，百姓生活水平下降姑且不说，连联盟的团结都大受影响，甚至前景堪忧。而从全球范围看，要医好自由市场资本主义的这场大病，谈何容易！

防患于未然，这是军事安全领域的至理名言。冷战结束以后，联合国强化其框架下的《不扩散核武器条约》《禁止化学武器公约》《地雷议定书》等军事规约，均是军事安全领域"治未病"之举。甚至可以说，"治未病"亦是各国制定安全战略的最高原则。

具有讽刺意味的是，当今人类面对的一个最大病体恰恰是人类赖以生存的地球本身。无须神医诊断，普通人都能感知，"地球病了"。我们亟须给地球寻找"治未病"之良方。哥本哈根气候大会是一个创举，但仅仅是一个开端。哲人早已告诫：21世纪的人类不仅要使用"肯定句"，更要经常使用"否定句"。"低碳经济"就是这样的一个"否定句"。

（2010年5月6日）

109. 恶之花

4月5日，日本文部省公布了新版历史教科书的审定结果。正如此前人们所预料的，所谓的"新"其实了无新意，特别是日本右翼搞的扶桑社等版本，根本就是原地打转转，甚至变本加厉，错上加错，在"伪历史"的单行道上远行。

自1982年日本历史教科书问题"蹦出"以来，"伪历史"的问题就如同长在日本身上的"脓疮"，偏偏日本右翼势力喜爱这个东西，就是不肯将它割掉。于是，就像一种流行病，每四年必发作一次。日本右翼兴风作流，日本政府支支吾吾，亚洲邻国则批评有加、交涉不断。

在这种矛盾交织的过程中，时间已过去二十四载。这也就是说，日本政府庇护下的"错版书"误导日本年轻人，差不多有一代人的时间了。日本发生这种奇怪的现象，是不能简单地用"耻感文化"解释得了的。

日本自"脱亚入欧"以来，基本上就不把亚洲其他国家放在眼里。可是，其狂傲里却夹杂着自卑。这自卑源于日本国土的狭小，二战后，又加上了一重：经济巨人，政治侏儒。

在日本看来，冷战的结束给了自己当一个政治大国、军事大国的机遇。于是乎，日本国内一些人便试图用一种异于常态的形式，向这个既定的目标迈进。这异于常态，可能是篡改历史教科书，也可能是首相等人参拜靖国神社；可能是强化与美国的军事同盟关系，也有可能是在领土问题上对邻国胡搅蛮缠。

日本右翼有一个特长，就是善编"伪历史"。例如，扶桑社版本中，关于二战期间日本的占领统治有这样的描述："（'大东亚会议'后）日本以战争名义建设起排除欧美势力的亚洲人的'大东亚共荣圈'。"照这个逻辑，日本对亚洲各国发动战争，亚洲各国不但不能反抗，反而应该感激，因为日本这样做，完全是为了亚洲的整体利益，是一件很"高尚"的事业呢。

这本教科书里还说，"日本进入南方国家本来是为日本'自存自卫'，但却带来了使亚洲各国独立这样的过快效果。"这句话的前半句道出了日本的真正用心——"自存自卫"，但将"侵略"说成"进入"，两字之差，相去何止千里万里。日本右翼挖空心思搞的这套鬼把戏，实在有辱大和民族。

140多年前，法国诗人波德莱尔写过一本诗集《恶之花》。"恶之花"是对一个事物中近乎分裂的两个层面的隐喻。61年前，美国学者鲁思·本尼迪克特应美国政府之邀，采用文化人类学的方法，撰写了一份关于日本的研究报告《菊花与刀》。书中提到，菊花是日本皇家的象征。其实，日本的国花是樱花而不是菊花。但不论是哪种花，一旦与病态与恶沾上边，就不再是美丽的了。

日本现在的表现颇类"恶之花"：一方面谋求世界大国之位，"争常"，另一方面却无视历史，继续伤害邻国人民的感情。一国的经济出问题还算正常，文化出了问题（编造"伪历史"）就比较糟糕，政治再出问题（韩国总理李海瓒说："与发达的经济相比，日本的外交非常落后。"），还能算一个"正常国家"吗？这样的"恶之花"怎配当联合国安理会常任理事国呢？

（2005年4月11日）

霜叶如剑

110. 东北亚的内伤

在世界各国对中国有好感的人不断增加之时，与中国相邻的、历史上对中国相当有亲近感的日本人却对中国疏远起来。据报道，日本内阁办公室于2005年10月6日至16日对3000名20岁以上的日本人展开调查，结果，63.4%的受访者说，他们不感到和中国友好。这个数字比一年前增加了5.2%。称对中国有好感的被调查者仅占32.4%，这是日本政府自1978年展开这项调查以来的历史最低水平。

实际上，还有比这个"最低水平"更低的数字：2005年8月底，由日本学界人士组织的《言论NPO》杂志和中国的英文报纸《中国日报》联合举办了一次舆论调查。结果显示，对对方国家感到亲近的日本人有15%，中国人也只有12%。而回答"没有亲近感"的人中，日本人有38%，中国人则达到63%。

日本《每日新闻》于2005年10月初公布的舆论调查显示，对中国"有亲近感"的日本人占31%，而"没有亲近感"的则达到68%。从年龄层来看，在回答"没有亲近感"的人中，70岁以上的人中有59%，60岁的人中有65%，50岁的人中有69%，而在20~40岁的人中，都达到了70%以上。

人们没有忘记，1997年是中日邦交正常化二十五周年。这一年的年初，《中国青年报》做了一次名为"中国青年眼里的日本"的大型读者调查。调查的结果令人触目惊心：在被调查的十万多青年读者中，有83.9%的读者认为"日本"二字最容易使他们想到的是"南京大屠杀"，这在多达十五个选择中位居榜首；在被问到"你心目中的日本人是什么样"的时候，最高一项选择是"残忍"，占56.1%。

看到这些调查结果，中日两国人民的心里可能都不是滋味。两个有着共同文化根基的近邻，在区域合作日益增强，大国关系基本理顺，周边国家需要彼此借重的情况下，中日却走上了渐行渐远的道路，不能不说是一件令人十分忧虑的事情。

谈到中日之间的情感纠葛，日本《东京新闻》编辑局编辑委员清水美和最近向笔者指出：日本年青一代中弥漫着一种对中国的反感情绪，与此成正比，在靖国神社问题上不理会中国批评的小泉首相获得的年轻人的支持率则不断上涨。在网站的BBS上，有大量对中国和韩国不满的留言。"和中国一样，日本也有'愤青'。"清水美和说。

冷战结束以后，美国学者亨廷顿提出了"文明冲突论"，认为将来的冲突主要源于不同文明之间的冲突。今日世界上的主要矛盾，西方与阿拉伯、伊斯兰世界的冲突是不是文明的冲突，仁者见仁，智者见智。但可以肯定的是，中日两国的矛盾与"文明的冲突"风马牛不相及，因为中日同属儒教文明圈。然而，矛盾和冲突却是现实地存在着的。如果要找其根源的话，似乎可以说是文化的冲突：日本的"耻感文化"被政治化了，政治化的耻感文化反过来强化耻感文化。中国近代以来所受到的百年屈辱使得"和为贵"的文化也政治化了。在日本军国主义阴影犹存，中日经济发展出现"中兴日衰"新格局，日本在国民教育方面存在明显缺失，日本在安全领域和历史领域时常刺激、挑战中国，网络资源讯息发达，部分媒体对对方的报道欠客观的诸情况下，两国国民的政治情感和理性必然会受到影响。

有一个事实是清楚的：当年日本崛起的时候，中国以平和的心态接受了。今天，日本也应该以同样的心态来接纳中国的崛起。二战后欧洲"不再战"思想占了上风，因而有今天的欧洲大联合。亚洲也当以同样的胸襟寻求更宽广的政治目标。

（2006年1月2日）

111. 大家都来"先发制人"？

2002年6月，美国总统布什对西点军校学生发表演讲之后，"先发制人"军事行动这一选择随即引起公众的广泛关注。不少人以为，"先发制人"乃布什的发明。殊不知，美国以前就多次酝酿过采取预防性军事行动以排除迫在眉睫的危险。

比如，早在20世纪60年代，美国就曾认真讨论过从军事上摧毁中国日益增强的核武器潜力的可能性。1989年，美国威胁针对利比亚的一家化工厂进行军事打击，根据美国情报部门掌握的情报，那里在生产神经毒气。随后，利比亚关闭了这家工厂。考虑到朝鲜可能拥有核能力，克林顿政府早在1994年就探讨过使用常规精确制导武器摧毁其核设施，进而阻止其继续生产可用来制造核武器的钚的可能性。

世人还以为，只有美国提出并实施"先发制人"打击，殊不知，继美国之后，一个又一个国家纷纷提出了类似构想。一时间，"先发制人"似乎成了一种人皆可用的"公器"。

继布什之后，澳大利亚总理霍华德便站出来表示支持，他甚至建议将"先发制人"原则写入联合国宪章，授予各国"先发制人"的权利，以打击恐怖分子或支持恐怖主义活动的国家。日本政府早在1956年就宣称，在迫不得已的情况下，出于自我防御的目的，日本可以袭击另外一个国家的军事基地。伊战后，日本鼓吹"先发制人"战略的呼声更是甚嚣尘上。英国作为美国的铁杆盟友，"跟着走"顺理成章，其国内正在拟订"先发制人"新反恐法。以色列将"先发制人"战略运用于打击巴激进组织，印度也宣称在必要时保留"先发制人"的权力。引人关注的还有，伊战前与美国唱对台戏的俄罗斯和法国也都表示要"先发制人"。俄总统普京强调，俄不放弃"先发制人"的打击战略，保留首先使用核武器的权利。法国也修改其核政策，赋予自己对那些拥有生化武器的"无赖国家"进行"先发制人"打击的权力。

不仅是各国政府，某些联盟和组织也承认先发制人。北约在2002年11月召开的峰会上通过的文件中间接提及先发制人问题，欧盟在其新安全战略中对先发制人进行了研究，两者均在原则上不排除针对恐怖主义威胁采取预防性军事行动。

虽然不少国家反对先发制人战略，但联合国秘书长安南明确表示，"先发制人"理论对传统的集体安全和《联合国宪章》中的原则构成重大挑战。人们担心的是，由于联合国安理会中有影响的一些成员国如美国、法国、俄罗斯和英国都已明确表示有权采取先发制人的军事行动，联合国的立场也将逐步摆脱对禁止使用武力所做的严格控制的解释。

当今世界是一个"失规制"的世界。建立一个多极世界是大多数国家的诉求，但这需要时间。如何度过漫长的过渡期，对国际社会是一个严峻的考验，其中的一道试题就是如何应对"先发制人"的问题。一个"普适"的原则似应是：凡能"和天下"者，则存；凡"乱天下"者，则废。公平、公正、和谐、和平、包容等政治理念，概存于此。

（2004年11月8日）

112. 关注也是双刃剑

最近一段时间，西方特别是美国的媒体，不约而同地把中国当作报道的重点对象。"不论人们打开哪份美国报纸，几乎每天都能读到对中国的详细报道、分析和评论。有些洋溢着赞赏之情，大多数忧心忡忡，义愤填膺的也不少见。"——一位德国记者如是说。

据报道，由15名美国众议员组成的美国国会中国组6月14日已正式成立。组织者称，中国组的成立将为关注中国崛起的众议员提供讨论的平台。

对于美国的这种关注，我们是表示欢迎，还是加以阻止？在表明自己的立场以前，我们有必要弄清一个道理：关注也是一柄双刃剑。

首先，人家关注你，说明你的实力上升了。木秀于林，才会吸引人的眼球。中国的重新崛起之路已走过近三十年的历程，中国在世界政治经济大棋局中的地位越来越高，分量越来越重，已是一个不争的事实。如今，美国的一些小学都已开设中文课程，这在改革开放以前是不可想象的。"中国崛起"成为美国媒体上出现频率相当高的词，"汉语热""汉学热"的兴盛等，其背景无疑是中国国力的提升。从美国自身的角度看，美国在对世界变化的认识方面近年似乎有些迟钝。《华尔街邮报》引述专业人士的话说，"在过去的三年里美国完全专注于反恐战争，现在是考虑其他题目的时候了"，"而这是由中国促发的"。美国的外交政策视线再次落到奋进中的大国中国上面是必然的事。

其次，关注不等同于支持。在冷战年代，中国与美国之间有着一种相互借用的关系，中美苏"大三角"关系就很能说明这一点。冷战结束以后，这种关系不复存在。中国既不是美国的盟友，也不是美国的敌人。从总体上看，两国关系向前发展了，特别是"9·11"事件发生后，中国政府的反恐立场客观上对美国的反恐战略提供了支持。但是，美国向来是提着尺子满街跑——只量别人，不量自己。"中国威胁论"的噪音就是从美国发出来的。最近在美国被重新炒作的题材正是所谓的"中国威胁论"。人们注意到，说这话的并非等闲之辈，而是身居国防部部长之高位的拉姆斯菲尔德等人。拉姆斯菲尔德本月初在新加坡举行的亚太安全会议上，对中国的军事力量提出质疑，说什么中国"令人忧虑的军事扩张"威胁到亚洲。此论调遭到中国的反击后，这位部长大人近日又改口说，中国现在以及未来一段时间，都不至于威胁美国。改口固然好，但说出来的话终归道出了自己的本心。彼此心知肚明也就罢了。

　　第三，关注的本质不是好恶的问题，而是关乎利益之争。美国不乏有识之士，基辛格、鲍威尔等人有关中国的评论就要客观公正得多，但也有学者将中国视为"比俄罗斯更难对付的敌人"，甚至要求美国人做好"打一场新冷战的思想准备"；有人则建议美国"控制""遏制"中国的崛起。这些都是霸权思维的惯性，并不足怪。

　　"和平发展""和平崛起"需要时间来加以证明，在此进程中，我们遭遇到的各种难题只会增多不会减少。中美之间的"软实力"之争序幕已经拉开，如果我们认识到这种竞争并非"零和博弈"，那也就没有什么可怕的了。

（2005年6月20日）

113. 柏林墙倒了以后怎样

20年前的今天，用混凝土筑成的柏林墙被人凿破推倒了。围了28年之久的柏林墙之倒，让整个世界为之错愕，它不仅改变了原东西两个德国民众的生活去向，也改变了德意志民族的国家结构，甚至改变了二战后欧洲的地缘政治结构。

二战结束之时，也就是德国被一分为二之际。但真正使东西两德势不两立的，还是冷战这个魔鬼作祟。东西两德处在冷战的最前沿，柏林墙其实是作为冷战思想之墙的物化形式出现的，它的倒塌，则是冷战思维难以为继的一个标志性事件。

没有柏林墙之倒，就不会有德国的统一。让所有预言家跌破眼镜的是，分裂的德国在一个看似不可能的时间里骤然实现了统一。历史前行的道路从来都不是一马平川。正如人们所看到的，在一代人的时间过去之后，两德的统一已充分展示了它的复杂性。但不管怎么说，民族的团结融合，国家的统一复兴，是人心所向，国魂所系，为之付出一些代价，终究是值得的。

德国的统一，使它摆脱了两个超级大国的操纵，进而得以与法国一道，成为欧洲统一的新引擎。自西罗马帝国灭亡以后，欧洲一直四分五裂，拿破仑没有统一欧洲，希特勒也没有统一欧洲。但是，从欧共体发展到现在拥有27个成员的欧盟，欧洲正在加速它的统一进程，其政治版图不断被刷新。这当中，德国的作用不可小视。

柏林墙的根基其实是雅尔塔体制。以美苏两极对立为标志的雅尔塔体制又是冷战之源。处于冷战前沿地带的柏林墙一倒，势必加速冷战结束的进程。冷战虽然冰封了，收场了，但其思维方式并未寿终正寝。苏联没有想到的是，华约随冷战寿终而西去，北约却乘其势而东进。世人看得分明，美俄在核心利益上的矛盾一直存在，双方在苏联地区的交锋和角力将继续上演。

柏林墙倒塌之时，亦是西方最感快意之日。在西方看来，柏林墙之倒，明摆着是西方对东方的胜利，而且，这一胜利具有启示意义——有人宣称，历史将就此终结，"西方之路"势成必由之路。但事实上，终结的不是历史，而只是西方的优越感。冷战后一些国家对发展模式的探索，特别是一场如洪水来袭的国际金融危机对整个西方世界所带来的冲击，对此下了很好的注脚。眼下，西方思想界正在激辩西方民主理论的未来。

柏林墙倒塌之后，散碎的墙体被世界各地的人们买来当历史收藏品。柏林墙通过市场这只无形之手遍布世界各个角落，正反映了冷战铁幕被撕裂之后，随之而来的全球化浪潮之汹涌。全球畅销书作家托马斯·弗里德曼曾将冷战与全球化做过对比，他提到，冷战的标志是墙，它隔开了每一个人；全球化的标志是因特网，它将每一个人连接在一起。冷战时期最明显的衡量标准是重量——特别是导弹的投掷数量；全球化时期最明显的衡量标准是速度——商业、旅行、通讯和革新的速度。冷战时期，最明显的不安是在固定和稳定的世界里，被你十分了解的敌人所击败；而在全球化时期，最明显的不安，就是害怕看不见、摸不着且感觉不到的敌人所带来的迅速变化——你的生活会在任何时候被无形的经济和技术力量所改变。如此等等，耐人寻味。

曾经牢不可破的柏林墙，不仅涉及情感、生活、生命乃至价值判断，而且关乎世界的命运。它在一夜之间倒塌之后，德国、欧洲甚至整个世界都受到不同程度的影响。它带给人们启悟，更带给人们警示：人类永远不需要、更不能再建筑非理性围墙——不论是物化的钢筋水泥墙，还是非物化的思想体制之墙。

（2009年11月9日）

114. 爱因斯坦的财富

今年是爱因斯坦发表"狭义相对论"100周年,也是这位举世无双的大科学家逝世50周年。德国在今年年初就启动了"爱因斯坦年"主题科普活动,前不久举办了"爱因斯坦—宇宙工程师"大型展览;联合国教科文组织则将2005年定为"世界物理年",包括中国在内的许多国家都开展了以纪念爱因斯坦为动因的系列科普活动。7月26日,"爱因斯坦—宇宙大匠"大型科普纪念展在中国科技馆开展。

据说爱因斯坦5岁时,他的父亲给过他一个指南针,指针在磁力作用下动的情景让他十分惊讶,他产生了一种奇怪的感觉,认为自己看到的现象具有深远意义。此后,科学的指针一直引导着他一步步攀向高峰——1905年6月和9月,年仅26岁的爱因斯坦发表了两篇有关"狭义相对论"的论文,提出了关于时间和空间的全新概念,被公认为具有改变历史进程的深远意义。

爱因斯坦的多篇论文彻底改变了传统物理学,为造福后世的诸多技术奠定了基础。有人下了这样一个推论:没有20世纪的现代物理学,就没有今日的许多高科技产品,就没有今日的现代社会。

爱因斯坦原本是德国科学家,但1933年希特勒上台后,纳粹政权没收了他的财产,焚烧了他所有的书籍和个人物品。一无所有的爱因斯坦只好转往美国,此后一直生活在美国。

从财富的角度看,爱因斯坦绝对赶不上今天的比尔·盖茨,但是,作为一名伟大的科学家,爱因斯坦所拥有和创造的精神财富少有人望其项背。

爱因斯坦的财富之一是探索创新精神。爱因斯坦有句名言:"想象力比知识更为重要。重要之事是不要停止问问题。"他所发现的相对论的原理,破除了作为牛顿力学基础的绝对空间、绝对时间的迷信,深刻揭露了物质世界的统一性。他的"狭义相对论"问世之后,深刻启发了哲学家对时空问题、认识论问题进行哲学的探讨。他的划时代科学成就举世无双。《华盛顿时报》评价说,"其无与伦比的智慧和思想在100年中带来的变化超过了他之前两个世纪的科技进展。"一位天体物理学家这样称赞:"因为爱因斯坦,我们成了与100年前的祖辈不同的一代,彻底、完全的不同。"

1919年,英国天文学家爱丁顿的日全食观测结果证实了爱因斯坦所作的光线经过太阳引力场会弯曲的预言。去年4月,美国耗资7.5亿美元成功发射了用以验证爱因斯坦相对论的卫星"引力探测器B",这是美国经过45年的酝酿和开发才得以完成的。它说明,爱因斯坦的命题今天依然是科学界需要面对的重要课题。

爱因斯坦认为,人类精神的价值至高无上,对文明和传统的尊重是世界实现和谐有序的智慧来源。为此,他大声疾呼:"关注我们拥有的财富中那些永恒而系统而至高无上的东西,关注那些使生活富有意义的东西,我们还希望,当我们把它传给我们的子孙时,它能够比我们从祖先手中获得它时更加纯洁,更加丰富。"在他看来,"杰出人物的道德品质可能比纯粹理智的成果对一个时代以及整个历史进程所具有的意义还要大。"爱因斯坦虽是声名远播的大科学家,但他自言"不喜欢无谓交际,与世相遗"。他不重视个人的社交,而以全身心和整个世界交往。爱因斯坦的人格魅力将永远是一种精神财富,激励着人类向美好的科学未来迈进。

爱因斯坦留下的重要精神财富是对和平的挚爱。爱因斯坦不仅是一位伟大的科学家,而且是一个拥护和平的战士。历经了两次世界大战的爱因斯坦,为反对侵略战争、反对军国主义和法西斯主义、反对民族压迫和种族歧视进行过不屈不挠的斗争。他致力于把科学用于和平目的,甚至做到了今天科学家乃至大多数政治家和宗教领袖都做不到的事。对今天的人们而言,他的和平努力不仅是一种导向,也是一种力量。

(2005年8月1日)

115. 阿里阿德涅线团的指向

2008年爆发的迅即席卷全球的金融海啸，如果演变成2010年兵不血刃的国际"货币战争"，这绝对不是世人的意愿，而且将给世界经济以更加致命的打击，甚至可能重蹈20世纪30年代经济大萧条的覆辙。

在古希腊神话中，雅典英雄特修斯为了解救自己的祖国，毅然进入克里特岛上米诺斯国王那个谁进去了都出不来的迷宫，一心要除掉迷宫中那个戕害儿童的怪物米诺牛。幸亏克里特公主阿里阿德涅悄悄塞给他一个起着引路作用的线团和刀，使他战胜怪物后得以生还。

经过金融海啸的冲击至今尚未完全修复的当今世界经济，像特修斯一样，似乎也进入了一个巨大的迷宫，需要引领走出迷宫的那个线团。

诚然，全球化时代世界经济相互关联度加深，因此，金融海啸的影响更甚于上个世纪初的经济大萧条。但从理论上说，今天世界应对危机的能力和世界对经济新秩序的渴求，也更甚于以往。换言之，走出经济迷宫的阿里阿德涅线团的指向是清晰的，那就是：摒弃以邻为壑和"零和思维"，加强国际合作；从更宽泛的视角而不是光盯着货币问题，来寻求解困之道。

有个现象颇耐人寻味：美国是国际储备货币发行国，美元担当着国际汇率体系"稳定之锚"的角色，但在"后金融危机时代"，美国却故意推着美元向"疲软"的路子上走。

美元越走越"软"，其他货币却越走越"硬"：有报道说，近一周以来，欧元对美元汇率一度创下八个月来新高。这还不算什么。人民币对美元的汇率10月8日创下2005年以来新高，同日，日元对美元汇率一度刷新15年以来最高。而澳元对美元的汇率更是冲到了27年来的顶峰。其他货币，如新加坡元、泰铢、印尼盾等都纷纷创出数年来新高。因此，一些国家干预汇市，实属"条件反射"。

　　汇率是"公器",但有人却要"私用",将其当作武器,为贸易保护提供手段和支持,影响世界资本流向,损人以利己。显然,这个路数不是线团的指向,这样走下去是肯定走不出迷宫的。

　　中国坦率地告诉美国人,不要压人民币升值;不要把贸易不平衡的账算到中国头上。一些美国学者也看得很明白:美国贸易失衡是美联储无节制信贷政策和财政赤字的结果,与中国、日本或任何其他国家无关;幸运的是,通过从中国融资,美国的财政赤字有很大一部分得到弥补,否则,通货膨胀将会摧毁美国经济。

(2010年10月15日)

116. 阿喀琉斯之踵

在今天的世界上，像日本这样不受周边国家待见的国家很少见。遗憾的是，日本非但不"三省吾身"，反而倚着靠山，把手伸得很长——最近，日美两国的外长和国防部长"2+2"会晤，将朝鲜半岛和台湾问题列入日美在亚太地区的"共同战略目标"。将涉及中国国家主权、领土完整和国家安全的台湾问题堂而皇之地列入它们的"共同战略目标"，是赤裸裸地干涉中国内政，能不引起中国的警惕和不满吗？

中日两国是邻邦。近百多年来，日本跟着列强干了不少对不住中国的事，特别是20世纪三四十年代的侵华战争。用"忘恩负义"来说日本，应该不过分。事情是明摆着的：中国给日本的是文化的滋养，日本给中国的不是"菊"，而是刀的暴戾恣睢。在中日友好中加进"交恶"的成分，完全是日方造成的。

二战时日本不可一世，从"大东亚"一路杀到太平洋，直接挑战美国，结果吃下了原子弹的苦果。美国人认真地研究了"菊与刀"，"高瞻远瞩"地制定了对日战略。实际上，美国并没有彻底摧毁日本军国主义，反而通过保留天皇制等，给足了日本人的面子，并在战后与它结成军事同盟。这些都是世人看得分明的。

战后的日本在"吉田路线"的指引下曾一度取得经济上的成功。当"吉田路线"被取代以后，日本遂转向"纠正战后40年的弊端"，"政治至上主义"由是取代了"经济至上主义"。海湾战争后，"日本改造计划"出笼，使日本成为拥有独立军事武装权的"普通国家"的叫喊声随之而起。

日本不甘只做经济大国，而要做真正的政治大国，鱼和熊掌要兼得。但与德国在二战后融入欧洲不同的是，战后的日本其实并没有融入亚洲。它一直跟在美国后面，言听计从，一直跟到80年代开始对美国说"不"。实际上，这不过是日本人心理上的一种需要，在现实生活中，日本并没能真正地对美国说"不"——在联合国安理会里不拥有否决权，拿什么跟美国顶牛？

就在日本嚷嚷着要对美国说"不"后不久，日本的经济高速列车悄然驶入了慢车道。而中国却一枝独秀，使日本相形见绌。日本一位国际政治学教授说："日本似乎已日渐式微，被美国和中国夹在中间。由于日本忽略了其外交政策的宏远策略，只懂追随美国，因此在亚太地区的势力衰减了。"日本向何处去？对日本来说，处理好"中国的崛起"与"日本的跌落"的关系是至关重要的。

曾有这样一种说法：日本是"东方雄狮"身边永远的"警钟"。难道日本只能当中国的"警钟"而不能成为友朋吗？东亚已向日本敲响了警钟。日本把自己绑在美国的战车上，总有一天将毁于"阿喀琉斯之踵"这种致命伤。

（2005年3月7日）

117. "小台阶"大问题

人的思维是有惯性的。如果不对思维惯性加以转换，就可能形成某种思维定式。抽象的思维定式并不可怕，可怕的是注入具体内容并将产生不良后果的思维定式。"帝国永固"式的霸权思维定式就是一例。

正当世人对美国的导弹防御系统忧心忡忡之时，美国一位前政要却鼓动布什政府应像海上扩张那样设法控制太空："如果布什能从马汉身上认识到历史的重要性，他就能够写下美国力量的伟大故事，使他的批评者看起来微不足道，并证明导弹防御是通向伟大国家的阶梯上一个很小但必要的台阶。"

马汉被视为美国历史上真正称得上军事家的人，是"海权论"的创始人。如今，这位前政要显然是想来一个创新，将马汉制海权理论的圭臬运用到太空上去。"新马汉式设想"者设想，"星条旗应该永远飘扬在月球、火星和其他星球上"。这一设想从何而来？一言以蔽之：霸权思维定式使然。照着这一思路下去，人类的历史真的早该"终结"了。

不可否认，随着科技的发展，人类对于太空这一所谓"新的海洋"的认识必会翻新。虽则在"陆上帝国""海洋帝国"一个个烟消云散之后，是否会出现一个"太空帝国"尚未可知，但有一点是清楚的：太空是人类可以企及的最后一个"边疆"。是和平利用还是使其军事化？这是摆在各国政治家、科学家面前的一个重要课题。

听了美国那位前政要的话，人们不禁又多了一重担心：如果说"山姆大叔"苦思冥想的导弹防御系统不过是通向"太空帝国"道路上的一个"小台阶"，那是否意味着浓墨重彩的戏还在后头呢？NMD、TMD之后还会翻出什么新花样？或许，连魔鬼撒旦也找不到它的答案。"杞人忧天"本是中国古代的笑话，想不到人类进入21世纪之后，全世界爱好和平的人对未来的太空却不免有几分"戚戚焉"。

好在"山姆大叔"独唱的这曲"阳春白雪"毕竟"和者盖寡"。不久前，也就是在人类首次太空飞行40周年之际，国际社会围绕防止太空军事化问题专门召开了一次会议。由此看来，围绕和平利用太空还是使其军事化的斗争将是一场持久战。

"山姆大叔"看来是铁了心要与国际社会分道扬镳。不过，从国际关系史的角度看，"前无古人，后无来者"式的"永固帝国"是不存在的，不论它所持的是刀枪棍棒，还是舰船飞机大炮，迄今所有的"帝国故事"尚未有出"其兴也勃焉，其亡也忽焉"其右者。一个举着什么电磁轨道炮的未来"太空帝国"大概也不能例外。

（2001年5月29日）

118. "呛美"三剑客

在国际场合直接跟美国顶牛的人不多,但也并非找不到。眼下,第61届联大正在召开,这场外交"盛宴"上就有多人公开"呛美"。

9月19日,美国总统布什和伊朗总统内贾德这对"冤家"在联大讲坛上展开了一场"隔空交火"。布什在讲话中剑指伊朗:"你们的领导人故意不给你们自由,并用你们国家的钱资助恐怖主义,鼓动极端主义,并寻求拥有核武器。"在布什的演讲七个半小时之后,内贾德开始了他引人注目的"大反攻"。他将炮火集中于打击美国的霸权主义。他说,联合国安理会现行组织架构允许某些"霸权势力"将他们的政策强加于他国之上,这破坏了世界的可信度,并滋长了全球的不信任,因此,必须进行改革。媒体报道说,坚定的反美立场以及雄辩的口才,使内贾德成为本届联大的焦点人物。

有趣的是,在本届联大辩论之前,反美国力量显示了"加强合作"的意向。内贾德出席在古巴举行的不结盟运动首脑会议后,便到委内瑞拉去访问,"热络"另一位反美领导人查韦斯。他对查韦斯说,"我们向所有反抗世界霸权主义的革命者致敬","现在,我们有了共同的想法、目标和利益,我们必须联合起来使这些想法变成现实,实现世界的和平和公正。"内查二人真的是"心心相印"。查韦斯毫不隐讳地表示,委伊两国是"相互帮助的英雄国度"。"我们的联合是以寻求世界平衡为宗旨的,这将挽救你们和我们的子孙的未来。"

在本届联大讲坛上,查韦斯的声音比内贾德更刺耳。他将布什称作控制和剥削世界人民的"恶魔、谎言家和暴君"。他边在胸前画十字边说:"昨天在这个讲台上来了一个魔鬼。他说话的口气就像他是全世界的主人一样。"他呼吁美国人民同其他国家一道,终止布什政府对世界造成的威胁,否则大家头上都将悬挂着一把无比锋利的宝剑。查韦斯对美国"言不留情"是出了名的，但他9月20日在联大的"尖锐发言"还是有些出人所料，许多人大喊过瘾，更多的人在他讲完之后回以热烈的掌声。

玻利维亚总统莫拉莱斯的演讲武器是一片古柯叶。为什么他要拿一片古柯叶当武器？原来，美国一直在批评玻利维亚的反毒政策。古柯是提炼可卡因的原料，在美国是违禁品。美国国务院9月18日将玻利维亚列为主要的毒品运输和生产国，指责莫拉莱斯政府继续允许收割古柯。因此，莫拉莱斯19日在演讲时突然拿出一片古柯叶，高高举起说："古柯是绿色的，不像可卡因那么白，科学研究已经证明，古柯叶对人的健康无害。"他表示："我们不准备进行任何改变，我们不接受勒索或者威胁。"与此同时，他暗批美国，"如果我们希望尊重人权，就应该从伊拉克撤军。"

反美领袖纷纷在联大登台"呛美"，令美国感到很有些不舒服。好在卡斯特罗等其他一些反美领导人没有都到联大演讲，要不然，美国领导人会更加尴尬。

（2006年9月25日）

霜叶如剑

119. "零"何以成了时尚?

中华文明的一个闪光点,就是中国古代思想家的思想光照千古。例如,现代计算机二进制的思想源头是中国古代哲学。据说发明计算机二进制的德国数学家莱布尼茨后来坦承:其实二进制不是我发明的,中国老子的《道德经》中早就有了。

二进制只有"0"和"1"这两个数字。但就是"正、负"这两个符号的支撑,现代计算机作为20世纪改变人类生活的重大科技发明,掀开了自工业革命后的又一场科技革命。这是多么了不起的科技发明!

"0"在计算机的C语言里地位重要,无可替代。在现实生活中,"零"的思想越来越受到世人的重视,"一切归零"似乎是一种挡不住的时尚。

在C语言里,"0"代表正;在现实生活中,"零"则代表"无"。不过,这个"无"其实也可以视为一"正",因为它具有正效应。

"零污染""零排放""零残留",这些"零"字头的新词语,反映了当今世界所面临的环境保护问题十分严峻,业已引起世人的警觉。环保与可持续发展的理念相契合,成为我们所处时代的强烈呼声,需要各国各地区,乃至每一个社会成员做出积极的努力,来拯救我们的地球,保护我们的生存环境。

"零事故""零冲突""零投诉",反映了人们对生产生活安全和社会和谐的热切期盼。小到家庭,大到单位、社区、族群,乃至整个社会,都在向这个"零"努力。当然,任何社会都不可能没有矛盾冲突,何况我们正处在经济社会发展的重要转型期和矛盾多发期,但我们应当承认,"零事故""零冲突"的理念,对家庭和单位都能起到引导、督促、预防的积极作用。通过这个"0",人们却可得到一个"1",甚至打个"100分"也不算过分。

　　同样,"零差错""零违规""零失误""零追究",这些对于作为个体的干部职工在本职工作中的严格要求,是落实目标管理责任制的本质要求。现在流行一句话,叫"细节决定成败",而很多差错、失误恰恰出自细节。要实现这个"零",就必须从细节抓起。其实榜样就在身边:已故央视著名播音员罗京,曾创造了播音26年"零差错"的奇迹;青州等地法院努力打造"五零法官"的做法,受到社会的广泛好评。

　　"零距离"一词据说源于一位歌手的专辑,此后成为大众流行词汇。在网络时代,"距离"这个词似乎失去了其本义。但是,"地球村""部落格"的出现,并不等于心与心之间就没有距离了。我们的政府要践行以人为本、执政为民的理念,就更应加强而不是削弱与民众的联系沟通。"网络问政""零距离问政"等做法之所以受到欢迎,就是因为它体现了"政民零距离"的好传统。

　　对黑恶势力、贪污受贿、暴力犯罪、醉驾、学术腐败等势力和行为的"零容忍",得到了社会大众的广泛认同。我们正处在社会转型、政府转型、媒介转型期,"四个文明"建设任重道远,对有碍于社会进步和发展的人和事采取"零容忍",是必然的、持久的,而且,其强度只会加大而不会减弱。

　　俗话说得好,樱桃好吃树难栽。"0"字好写,但要做到以上这些个"零",我们不仅要用心用力,还要更新思想观念,转变作风,敢跟自己较真,跟"非零"较真。

(2010年5月23日)

120. "狼来了"新传

"狼来了"的故事世人皆知。想不到,进入21世纪后,世界头号强国竟也玩起这一小儿科的游戏——美国联邦当局和纽约市官员10月6日有板有眼地宣布,根据"最为具体"的情报,纽约市公交系统可能在未来几天内遭受恐怖袭击。美国在宣布这一消息时,比喊"狼来了"的那个孩子还要细致得多,将袭击的具体时间(星期日)、地点(纽约地铁)和方式(婴儿车、公文包或旅行箱内暗藏炸弹)都说得明明白白,焉能不信?10月8日,美国国土安全部又公布了有关这次袭击图谋的一份备忘录。在此背景下,联邦调查局和纽约警方忙得不亦乐乎自在情理之中。就像人们为救小孩冲向山头却根本不见狼一样,他们此番忙碌亦只能是无功而返。

一个问题摆在人们的面前:"狼来了",这个半真半假的信息,在恐怖主义成为人类大敌的今天,到底应该不应该向公众宣示呢?

这真是一个两难的选择。你不公布,民众当然不会知情。但是,公众今天不知情,并不等于明天后天他们还不会知情。你公布了,可能会引起民众的极大恐慌,还可能是"假情报"。

第二次世界大战期间,斯大林曾获得德国将进攻苏联的情报,但是苏联领导人不相信这会是真的。当然,这样的情报根本不可能向公众报告。可是,试想一下,如果信以为真,并向公众报告,德国的阴谋还会得逞吗?

再比如,日本偷袭珍珠港前夕,美国总统罗斯福也曾获得相关情报。同样地,美国既不相信,也不向公众报告。结果是世人都知道的。

还有一个经典的例子,就是"9·11"。明明有情报说"基地"组织将要袭击美国,可这一重要情报却被束之高阁。这一重大失误怎能不让美国民众耿耿于怀?不过,美国中情局局长戈斯最近说,他不会追究"9·11"事件中有关人员的责任。为什么？因为在此之前，美国各情报机构之间缺乏协调，在情报交流方面存在障碍——这可是美国独立调查委员会的结论。

令美国追悔莫及的"9·11"事件之后，布什对情报系统大加整饬。布什说，为了防止恐怖分子袭击，美国的情报机构必须像"一个统一的企业"一样运作。于是，他将包括中央情报局在内的15个情报机构统统收归新成立的国家情报局管辖。

众所周知，苏联时期，最难当的是农业部部长。因为苏联的农业总是歉收。今天，美国最不好当的官可能就是国家情报局局长。现任局长内格罗蓬特就说，这个职位是他从事公职40多年来最具有挑战性的工作。而在"9·11"事件独立调查委员会副主席汉密尔顿看来，设立国家情报局局长这一职位并不意味着美国的反恐情报工作做得有效而到位。毕竟，今天的恐怖分子比以前更有耐心，更讲技巧，更懂得抓住当局的弱点，因此，更不好对付。

恐怖分子不好对付是一回事，如何向民众交代是另一回事。公众有知情权，这是再简单不过的道理。美国现在认识到，与其让他们明天后天知情，不如让他们今天就知情。这样做，虽然可能浪费部分物力人力，但安全系数却可以大大提高。从结果看，此次美国政府虽上演了新的"狼来了"的故事，但民众并没有指摘政府。而这，大概是白宫可以窃喜的事。

（2005年10月17日）

121. "君子村"多多益善

最近,英国发生了一起震惊三岛的大劫案,一家银行被劫贼"淘"去5300万英镑。要是换算成人民币,七个多亿呢。难怪英国警方悬赏200万英镑捉拿劫匪。

"天下无贼"只能是一种理想?也不尽然。最近就有媒体报道韩国有100多个"君子村"的事。多年来,韩国一直在农村开展标准十分严格、每年举行一次的"无犯罪村"评选活动。据说达标的村子在1994年达到创纪录的340多个,此后,这个数字日益"萎缩",到2004年只剩下130来个。在这些村子里,全年都没有一起犯罪,村民们外出时也不用锁门。换句话说,它们都是一个个不设防的村庄。据说有的村子连续20多年榜上有名,村子里的"人文环境"甚至超过了陶渊明笔下的"桃源村"。

韩国农村何以能够做到不设防?原来,这与一场声势浩大、持续良久的"新村运动"有关。20世纪60年代,韩国十分贫穷。1970年,韩国发起了闻名于世的"新村运动",政府将工农业均衡发展、农水产经济的开发放在经济发展三大目标之首。改善农民的居住条件,如改善厨房、屋顶、厕所,修筑围墙、公路、公用洗衣场,实施自来水化,改良作物、蔬果、畜禽品种等,优化农业结构,增加农民收入。"新村运动"带有鲜明的社区文明建设与经济开发的双重特征。政府倡导全体公民自觉抵制各种社会不良现象,并致力于国民伦理道德建设、共同体意识教育和民主与法制教育,教导人们以"孝道"和"仁、义、礼、智、信"为生活信条。据称,通过这场运动,韩国牢牢地奠定了国民的时代精神、国家伦理、和谐社会的基础和文明秩序。

好东西是藏不住的。如今,越南、蒙古、菲律宾、俄罗斯等120多个国家,由总统或部长带领考察团,赴韩国学习考察,相互之间还建立了友好交流和合作关系。人们认为,"新村运动"的理念和做法能在世界各国传播,除了农业国向工业国转型过渡所必须遵循的社会发展规律外,可能还传承和凝聚着超越制度、国家、民族、文化、传统,人类共有的人文思想、和谐理念、公民社会、奉献精神等文明元素。毫无疑问,这些背景对我国正在兴起的新农村建设有着较高的参考和借鉴价值。

我国农村社会经济发展水平不一,但富裕与和谐并不完全等同。一些欠发达地区的农村,治安环境可能走在其他地区的前面。比如,独龙族人虽不算富裕,但民风淳朴,你不拿我的,我不拿你的,路上拾到别人的东西,一定要想方设法归还原主。只要打听到失主,就是翻山越岭也要找到他。途中见到任何东西,只要上面压着一块石头,就知道此物有主,不能拣取。若外出远行,只需用根木棍掩门,猪狗难入就行,根本不用上锁。过往行人和左邻右舍一看就知道,绝不会擅自进入。远途客人如确无住处,可打开门进去暂时住宿,但要等主人回来再走,以示礼貌。不过,这样的地方太少了。

(2006年3月6日)

122. 草木皆兵为哪般

法国作家博里斯·维昂写过一篇战争题材的小说，题目就叫《蚂蚁》。小说是用第一人称写的，主人公是一名二战时在欧洲战场上作战的反法西斯战士。他胆子很小，用胆小如鼠来形容都不过分。在战斗中，他的战友一个一个倒下了，而他却活了下来继续战斗，直到最后他踩到地雷，英勇牺牲。

什么是英雄？英雄与蚂蚁之间有什么关联吗？小说没有正面回答，但看过这篇小说的人都会承认，主人公是一位真正的英雄。

这篇小说与今天的驻伊美军"八竿子打不到边"。不过，它还是让我产生了联想——驻伊美军的心态真的就像蚂蚁，一有风吹草动，就吓破了胆。这不，意大利女记者斯格雷纳在伊拉克不幸遭绑架整整一个月。历经千难万险，3月4日终于获释。谁承想，惊魂未定的她在获释后前往巴格达机场的途中，所乘车辆却突遭美军枪击——美军向这辆车发射了400发子弹，结果，斯格雷纳本人受伤，一位意大利特工因保护斯格雷纳而饮弹身亡。白宫发言人说，发生枪击事件的那条通往巴格达机场的道路是伊拉克最危险的道路之一，曾发生多起自杀性爆炸事件。不管美国如何辩解，驻伊美军所显现出来的草木皆兵之状却是一目了然的。

美军导演的这一幕真有点"黑色幽默"的味道。杀人者施暴并非因为敌人的强大，而是由于自己的懦弱。在斯格雷纳事件中，根本就没有敌人。这不是"黑色幽默"又是什么？

令人感慨的是，在今天的人类战场上，正人君子的战法早已荡然无存，但人类历史上毕竟有过这样的时光。

《剑桥战争史》记载，有一个斯巴达重装甲步兵因敌人使用冷箭而受致命之伤。他死前的一段抱怨很有名："死并不足惜，除非是死在一个骑着马的懦弱家伙的箭下。"

历史学家波里比阿在公元前2世纪充满深情地写道：过去的希腊人"不会选择使用欺骗手段去打败他们的敌人，反而认为，若非是把敌人引至公开地点然后杀掉他，就没有任何荣耀可言，即便战胜也于心不安。因此，双方有约：互相之间不用暗器或投弹武器。他们确信：只有面对面的短兵相接才是战争胜负的唯一裁决方式。为了这些原因，他们得提前向对方宣告开战，通知自己进攻的时间，甚至告诉敌人自己的陈兵地点"。

中国的春秋战国时期，战争是讲"礼仪"的。开战之前，有各种繁复的礼节，开战以后，杀戮也并不很多。战争中，交战双方能保持足够的互相尊重。整个战斗过程有种种公认的规则。敌对双方并不一定要杀个你死我活。宋襄公的故事就发生在这个时候。恪守"军礼"信条，奉行"君子不重伤，不擒二毛，不以阻隘，不鼓不成列"原则的宋襄公，在泓水之战中，被不讲信义且又实力强大的楚军打得落花流水，成为战争史上的"完败"者。宋襄公让后世讥笑了数千年，甚至被斥之为"蠢猪式的仁义"。

真正可笑的到底是谁呢？这个问题值得人们深思。

（2005年3月14日）

123. "不再战"产生的正效应
——写在欧盟第五轮扩大之前

10年时间并不算长,但是,对欧洲而言,刚刚过去的10年却跨越了几代人——欧洲人做了好久的"统一梦"今天已部分地变成了现实。今年5月1日,欧洲联盟将第五次"添丁":波兰、匈牙利、捷克、斯洛伐克、斯洛文尼亚、爱沙尼亚、拉脱维亚、立陶宛、塞浦路斯和马耳他10国将正式入盟,使欧盟"家庭成员"由现在的15国变成25国。

说到欧洲联盟,有一个关键词不可不提,那就是法德"发动机"。

众所周知,欧洲联合是从第二次世界大战结束后搞起来的,法国和德国在其中起了"发动机"和"火车头"的关键性作用。法、德为什么要联合?在历史上,这两个国家可是打了1000多年的仗,真正是一对战场上的"冤家"。据统计,法德之间的大战打过23次,平均每50年就打一仗。你杀过来,我杀过去,有时候法国人占上风,有时候德国人占上风。打得最激烈的当然是20世纪两次世界大战,双方都付出了惨重的代价。二战结束以后,尽管法德之间民族仇恨仍然很深,但法德一些富有远见的领导人,还是排除各种阻力,达成"历史性和解"。他们提出了一个新的理念,就是"法德不再战"。

"法德不再战"产生了什么样的效应?

长久以来,欧洲存在这样一个共识:法德如果不一致,欧洲联合事业就将一事无成。有基于此,欧洲普遍欢迎法德的团结。在这一背景下,法德"发动机"不但被制造出来,而且在建设"欧洲大厦"的"工地"上运转良好。

为了不再战,法德在煤炭、钢铁领域先搞联营,这就是1951年以法德为轴心、欧洲6国参加的欧洲煤钢共同体。1957年，受煤钢共同体成功的影响，又建立了经济共同体、原子能共同体。其后，欧共体不断发展，成员不断增加，联系日益加强，不仅建立了货币联盟和统一的大市场，还有了统一货币——欧元。1993年11月，以欧共体为基础的欧洲联盟正式成立。欧洲向着统一的目标迈进了一大步。

欧盟的地位和影响力不断增强。到1995年实现第四次扩大，成为一个拥有15个成员国、3.7亿人口的欧洲区域组织。不过，此时的欧盟与中东欧国家无缘。

冷战结束以后，中东欧国家纷纷提出了"回归欧洲"的口号，它们把加入欧盟作为对外政策的首要目标。由于这一口号符合欧盟的战略利益和根本目标，欧盟便向这些国家敞开了大门。实际上，欧盟不仅向它们敞开了大门，还给予经济上的援助，使其具备入盟的经济条件。据报道，东欧剧变后的整个90年代，欧盟通过"法尔计划"对中东欧国家的财政援助平均每年即达到6.76亿欧元，2000年至2003年，随着新成员国入盟日期的临近，欧盟用于扩大的财政拨款急剧上升至每年约33亿欧元。但这还只是新成员入盟前的花销。据推算，10个新成员2004年正式入盟后的头三年里，欧盟用于新成员国的农业补贴、地区援助等费用总计将达408亿欧元。

从局外人的角度看，欧盟的这次扩大规模是空前的，影响也是显见的：它结束了欧洲战后的分裂局面，给欧洲各国带来了政治上、经济上和安全上的诸多好处。因此，欧盟委员会在有关战略文件中说，欧盟第五次扩大"将进一步加强欧洲的团结和统一"，并"有助于建立一个具有持久和平与繁荣的地区"。

政治上，欧盟早已尝试"用一个声音说话"，虽说欧盟谋求的共同外交和安全政策因伊拉克问题产生裂痕，但伊战后欧盟内部进行了修补。德国总理施罗德说："欧洲越是统一就越加强大，越会成为抗衡超级大国的力量。"

经济上，新欧盟的人口从此前的3.8亿增加到4.55亿，整体国内生产总值将从现在的9万多亿美元增加到10万多亿美元。

在军事安全方面,欧盟决定加强共同防务,在建立欧盟独立军事计划与指挥机构问题上已达成共识,欧盟快速反应部队建设也已取得成果。

欧盟是在摸索中成长起来的,今后究竟是走向邦联、联邦还是其他形式的超国家联合,现在还没有定论。但不论实现"大欧洲"目标的困难有多大,通过联合走一体化的道路,永久避免大规模战争,在欧洲大陆实现稳定和繁荣,并在世界舞台上发挥与实力相当的重要作用,不仅是欧盟政治领导人的追求,也是欧洲民众的愿望。

(2004年4月19日)

124. "劝君莫奏前朝曲"

美国《华盛顿邮报》的一些人，4月21日抛出一篇题为《阻止中国在亚洲扩大势力》的奇文，公然叫嚷要复活东南亚条约组织以遏制中国。

这是美国某些人掀起的又一股反华浊流，是为恶化中美关系献出的一条毒计。文中叫嚣，"在很大程度上像北约在冷战期间威慑苏联那样，东南亚条约组织可以在经济上和军事上召集足够的地区力量，以便对中国的侵犯提供一种可靠的威慑。""这个集团对中国实施经济制裁的威胁将成为对中国重要的第一威慑力量。"

美国某些人掀起的反华恶浪，有一个"莫须有"的前提，那就是"中国威胁论"。既然中国将成为"霸权"，那么，遏制中国就是美国的必然选择。这种荒谬的逻辑也渗透在这篇奇文里。如果说，亨廷顿的《文明冲突论》为所谓的美中冲突制造了理论上的"依据"，美国最近出版的一本书——《即将到来的美中冲突》为之臆造出现实的"依据"，那么，《华盛顿邮报》的这篇奇文则为"即将到来的美中冲突"提出了应对的办法。后者正好迎合了那些歇斯底里要"遏制中国"的人的需要。

美国有些人总想在世界上树敌，这是他们根深蒂固的霸权主义心态使然。在冷战年代，美国与苏联为敌，双方对峙了几十年。美国借"围堵"共产主义之名，在全球实施军事部署，并不断抢占势力范围。冷战结束，苏联解体，原来的敌人"消失"了，惯于树敌的某些美国人岂甘寂寞，于是，他们便将矛头对准坚持走社会主义道路的中国，似乎中国已取代苏联成为美国的主要威胁；于是，他们拼命往中国头上泼脏水，离间中国同周边国家的关系，急欲借"中国威胁论"之名，行遏制中国之实。

这些人在冷战结束后继续做美国独霸天下的黄粱美梦，但又自感底气不足，鞭长莫及，于是，他们便献出"良策"，要美国拉拢新西兰、澳大利亚、泰国和菲律宾，重组东南亚条约组织，以遏制中国。表面上，它主张美国重组东南亚条约组织，为美国的"战区防御"提供简捷的途径，实际上，却是要将中国的台湾纳入该组织的范围。他们声称，该条约允许修改其范围，因此可以向北扩展，将台湾包括进去。这样一来，使"台湾在没有成为东南亚条约组织成员的情况下，其领土就可以被选定为受该组织保护的关切地区"。真可谓用心良苦。

复辟旧条约，制造新对抗，这只能说是美国某些人的冷战思维在作祟。尽管他们算盘打得很精，无奈却背离了时代潮流。他们殚精竭虑把中美关系引向冲突、对抗的道路，这也不符合两国人民的根本利益。而且，台湾问题纯属中国内政，美国根本无权插手，否则，只能是搬起石头砸自己的脚。二战以来的中美关系史已经并将继续证明这一点。

台湾问题是中美关系中最重要、最敏感的问题。若处理不好，也是影响中美关系健康和稳定发展的最大障碍。中国政府一再声明，台湾自古以来就是中国领土不可分割的一部分。结束台湾海峡两岸的分裂局面，是包括台湾同胞在内的全体中国人民的强烈愿望和不可动摇的民族意志。按理说，经历过南北战争的美国人，应当能理解中国人民渴望统一、反对分裂的决心和意志。但那些醉心于"霸主"梦、死抱着冷战思维不放的人，不愿看到中国走向繁荣昌盛、中华民族完成统一大业，一而再、再而三地在中美之间制造障碍，唯恐中美关系走向正常发展的轨道。

中国有句古诗说得好："劝君莫奏前朝曲。"时代的发展是不以人的意志为转移的，某些人试图以"前一个时代的旧同盟"来搅混新形势下的国际关系，绝非高明之策，恐怕也不会如愿。

（1997年5月10日）

后　记

　　书名《霜叶如剑》中的"霜"是"双"的谐音。"双"意味着此书是两个人合著。

　　我们两位有许多相同的爱好：同好作诗，同好评论，同好围棋。再往前推，还有更多的共同之处：同在1979年考上复旦大学中文系，同在1983年毕业，毕业后同去了北京。诸雄潮到中央人民广播电台工作；董国政先到总参，数年后调到解放军报社。可以这么说，我们同在中央新闻单位效力。

　　书名是我们两个人共同所起。霜有寒意，评论有冰霜的感觉。薄薄的叶子就如刀锋了，寒锋如剑，那是评论的代名词。

　　书中收入的评论多在官媒发表过，有六七篇还曾获得中国新闻奖的评论奖和中国广播影视大奖的评论奖，另有一些曾获得过中央人民广播电台的评论奖或中国广播电影电视社会组织联合会对台港澳节目研委会的评论奖。不少文章被各大门户网站转载，或被论文作者引用，有的还引起了海外媒体的关注，颇受读者喜爱。

　　我们在北京工作了35年，时有对弈，时有唱和，时有把聚，时有互评。同学之间，能为一个共同的爱好，同出一个合集，实是人生一大乐事。

作　者

2018年11月